Ascanio Condivi

Das Leben des Michelangelo Buonarroti

Mit der Ergänzung von G. Ticciati und Mitteilung des Wissenwürdigsten aus B. Varchi'

Leichenrede

Ascanio Condivi

Das Leben des Michelangelo Buonarroti
*Mit der Ergänzung von G. Ticciati und Mitteilung des Wissenwürdigsten aus B. Varchi'
Leichenrede*

ISBN/EAN: 9783743620469

Hergestellt in Europa, USA, Kanada, Australien, Japan

Cover: Foto ©Raphael Reischuk / pixelio.de

Manufactured and distributed by brebook publishing software (www.brebook.com)

Ascanio Condivi

Das Leben des Michelangelo Buonarroti

QUELLENSCHRIFTEN

FÜR

KUNSTGESCHICHTE

UND

KUNSTTECHNIK DES MITTELALTERS

UND DER

RENAISSANCE

mit Unterstützung des k. k. österr. Ministeriums für Kultus und Unterricht,
im Vereine mit Fachgenossen herausgegeben

von

R. EITELBERGER v. EDELBERG.

.

VI.

DAS LEBEN DES MICHELANGELO BUONARROTI

GESCHRIEBEN VON SEINEM SCHÜLER ASCANIO CONDIVI.

ZUM ERSTEN MALE IN DEUTSCHE SPRACHE ÜBERSETZT
durch
RUDOLPH VALDEK.

WIEN, 1874.

WILHELM BRAUMÜLLER

K. K. HOF- UND UNIVERSITÄTSBUCHHÄNDLER.

DAS LEBEN

DES

MICHELANGELO BUONARROTI

GESCHRIEBEN VON SEINEM SCHÜLER

ASCANIO CONDIVI.

ZUM ERSTEN MALE IN DEUTSCHE SPRACHE ÜBERSETZT

DURCH

RUDOLPH VALDEK.

MIT DER ERGÄNZUNG VON G. TICCIATI UND MITTHEILUNG DES
WISSENSWÜRDIGSTEN AUS B. VARCHI'S LEICHENREDE
ÜBERSETZT VON ALBERT ILG.

MIT NOTEN UND EINER CHRONOLOGISCHEN ÜBERSICHT

HERAUSGEGEBEN VON

R. v. E.

WIEN, 1874.

WILHELM BRAUMÜLLER

K. K. HOF- UND UNIVERSITÄTSBUCHHÄNDLER.

EINLEITUNG.

— —

Das Leben Michel Angelo Buonarroti's, geschrieben von seinem Schüler *Ascanio Condivi,* erscheint hier zum ersten Male in deutscher Uebersetzung. Es wird keiner Rechtfertigung bedürfen, dass Condivi der Vortritt vor manchen andern Schriftstellern gegeben wurde; im Gegentheile, wir dürfen vermuthen, dass nicht bloss Künstler und Kunstgelehrte, sondern auch das kunstgebildete Laienpublicum von der Lecture dieser Biographie Michel Angelo's Vergnügen und Belehrung empfangen werde.

Michel Angelo gehört zu jenen Persönlichkeiten, die schon während ihres Lebens die Zeitgenossen mächtig angeregt haben; der Künstler und der Mensch waren in Michel Angelo gleich bedeutend, und es würde ganz unbegreiflich gewesen sein, wenn man in einer literarisch so productiven und angeregten Epoche, wie es das XVI. Jahrhundert gewesen ist, stillschweigend über ihn hinweggegangen wäre. Dieser mächtigen Anregung, welche die Erscheinung einer solchen Persönlichkeit gibt, verdanken wir zwei Biographien, die beide noch während des Lebens von Michel Angelo von zweien seiner Schüler ausgegangen sind, die *Giorgio Vasari's* (geb. zu Arezzo 1511, 30. Juli, gest. 1574, 27. Juni) und die *Ascanio Condivi's.*

Die erste Ausgabe des Lebens Michel Angelo's von G. Vasari erschien 1550 im 3. Theile der „Vite degli architetti, pittori et scultori" — gedruckt von Torrentino in Florenz — S. 947—991. Als das Leben Michel Angelo's von G. Vasari erschien, war Michel Angelo bereits 75 Jahre alt. Michel Angelo nahm die Biographie aus der Feder seines Schülers und Freundes

mit Begeisterung auf und erwiederte die Widmung mit einem
Sonette, das in der zweiten Ausgabe der Vite des Vasari abge-
druckt, in die Gesammt-Ausgaben der Gedichte von Michel
Angelo (siehe „Rime di Michel Angelo Buonarroti", heraus-
gegeben von *Cesare Quasti*, Firenze ed. Le Monnier 1863,
S. 167, und die Nachdichtungen der Rime di Michel Angelo
Buonarroti von *Hans Grasberger*, Bremen 1872, S. 18) über-
gegangen ist.

Drei Jahre nach der Biographie Michel Angelo's von G.
Vasari erschien das Leben Michel Angelo's von Ascanio Condivi
unter dem Titel: Vita di Michel Angelo Buonarroti, raccolta
per Ascanio Condivi da la Ripa Transone. In Roma appresso
Antonio Blado Stampatore Camerale nel MDLIII alli XVI
Luglio in 4., 50 Seiten. Auf die intimen Beziehungen Condivi's
wie Vasari's zu Michel Angelo weist *B. Varchi* in seiner Leichenrede (pag. 15, ed. Giunti Firenze 1564) mit den Worten hin:
„Due belissimi e cortesissimi ingegni, e quello, che assai importa
intendentissimi di tutte queste Arti, e domesticissimi di Michel
Angelo n'hanno scritto diffusissamente nella sua vita."

Was Ascanio Condivi bestimmt haben mag, unmittelbar
nach Vasari das Leben Michel Angelo's zu schreiben, ist wohl
klar. Er selbst drückt sich in der Vorrede nicht undeutlich
darüber aus. Zwei Umstände haben ihn bestimmt, die Herausgabe des Lebens von Michel Angelo zu beschleunigen. „Prima
perchè sono stati alcuni che scrivendo di questo raro uomo,
per non averlo (come credo) così praticato, come ho fatto io,
da un canto n'hanno dette cose che mai non furono: da l'altro
lassate ne hanno molte di quelle, che son dignissime d'esser
notate. Di poi perchè alcuni altri, a' quali ho conferite e fidate
queste mie fatiche, se l'hanno per modo appropriate, che come
di se desegnano farsene onore. Onde per supplire al difetto di
quelli, e prevenir l'injuria di questi altri, mi son risoluto di
darle fuori così immature, come le sono."

Es ist unmöglich zu verkennen, dass diese Worte sich theilweise und indirect auf G. Vasari beziehen.

Die Wirkung der Schrift von Ascanio Condivi blieb nicht aus. Als im Jahre 1568 die zweite Ausgabe der Vite des Vasari (noch bei Lebzeiten Michel Angelo's) erschien, war das Leben Michel Angelo's gänzlich umgeschrieben; an nicht wenigen Stellen wurden die Aeusserungen Condivi's wörtlich aufgenommen, ohne dass, der Gepflogenheit der Zeit gemäss, Condivi selbst citirt worden wäre. *Dr. A. Ilg* hat im *Excurse* die Stellen aus Vasari zusammengestellt, durch welche das Verhältniss der ersten und zweiten Ausgabe des Leben Michel Angelo's in Beziehung auf Condivi vollständig klar gelegt wird.

Ueber Condivi wissen wir sehr wenig. Er stammte aus einer angesehenen Familie von Ripa Transone, sein Vater war Latino Condivi, seine Mutter Vitangela aus der geachteten Familie der Riti oder Ricci. Vasari erwähnt ihn direct nur einmal, unter den Schülern Michel Angelo's, begreiflicherweise nicht sehr schmeichelhaft. „Ascanio dalla Ripa Transone durava gran fatiche, ma mai non se ne vedde il frutto nè in opere nè in disegni, e pestò parecchi anni intorno a uno tavola, che Michel Angelo gli aveva dato un cartone; nel fine se n'è ito in fummo quella buona aspettazione che si credeva di lui, che mi ricordo che Michel Angelo gli veniva compassione si dello stento suo, e l'aiutava di suo mano; ma giovò poco." Gewiss ist, dass Ascanio Condivi, ein Schüler und Freund Michel Angelo's, als Künstler keine besonderen Erfolge aufzuweisen hatte; auch Franc. Gori, der im Jahre 1746 das sehr selten gewordene, fast vergessene Leben Michel Angelo's von Condivi neu herausgab, bemühte sich vergebens, irgend ein Werk oder eine Zeichnung Condivi's zu sehen. Etwas mehr erfahren wir über Condivi aus der Biographie Michel Angelo's. Er stand mit der vornehmen Geistlichkeit Roms in manchen Beziehungen, wie es bei vielen

Schriftstellern seiner Zeit der Fall war. Er widmet seine Biographie dem Papst Julius III., nennt den Cardinal Crispo „seinen padron", war auch mit dem Cardinal Santa Croce und mit
Maffei in Verbindung. Ueber seine Beziehungen zu Michel Angelo
äussert er sich mehr als einmal, sie scheinen freundschaftliche,
ja intime gewesen zu sein. Die zahlreichen Nachrichten über
Werke und Lebensverhältnisse Michel Angelo's, die er allein
nur aus dem Munde des grossen Florentiner Künstlers erfahren
haben kann, lassen diese Intimität voraussetzen; eine so ver-
schlossene und in sich gekehrte Natur, wie es Michel Angelo
gewesen, hat sich gewiss Niemand Unwürdigem und Unverläss-
lichem mitgetheilt. In intimere Beziehungen zu Michel Angelo
scheint er auch durch seine Vermählung mit Porzia Caro im
Jahre 1556 gekommen zu sein. Die Familie Caro war mit Michel
Angelo befreundet, insbesonders Annibale Caro, der sich durch
eine Uebersetzung der Aeneide in das Italienische besonders
verdient gemacht hatte.

Ueber seine künstlerische Thätigkeit, seine Förderung
durch Michel Angelo, spricht Condivi mehrmals. Als Schriftsteller — rozzo scrittor ch'io mi sia, so schreibt er bescheiden
über sich selbst — hat Condivi Manches versucht, ausser dem
Leben Michel Angelo's aber nichts zu Stande gebracht. Seine
literarischen Projecte, von denen er an mehreren Stellen spricht,
sind nicht zur Ausführung gekommen.

Er war kein Gelehrter, das zeigt z. B. seine Aeusserung
über Plato (C. LXV.), aber er war vielseitig literarisch gebildet.
Die ganze Anordnung seines Buches zeigt einen denkenden
Geist, ein geordnetes, überlegtes Verfahren. Bezeichnend für
Condivi ist es, dass derselbe wohl sehr eingehend über die
anatomischen und literarischen Studien des Michel Angelo spricht,
aber fast gar nicht über sein Verhältniss zur Antike, über das
Studium derselben. Es erinnert dies an eine sehr richtige Bemerkung des *Dr. M. Jordan* über das „Malerbuch des Leo-

nardo da Vinci", dass in dem Trattato della pittura des Leonardo
der Antike merkwürdigerweise gar nicht gedacht wurde. — Das
Verhältniss der Meister der Renaissancezeit zur Antike war theilweise ein ganz anderes, als es sich unsere Archäologen und
Akademiker in der Regel vorstellen.

Als Stylist nimmt er eine unbedeutende Stelle ein. Das
macht es auch, warum die Uebersetzung Condivi's mehr Schwie-
rigkeiten bereitet, als die eines andern Autors; insbesonders,
wenn man, wie Herr *Dr. Rud. Valdeck*, bemüht ist, den Charakter des Styles, die bezeichnenden Unebenheiten der Prosa
in deutscher Sprache möglichst getreu wiederzugeben.

Aber gerade das Einfache der Biographie macht sie werthvoll; sie entbehrt rhetorischer oder stylistischer Schminke, ge-
winnt aber durch die Ehrlichkeit und Treuherzigkeit der Erzählung an historischem Werthe und ist deswegen einer der
bedeutendsten kunsthistorischen Beiträge für die Florentiner und
römische Künstlergeschichte seiner Zeit. Deswegen kam auch
Condivi seit Gori's und auch in neueren Zeiten wieder zu Ehren.
Seine „Vita di Michel Angelo Buonarroti" wurde zuerst von
Gori mit lehrreichen, von *J. P. Mariette* speciell für Gori
geschriebenen Bemerkungen 1746 herausgegeben, welche zu Pisa
1823 in einer guten Ausgabe abgedruckt wurden; zu Florenz
(1858 bei Barbèra) erschien der Text mit einigen flüchtigen Noten.

Condivi hat sich mit der Biographie des Michel Angelo
nur bis zu einer bestimmten Epoche in dessen Leben beschäftigt.
Er scheint noch vor seiner Vermählung sich nach Ripa Transone
begeben zu haben. Dort beschäftigte er sich weniger mit Kunst,
als mit Communal-Angelegenheiten und seinen eigenen Geschäften. Doch wird erwähnt, dass er in seiner Heimat ein „Kreuz
mit acht Figuren", ein „Pallium" und eine „Flucht nach Egyp-
ten" gemalt habe. Er ertrank am 10. December 1574 und
hinterliess drei Kinder: Timante, Anton Francesco und Ascanio.
(*Gualandi* „Memorie italiane" etc. Bologna 1840. Serie 1, Seite

77, Serie 2, Seite 179, Serie 5, Seite 66.) Ein seiner Zeit nicht
unbeachteter Florentiner Architekt und Bildhauer, *Girolamo
Ticciati,* hat es übernommen, das Leben Michel Angelo's von
Condivi bis zu dem Tode Michel Angelo's zu vervollständigen.
Wir geben eine Uebersetzung dieses Nachtrages von G. Ticciati
aus der Feder *A. Ilg's,* der sich auch um die Herausgabe dieses Quellenschriftstellers vielfach verdient gemacht hat.

In den *Anmerkungen* wurde nur das Nothwendigste in
knappster Form mitgetheilt. Gerade bei einem Werke, das
Michel Angelo's Leben zum Gegenstande hat, lag die Versuchung
nahe, eingehend und breit sich in Streitfragen aller Art einzu-
lassen. Ich hoffe, die Leser werden es Dank wissen, dass auch
bei dieser Publication das Princip festgehalten wurde, die Noten
nicht über Gebühr auszudehnen und auf das zu beschränken,
was zum unmittelbaren Verständnisse des Quellenschriftstellers
absolut nothwendig ist.

Die *chronologische Uebersicht* liegt dem „prospetto chro-
nologico della Vita e delle opere di Michel Angelo Buonarroti"
in der Le Monier'schen Ausgabe Vasari's (Bd. XII, S. 333 bis
409) zu Grunde. Es ist bei dieser chronologischen Uebersicht
aller gelehrte Apparat, alles Hinweisen auf Gaye, Bottari, Mila-
nesi, Grimm, Harford u. s. f. beseitigt worden, da Fachgelehrten
das Materiale ohnedem zu Handen ist, dem Nichteingeweihten
aber kritisch-literarische Bemerkungen mehr hinderlich als nütz-
lich sind. Dagegen wurden einige zeitgenössische Daten aus der
politischen wie der Künstlergeschichte hinzugefügt, um eine
Uebersicht in der Stellung Michel Angelo's zu seinen Zeitgenossen
zu erleichtern. Der Le Monier'sche chronologische Prospect ist
überdies fast vollständig in der deutschen Uebersetzung der
Leben „Michel Angelo Leonardo und Rafael von *Ch. Clement*"
von *C. Clauss* (Leipzig 1870, Seite 116—144) erschienen.

Wien, im Juli 1873.

R. v. Eitelberger.

AUSGABEN DES CONDIVI.

Vita di Michel Angelo Buonarroti raccolta per *Ascanio Condivi* de la Ripa
Transone. In Roma appresso Antonio Blado Stampatore. Camerale nel
M. D. LIII. alli XVI. di Luglio. (4. 5o Seiten ohne Dedication oder
Vorrede.)

Diese e r s t e Ausgabe des Condivi war bereits Ende des XVII. Jahrhunderts sehr
selten geworden. Siehe M. A. Beyer's Memoriae historico-criticae librorum rariorum.
Dresdae et Lipsiae. 1734. p. 213. Brunet. II. 216.

Vita di Michel Angelo Buonarroti pittore scultore architetto e gentiluomo
fiorentino. Publicata mentre viveva dal suo scolare *Ascanio Condivi*. Se-
conda Edizione. Corretta ed accresciuta di Varie annotazioni col ritratto
del medesimo ed altre figure in Rame. In Firenze MDCCXXXXVI. per
Gaetano Albezzini, all' insegno del Sole. Con Licenza de' superior.

Diese vortreffliche Ausgabe (Klein-Folio. XXIV. 160 Seiten) enthält ausser dem
Leben des Condivi, den Nachtrag des *Ticciati*, die Bemerkungen von *P. Mariette, D.
M. Manni* und *A. F. Gori*, eine Genealogie der Familie Buonarroti, einen Auszug aus
Vasari, Dedication, Einleitung und Index. Sie ist mit Abbildungen reich ausgestattet.
Diese Ausgabe wurde in Pisa 1832 wieder abgedruckt und den Noten von Manni, Gori
und Mariette auch die wenig bedeutenden von *Rossi* beigegeben. Diese Ausgabe bildet
einen Theil der Classici Italiani (Milano). Der Titel lautet:

Vita di Michel Angelo Buonarroti scritta da *Ascanio Condivi* suo discipolo.
Pisa, presso Niccolò Capurno. MDCCCXXIII. (199 S. 8.)

Rime e lettere di Michel Angelo Buonarroti, precedute dalla *vita dell
autore scritta da Ascanio Condivi* Firenze, Barbèra Bianchi Comp. 1858,
16. S. 1—195, S. 197—457.

Folgen die Gedichte und Briefe Michel Angelo's. Eine wenig genaue Ausgabe ;
Noten und Einleitung zu Condivi ohne Bedeutung.

DAS LEBEN DES

MICHEL ANGELO BUONARROTI.

ZUSAMMENGESTELLT

DURCH

ASCANIO CONDIVI DA LA RIPA TRANSONE.

———

IN ROM

BEI

ANTONIO BLADO, STAMPATORE CAMERALE.

1553. AM 16. JULI.

AN DEN PAPST JULIUS III.[1]

Heiliger Vater!

Ich würde es nicht wagen, so ein unwürdiger Diener und von so niedrigen Glücksumständen als ich bin, vor Euerer Heiligkeit zu erscheinen, wenn meine Unwürdigkeit und Niedrigkeit nicht früher von Euch selber wären entschuldigt und ermuthigt worden, als Ihr Euch so sehr zu mir herabliesset, dass Ihr mich in Euere Gegenwart zuzulassen und mir mit Worten, die Euerer Güte und Hoheit entsprechen, Muth und Hoffnung zu machen geruhtet, weit über mein Verdienst und meinen Stand hinaus. Eine wahrhaft apostolische That, durch deren Kraft ich mich fühle tüchtiger geworden zu sein als ich es bin; und so habe ich, von Euerer Heiligkeit darin bestärkt, meine Studien und die Lehren meines Meisters und Abgottes mit solchem Eifer verfolgt, dass ich Anstrengungen gemacht habe und Früchte hervorzubringen hoffe, die, wenn auch nicht jetzt, so doch in einiger Zeit vielleicht die Gunst und den Beifall Euerer Heiligkeit verdienen werden, zugleich mit dem Ruhm, Schüler und Diener zu sein eines Michel Angelo Buonarroti: der eine Fürst der Christenheit, der andere der bildenden Künste. Und um Euerer Heiligkeit einen Beweis zu geben, wie Euere eigene Güte in mir gewirkt hat, so widme ich, gleich wie ich Euch mein Herz und meine Ergebenheit auf immer gewidmet habe, auch von Hand zu Hand alle Werke, die durch mich entstehen werden, und insbesondere diese über das Leben des Michel Angelo, indem ich denke, dass sie Euch angenehm sein müssten, da Euch die

---

[1] Julius III., Giov. Maria, war der Sohn des Consist.-Advocaten Vincenzo Ciocchi del Monte und der Christofora Saracini von Siena; zum Papst gewählt 7. Februar 1550. Er war am 10. September 1487 zu Rom geboren und starb am 23. März 1555.

Tugend und Vortrefflichkeit des Mannes angenehm sind, dem
nachzueifern Euere Heiligkeit selber mir vorgeschlagen hat. Hier
ist das, was mir von ihm zu sagen geziemt. Es bleiben noch
grössere Dinge übrig, die aus ihm geschöpft sind; diese werden
später veröffentlicht werden, zur Zierde und Befestigung der
Kunst, und zum Ruhme Euerer Heiligkeit, der die Kunst und
den Künstler begünstigt. Indess bitte ich Euch mir nicht zu
zürnen, dass ich Euch davon diese spärlichen Erstlinge weihe,
womit ich mich demüthigst zu Eueren heiligsten Füssen nieder-
beuge.

Euerer Heiligkeit

unwürdigster Diener

Ascanio Condivi.

AN DIE LESER.

Von der Stunde an, in welcher Gott der Herr durch seine besondere Gnade mich würdigte nicht nur des Anblickes (zu welchem gelangen zu können ich kaum gehofft hätte), sondern der Liebe, des Gesprächs und des vertrauten Umgangs des Michel Angelo Buonarroti, des einzigen Malers und Bildhauers, habe ich, eine solche Wohlthat erkennend und als Liebhaber seiner Kunst sowie seiner Trefflichkeit, mich mit aller Aufmerksamkeit und aller Hingebung bemüht, nicht nur die Vorschriften zu beobachten und zusammenzustellen, die er mir über die Kunst ertheilte, sondern auch seine Reden, Handlungen und Gewohnheiten, so wie alles, was mir in seinem ganzen Leben entweder des Lobes oder der Bewunderung oder der Nacheiferung würdig schien, und zwar in der Absicht, seiner Zeit darüber zu schreiben, sowohl um ihm einigen Dank abzustatten für die unendlichen Verpflichtungen, die ich ihm schulde, so wie um auch Andern durch die Bemerkungen und das Beispiel eines solchen Mannes förderlich zu sein, da man wohl weiss, wie viel unsere Zeit und die zukünftige ihm verpflichtet ist, indem sie von seinen Werken so viel Erleuchtung erhalten hat, was sich leicht erkennen lässt, wenn man die derjenigen betrachtet, die vor ihm geblüht haben. Ich habe also zwei Vorraths-kammern von seinen Sachen gemacht, die eine von dem, was die Kunst betrifft, die andere über das Leben. Und während alle beide vorwärts schreiten, theils vermehrt, theils verarbeitet werden, ist der Zufall eingetreten, dass ich aus doppelter Ursache gezwungen bin, den Bericht über das Leben zu beeilen, ja sogar zu überstürzen. Erstlich, weil es Einige gibt, welche, indem sie über diesen seltenen Mann schrieben, ohne ihn (wie ich glaube) so genau gekannt zu haben wie ich, einerseits von ihm Dinge gesagt haben,[1] die nie geschehen sind, andererseits viele der bemerkenswerthesten übergangen haben; zum zweiten, weil einige Andere, denen ich diese meine Arbeiten mitgetheilt und anvertraut hatte, sich dieselben auf eine Weise angeeignet haben, als ob sie damit, wie wenn es die ihrigen wären, sich Ehre einzulegen beabsichtigen. Deshalb, um der Mangelhaftigkeit jener abzuhelfen und dem Unrechte dieser vorzubeugen, habe ich mich entschlossen, sie herauszugeben, so unreif wie sie sind. Und hinsichtlich der Art, wie ich sie vorgebracht habe, dieweil meine Studien mehr auf das Malen gerichtet waren als auf das Schreiben; ferner die obgenannten Ursachen mir keine Zeit lassen, selber dazu zu sehen oder mir, wie ich es beabsichtigte, von andern helfen zu lassen, so werde ich darob bei den verständigen Lesern leicht entschuldigt sein, oder vielmehr kümmere ich mich gar um keine Entschuldigung darüber, da ich kein Lob dafür suche. Und wenn mir dennoch welches ertheilt wird, so bin ich zufrieden, dass es nicht dem guten Schriftsteller gilt, sondern dem fleissigen und treuen Sammler dieser Dinge, und ihm bestätigt, dass er sie aufrichtig gesammelt, sie mit Geschicklichkeit und grosser Geduld aus seinem lebendigen Orakel geschöpft und schliesslich, dass er sie verglichen und bekräftigt habe durch das Zeugniss glaubwürdiger Schriften und Männer. Mag ich aber ein noch so unbeholfener Schriftsteller sein, dafür wenigstens hoffe ich gelobt zu werden, dass ich mit dem Theile, den ich jetzt herausgebe, so gut als ich konnte, für den Ruf meines Meisters gesorgt habe, sowie mit jenem, der mir übrig bleibt, für die Erhaltung eines grossen Schatzes unserer Kunst, zu deren Nutzen ich ihn später der Welt mittheilen werde, in sorgfältigerer Weise, als ich es mit diesem hier gethan habe. Machen wir uns jetzt an das Leben.

---

[1] Es unterliegt wohl keinem Zweifel, dass diese Bemerkung sich in erster Linie auf das Leben Michel Angelo's in der ersten Ausgabe der Vite des Vasari bezieht, sowie auch die bekannte Stelle in der zweiten Ausgabe Vasari's, p. 160, Condivi trifft. S. über diese Frage den Excurs des Dr. A. Ilg.

LEBEN DES MICHEL ANGELO BUONARROTI.

I. Michel Angelo Buonarroti, der unvergleichlichste Maler und Bildhauer,[1] stammte ab von den Grafen von Canossa, einem edlen Geschlechte aus dem Gebiete von Reggio, ausgezeichnet sowohl durch sein Alterthum und die eigene Tüchtigkeit, als auch dadurch, dass es sich verschwägert hatte mit dem kaiserlichen Blute. Denn Beatrix, Schwester Heinrich's II., wurde zur Frau gegeben dem Grafen Bonifacius von Canossa, damals Herrn von Mantua, woraus die Gräfin Mathilde geboren wurde, eine Frau von seltener und besonderer Klugheit und Frömmigkeit, welche, nach dem Tode ihres Gatten Gottfried, in Italien ausser Mantua auch noch Lucca, Parma und Reggio und jenen Theil von Toscana besass, der heute das Patrimonium des heil. Petrus heisst; und nachdem sie in ihrem Leben viele denkwürdige Dinge gethan, wurde sie, als sie starb, begraben bei Mantua, in der Abtei des heil. Benedict, die sie erbaut und reichlich ausgestattet hatte.

II. Als nun aus einer solchen Familie ein Herr Simon im Jahre 1250 nach Florenz als Podestà kam, verdiente er durch seine Tüchtigkeit, dass man ihn zum Bürger jener Stadt und

---

[1] Die in den ersten zwei Capiteln angeführten Daten über das Alter der Familie Buonarroti machen keinen Anspruch auf historische Richtigkeit. Sie sind ebenso unbeglaubigt, wie viele ähnliche Traditionen in adeligen Familien Italiens. Der Vater des Michel Angelo war Lodovico di Lionardo Buonarroti Simoni, seine Mutter Francesca Rucellai. Im Jahre 1860 starb die Familie Buonarroti gänzlich aus. Das Familienhaus ist in Florenz, via Ghibellina, heute eine Art Museum, von Michel Angelo jun., einem in seiner Zeit nicht unbekannten Dichter (gestorben 1646), gegründet, dessen Werke Pietro Fanfani 1863 bei Le Monnier wieder herausgegeben hat. Ueber jenes Museum siehe: Fabbrichesi A., Guida della Galleria Buonarroti. Firenze, tip. delle Murate, 1868.

zum Sechstel-Meister machte; denn in so viele Theile war damals die Stadt getheilt, die heute aus Vierteln besteht. Und da in
Florenz die Partei der Guelfen herrschte, wurde er, wegen der
vielen Wohlthaten, die er von derselben empfangen, aus einem
Ghibellinen, der er war, ein Guelfe, und änderte zugleich die
Farben seines Wappens, das, während es früher ein weisser
Hund im rothen Felde gewesen, steigend und einen Knochen
im Maule, jetzt ein goldener Hund im himmelblauen Felde
wurde, und von der Signorie wurden ihm später fünf rothe
Lilien auf einem Rost gegeben, sowie eine Helmzier mit zwei
Stierhörnern, eines golden und das andere himmelblau, wie man
es bis heute auf ihren alten Wappenschildern gemalt sehen
kann. Das alte Wappen des Herrn Simon sieht man im Palaste
des Podestà, wo er es in Marmor herstellen liess, wie es der
grösste Theil derjenigen zu thun pflegte, die ein solches Amt
inne gehabt.

III. Die Ursache, wesshalb die Familie in Florenz ihren
Namen änderte und statt die von Canossa später die von Buonarroti genannt wurde, war diese: da dieser Name Buonarroti
in ihrem Hause von Geschlecht zu Geschlecht fort immer gebräuchlich gewesen war bis zur Zeit des Michel Angelo, dessen
eine Bruder ebenfalls Buonarroti genannt wurde, und da viele
von diesen Buonarroti's Signoren gewesen waren, d. h. von der
höchsten Obrigkeit jener Republik, und insbesondere jener sein
obgenannter Bruder, der zu ihrer Zahl gehörte, zur Zeit, als
Papst Leo in Florenz war, wie man es in den Jahrbüchern
dieser Stadt sehen kann; so wurde dieser Name, den so viele
von ihnen trugen, zum Beinamen der ganzen Familie, u. zw.
um so leichter, da es in Florenz der Brauch ist, bei den Wahlen und den anderen Ernennungen dem eigenen Namen der
Bürger den des Vaters beizufügen, des Grossvaters, des Urgrossvaters und manchmal den der noch früheren, so dass sie nach
den vielen aufeinander folgenden Buonarroti und nach jenem
Simon, der der erste aus dieser Familie in jener Stadt war,
statt der Canossa, die sie waren, sich die Buonarroti Simoni
nannten, wie sie sich heute nennen. Endlich als Papst Leo X.
nach Florenz ging, fügte er ausser vielen Vorrechten, die
er diesem Hause verlieh, auch ihrem Wappen die blaue

Kugel des Mediceischen Hauswappens bei, nebst drei goldenen
Lilien.

IV. Von einem solchen Stamme nun entspross Michel
Angelo, dessen Vater sich Lodovico di Leonardo Buonarroti
Simoni nannte, ein frommer und guter Mann und mehr nach
dem alten Schlage, welcher, als er Podestà von Chiusi und von
Caprese im Casentinischen war, diesen Sohn bekam im Jahre
unseres Heils 1474, am Tage des 6. März, vier Stunden vor
Tagesanbruch, am Montag. Eine grosse Nativität sicherlich,
und die gleich bezeugte, was das Kind sein müsse und von wie
vielem Ingenium, denn sintemal Merkur mit der Venus in der
Zweiten im Hause des Jupiter mit freundlichem Anblick empfangen hatte, so versprach dies das, was später erfolgt ist, dass
ein solcher Sprössling von hohem und edlem Geiste sein müsse, in
jeglicher Unternehmung überhaupt erfolgreich, besonders aber
in jenen Künsten, die den Sinn ergötzen, wie die Malerei,
Sculptur und Baukunst. Nachdem die Zeit seines Amtes beendigt
war, kehrte der Vater nach Florenz zurück und that ihn zu
einer Amme in eine Villa, Settignano genannt, drei Miglien von
der Stadt, woselbst sie noch eine Besitzung haben, die zu den
ersten Dingen gehörte, welche Herr Simon von Canossa in
jenem Lande gekauft hatte. Die Amme war die Tochter eines
Steinmetz und auch an einen Steinmetz verheiratet. Deshalb
pflegt Michel Angelo zu sagen: es sei kein Wunder, dass er
sich des Meissels so sehr erfreut habe; entweder zum Scherz
oder vielleicht es ernstlich meinend, weil er weiss, dass die Milch
der Amme eine solche Macht hat in uns, dass sie, oftmals die
Temperatur des Körpers verändernd, statt der einen Neigung
eine andere beibringt, die sich von der natürlichen sehr unter-
scheidet.

V. Als nun der Knabe herangewachsen und zu Jahren gekommen war, der Vater aber, seinen Geist erkennend, den
Wunsch fasste, ihn den Wissenschaften zu widmen, schickte
er ihn in die Schule eines Meisters Francesco von Urbino,[1] der

---

[1] Den Francesco d'Urbino erwähnt wie Condivi, so auch Vasari und
B. Varchi, der in seiner Leichenrede auf Michel Angelo einige Details über
die schon in früher Jugend erwachende Kunstliebe Michel Angelo's bringt.
Sonst ist über Francesco d'Urbino nichts bekannt.

in jener Zeit zu Florenz die Grammatik lehrte; allein obwohl
er darin einige Fortschritte machte, so zogen ihn doch der
Himmel und die Natur, denen man schwerlich widerstehen kann,
hin zu der Malerei, in der Art, dass er sich nicht abhalten liess,
so oft er ein Stündchen stehlen konnte, da- und dorthin zu
laufen, um zu zeichnen und den Umgang der Maler aufzusuchen,
unter denen ihm ein gewisser Francesco Granacci bekannt wurde,
ein Schüler des Dominico Grillandaio,[1] welcher, als er die Neigung
und die entzündeten Triebe des Knaben bemerkte, sich entschloss, ihn zu unterstützen, und ihn in seinem Vorhaben immerfort aneiferte und ihn entweder mit sich nahm in die Werkstatt
des Meisters oder wo sonst ein Werk war, von dem er Nutzen
ziehen könnte. Dieser Impuls, zu der Natur hinzugefügt, die
ihn immer antrieb, vermochte so viel, dass er die Wissenschaften vollständig aufgab. Darüber wurde er vom Vater und
den Brüdern des Vaters, die gegen eine solche Profession einen

---

[1] Den Vertrag zwischen dem Vater Michel Angelo's und Domenico
Bigordi, gen. il Ghirlandajo, über den Eintritt Michel Angelo's in die
Lehre bei Domenico und David Ghirlandajo führt Vasari (XII. 160) an. Die
Lehrzeit dauert drei Jahre „um malen und ihren Beruf üben zu lernen".
Michel Angelo erhielt dafür 24 Gulden; am 16. April 1488 erhielt Angelo
die erste Rate, 2 Goldgulden. — David Ghirlandajo, geb. 1451, gest. 22. August
1525, Maler und Musaicist; Domenico Ghirlandajo, geb. 1449, gest. circa 1498,
der eigentliche Lehrer Michel Angelo's in der Malerei.

Dasjenige Gemälde Michel Angelo's, welches der Jugendzeit Michel
Angelo's zugeschrieben wird, zeigt deutlich den Einfluss der Schule und
der Richtung Ghirlandajo's. Auch in seinen Bildhauerwerken, die einer ein-
gehenden kritischen Würdigung noch harren, zeigt sich Michel Angelo als
ein echtes Kind der Florentiner Bildhauer- und Malerschule des XV. Jahrhunderts in der Behandlung des Haares und des Gewandes des knieenden
Engels an der Arca in St. Domenico in Bologna, der Behandlung des Gewandes
der Maria der Pietà in St. Pietro in Rom u. s. f. Aber schon nach 1504 hat
Michel Angelo Alles abgestreift, was an die frühere Zeit der Florentiner
Schulen mahnt und geht seine eigenen Wege.

Was Condivi über die Eifersucht Dom. Ghirlandajo's gegen das auf-
strebende Talent Michel Angelo's erzählt, berichtet auch Vasari, ob begründet
oder unbegründet, ist jetzt nicht mehr zu controliren. Domenico Ghirlandajo
hatte ausser David noch zwei Brüder, den Giovambatista (geboren 1466)
und Benedetto (geboren 1458, gestorben circa 1499), der gleichfals
Maler war.

Hass hatten, übel angesehen und gar oft ausnehmend geschlagen, da es ihnen, aus Unkenntniss der Hoheit und des Adels der Kunst, eine Schande schien, sie in ihrem Hause zu haben. Dieses, obwohl es ihm über die Massen verdriesslich wurde, war nichtsdestoweniger nicht hinreichend, ihn zurückweichen zu machen, vielmehr wurde er noch eifriger gemacht und wollte versuchen, die Farben anzuwenden. Und da ihm von Granacci ein gedrucktes Blatt vorgelegt wurde, worauf die Geschichte des heil. Antonius vorgestellt war, wie er von den Teufeln geschlagen wird, dessen Verfertiger ein Martin von Holland[1] war, ein für jene Zeit tüchtiger Mann, zeichnete er es auf eine Holztafel, und da ihn Jener mit Farben und Pinseln versehen hatte, componirte und führte er es dermassen aus, dass es nicht nur Jedem, der es sah, zur Verwunderung, sondern auch, wie Einige wollen, dem Dominico (dem geschätztesten Maler jener Zeit) zum Neide gereichte (wie man später aus andern Dingen offenbar erkennen konnte), welcher, um das Werk weniger wunderbar erscheinen zu machen, zu sagen pflegte, es sei aus seiner Werkstatt hervorgegangen, gleichsam, als ob er Theil daran gehabt hätte. Während er dieses Bildchen machte, sintemal auf demselben, ausser dem Conterfei des Heiligen, viele absonderliche Gestalten und höllische Ungeheuer sich befanden, so wandte Michel Angelo einen solchen Fleiss daran, dass er keinen Theil colorirte, bevor er ihn nicht mit der Natur verglichen hatte. So dass er auf den Fischmarkt ging und beobachtete, von welcher Form und Farbe die Flossen der Fische wären, von welcher Farbe die Augen und jeder andere Theil, und es dann in seinem Gemälde darstellte, wodurch er es zu der Vollkommenheit brachte, deren er fähig war, und von damals an die Bewunderung der Welt und, wie ich gesagt habe, den Neid des Grillandaio erweckte, der sich umsomehr kund gab, da er, eines Tages von Michel Angelo um sein Zeichenbuch ersucht, worin Hirten mit ihren Schäflein und Hunden, Landschaften, Gebäude, Ruinen und

---

[1] Dass unter diesem Martin d'Hollanda Martin Schongauer zu verstehen sei, ist wohl als bekannt vorauszusetzen. Ueber das Blatt „die Versuchung des heil. Antonius" siehe Bartsch P. G. VI. 47. — Das von Michel Angelo nach Martin Schongauer angefertigte Gemälde soll sich, nach Mündler's Angabe, im Besitze des Bildhauers v. Triqueti in Paris befinden.

ähnliche Dinge gemalt waren, es ihm nicht leihen wollte. Und in der That stand er im Rufe, etwas neidisch zu sein; weil er nicht nur gegen Michel Angelo sich wenig höflich betrug, sondern auch gegen den eigenen Bruder, den er, als er ihn vorwärts kommen und grosse Hoffnungen erwecken sah, nach Frankreich schickte, nicht sowohl um demselbigen zu nützen, wie Einige sagten, sondern um in Florenz selber der Erste in seiner Kunst zu bleiben. Davon habe ich Erwähnung thun wollen, weil mir gesagt wurde, dass der Sohn des Dominico die Vortrefflichkeit und Göttlichkeit des Michel Angelo zum grossen Theil der Unterweisung des Vaters zuzuschreiben pflegt, da dieser ihm doch keinerlei Hilfe geleistet, obgleich Michel Angelo sich darüber nicht beklagt, im Gegentheil, den Dominico lobt, sowohl der Kunst als den Sitten nach. Aber dies mag eine kleine Abschweifung sein; kehren wir zurück zu unserer Geschichte.

VI. Nicht geringere Verwunderung verursachte zu derselben Zeit ein anderes Werk von ihm, wobei es einigen Spass absetzte. Als man ihm einen Kopf gegeben hatte, damit er ihn abzeichne, bildete er ihn so genau nach, dass, als er dem Besitzer die Nachzeichnung statt des Vorbildes zurückgegeben hatte, der Betrug von demselben nicht früher erkannt wurde, als bis er ihm entdeckt wurde, dadurch, dass der Knabe mit einem Gespielen davon sprach und darüber lachte. Viele wollten die Vergleichung machen, fanden aber keinen Unterschied, weil Michel Angelo ausser der Vortrefflichkeit der Zeichnung ihr durch Rauch den Schein desselben Alters gab, den die Vorlage hatte. Dies verschaffte ihm eine grosse Reputation.

VII. Wie nun der Knabe so bald dies bald jenes zeichnete, ohne einen bestimmten Ort noch Werkstatt zu haben, geschah es, dass er eines Tages vom Granacci [1] nach dem Garten der

---

[1] Francesco Granacci wird vom Vasari mit Torrigiani, Rustici Soggi, Lor. di Credi, Bugiardini unter denjenigen Florentinern erwähnt, die, wie Michel Angelo, im Garten der Mediceer ihre Studien machten. Geb. 1469, war er nur sechs Jahre älter, als Michel Angelo. Dieser rief ihn nach Rom, um bei Ausführung der Fresken an der Decke der Sixtina mitzuhelfen. Michel Angelo aber, unzufrieden mit seiner Leistung, entschloss sich, die Fresken allein zu vollenden. Granacci kehrte wieder nach Florenz zurück, blieb aber mit Michel Angelo immer in guten Beziehungen. Er starb 1544.

Medici[1] in San Marco geführt wurde, welchen Garten der erlauchte
Lorenzo, der Vater des Papstes Leo, ein in allen Vortrefflichkeiten
ausgezeichneter Mann, mit verschiedenen antiken Statuen und Figuren ausgeschmückt hatte. Nachdem Michel Angelo dieselbigen
gesehen und die Schönheit der Arbeit kennen gelernt hatte, ging
er dann weder in die Werkstatt des Dominico noch anderswohin,
sondern den ganzen Tag blieb er hier, als in der besten Schule
für derlei Bestrebungen und arbeitete alleweil irgend etwas. Als
er eines Tages unter Anderem den Kopf eines Fauns[2] betrachtete,
bereits alt von Ansehen, mit langem Bart und lachendem Gesicht,
obgleich man den Mund kaum erblickte, sei's des Alters wegen
oder damit man erkenne, wer es sei, und da er ihm über die
Masken gefiel, nahm er sich vor, ihn in Marmor nachzubilden. Und
da der erlauchte Lorenzo damals in jenem Orte die Marmorblöcke,
oder vielmehr die schon zugehauenen Steine bearbeiten liess, um
jene herrliche Bibliothek zu verzieren, welche er und seine Vorfahren aus der ganzen Welt zusammengebracht hatten (welcher Bau
wegen des Todes des Lorenzo und anderer Zufälle vernachlässigt,
nach vielen Jahren von Papst Clemens wieder aufgenommen, aber
gleichfalls unvollendet gelassen wurde, so dass die Bücher noch
jetzt in den Kisten liegen), als, sage ich, diese Marmorblöcke bearbeitet

---

[1] Der Garten der Mediceer lag in der Nähe des Marcusplatzes (via
Larga, 6069). In demselben vereinigte Lorenzo Magnifico die Alterthümer,
welche er sammelte, und setzte einen Schüler des Donatello, Bertoldo, als
Custos ein. Die Sammlung blieb daselbst erhalten bis 1494. Nach der Verbannung des Piero Medici wurde sie verkauft; im Jahre 1512 kam aber der
grösste Theil derselben wieder an die Mediceer zurück. (S. Vasari im Leben
des Torrigiani, VII. p. 204.) Diese alten Besitzthümer der Mediceer sind jetzt
meist in den öffentlichen Sammlungen von Florenz. Zu den Zeiten des
Lorenzo war das sogenannte Casino Mediceo ein einfaches Casino mit einem
grossen Garten; erst unter Grossherzog Franz I. erhielt es durch Bernardo
Buontalenti und später durch G. Silvani eine ganz veränderte Form.

[2] Mariette, der diesen Faunkopf in der Sammlungen des Grossherzogs
in Florenz sah, macht in seinen „Observations sur la vie de Michel Angelo
écrite par le Condivi" (Ausgabe von Condivi, Pisa 1823, p. 178) die richtige
Bemerkung, dass dieser Kopf seiner technischen Behandlung nach nicht wie
die Arbeit eines Knaben, sondern die eines Mannes aussieht. Auch zeige
derselbe, dass Michel Angelo durch die Antike zur Sculptur geführt wurde.
Abgebildet in der Ausgabe des Condivi von 1746, p. VI, befindet er sich
gegenwärtig in der Sammlung der Uffizien.

wurden, liess sich Michel Angelo von jenen Meistern ein Stück
geben und, von ihnen mit den Werkzeugen versehen, machte er
sich mit so viel Aufmerksamkeit und Eifer daran, den Faun nachzubilden, das er ihn in wenig Tagen zur Vollendung brachte,
wobei er aus seiner Phantasie alles hinzufügte, was in dem Antiken fehlte, nämlich: den offenen Mund nach Art eines Menschen,
der lacht, so dass man die Höhlung desselben sah, mit allen den
Zähnen. Währenddem der Erlauchte nachzusehen kam, wie weit
sein Bau gediehen sei, traf er den Jüngling, der daran war, seinen
Kopf zu poliren, und nachdem er sich ihm etwas genähert, dann
zuvörderst die Vortrefflichkeit des Werkes bemerkt und dessen
Alter berücksichtigt hatte, verwunderte er sich ungemein, und obgleich er die Arbeit lobte, scherzte er nichtsdestoweniger mit ihm,
als wie mit einem Kinde und sagte: ,,O, Du hast ja diesen Faun
alt gemacht und ihm alle Zähne gelassen! Weisst Du nicht, dass
den Alten in diesen Jahren immer ein und der andere fehlt?''
Tausend Jahre schienen es dem Michel Angelo, bis der Erlauchte
sich entfernte, um den Fehler zu verbessern, und, allein gelassen,
nahm er seinem Alten einen Zahn von den oberen, den Kiefer
ausbohrend, als wenn er mit sammt der Wurzel heraus wäre,
worauf er am nächsten Tage den Erlauchten mit grosser Ungeduld
erwartete. Als dieser gekommen war und die Bravheit und Ein-
falt des Knaben gesehen hatte, lachte er sehr darüber; später aber,
da er die Vollendung des Werkes und sein Alter erwogen hatte,
als Vater aller Fähigkeiten, beschloss er ein solches Talent zu
befördern und ihm zu helfen und es in sein Haus zu nehmen;
und als er von ihm erfuhr, wessen Sohn er sei, sagte er: ,,Geh',
Deinem Vater zu sagen, dass es mir lieb wäre, ihn zu sprechen.''

VIII. Wie nun Michel Angelo nach Hause zurückgekehrt war
und die Botschaft des Erlauchten ausgerichtet hatte, errieth der
Vater, wesshalb er gerufen werde, und nur mit grosser Mühe konnte
er vom Granacci und den Andern bewogen werden, hinzugehen,
im Gegentheil beklagte er sich, dass Jener ihm seinen Sohn ver-
leite und blieb dabei, er werde es nie leiden, dass der Sohn Steinmetz werde, und nichts half es dem Granacci, dass er ihm aus-
einandersetzte, ein wie grosser Unterschied zwischen einem
Bildhauer sei und einem Steinmetz, noch dass er lange darüber
disputirte Gleichwohl, nachdem er vor den Erlauchten gekommen

und von ihm ersucht worden war, er möge ihm den Sohn als
den seinigen abtreten, konnte er es ihm nicht abschlagen: „Im
Gegentheil," fügte er hinzu, „nicht bloss Michel Angelo, wir andern
Alle stehen mit unserem Leben und Vermögen Euerer Erlaucht
zu Diensten." Und vom Erlauchten befragt, was sein Beruf wäre,
antwortete er ihm: „Ich habe niemals ein Handwerk getrieben,
sondern bis jezt immer nur von meinem kleinen Einkommen gelebt,
indem ich die wenigen Besitzungen verwaltete, die mir von meinen
Vorfahren hinterlassen worden waren, so dass ich sie nicht
nur zu erhalten, sondern auch zu vermehren suche, so weit es
durch meinen Fleiss geschehen kann." Der Erlauchte darauf:
„Gut," sagte er, „seht Euch um, ob es in Florenz nichts gibt,
was Euch zuträglich wäre und zählt dabei auf mich, denn ich
will Euch eine Gunst erweisen, so gross als ich sie vermag."
Und nachdem er den Alten entlassen, liess er dem Michel Angelo
ein hübsches Zimmer im Hause anweisen und verschaffte ihm
alle Bequemlichkeiten, welche dieser wünschte, so dass er ihn,
wie in allem Andern, so auch an seiner Tafel, nicht anders be-
handelte als wie seinen Sohn, an welcher, wie es bei einem
solchen Mann geht, alle Tage die vornehmsten und ansehnlichsten
Personen zu sitzen pflegten. Und weil es daselbst Gebrauch war,
dass Jene, die von Anfang an gegenwärtig waren, ein jeder nach
seinem Range sich neben den Erlauchten setzte und sich nicht
von der Stelle rührte, wer auch immer später kommen mochte,
so geschah es gar oft, dass Michel Angelo höher sass, als die
Söhne des Lorenzo und andere bedeutende Personen, von denen
ein solches Haus beständig erfüllt und gleichsam in Blüthe war,
von denen allen Michel Angelo sehr liebkost und zu seinem
ehrenvollen Berufe angeeifert wurde; über Alle aber vom Erlauchten, der ihn oftmals im Tage rufen liess, ihm seine Edel-
steine, Harnische, Medaillen und ähnliche Dinge von hohem
Werthe zu zeigen, als Einem, dessen Geist und Urtheil er wohl
kannte.

IX. Es war Michel Angelo, als er in das Haus des Erlauchten kam, im Alter zwischen 15 und 16 Jahren, und er
blieb daselbst bis zu dessen Tode, welcher im Jahre 92 statt-
fand, ungefähr nach zwei Jahren. In selbiger Zeit, als eine
Stelle beim Zollamt offen wurde, die keiner erhalten konnte,

der nicht Bürger war, kam Ludwig, der Vater des Michel
Angelo, den Erlauchten aufzusuchen, und verlangte sie mit
diesen Worten: „Lorenzo, ich kann nichts anderes, als lesen
und schreiben. Da nun der Compagnon des Marcus Pucci im
Zollamt gestorben ist, so wäre es mir lieb, an seine Stelle zu
treten, da es mir scheint, ich könnte zu einem solchen Amte
hinlänglich taugen." Der Erlauchte legte ihm die Hand auf die
Schulter und sagte lächelnd: „Du wirst immer arm bleiben,"
wobei er erwartete, dass er ihn um etwas Grösseres angehen
werde. Dann fügte er hinzu: „Wenn Ihr mit Marcus in Compag-
nie sein wollt, so könnt Ihr es thun, bis sich Gelegenheit zu
etwas Besserem findet." Das Amt trug acht Scudi ein im Monat,
etwas mehr oder weniger.

X. Währenddem betrieb Michel Angelo seine Studien,
und wies dem Erlauchten alle Tage irgend eine Frucht seiner
Bemühungen vor. Es wohnte in demselben Hause Poliziano,[1] ein, wie ein Jeder weiss und wie es seine Schriften
reichlich bezeugen, höchst gelehrter und scharfsinniger Mann.
Dieser, der des Michel Angelo erhabenen Geist erkannte, liebte
ihn sehr und spornte ihn immerfort an zum Studium, obgleich
es nicht nöthig war; immer erklärte er ihm etwas und hatte
immer eine Arbeit für ihn. So schlug er ihm unter Anderem
eines Tages den Raub der Dejaneira und den Kampf der Centauren[2] vor, indem er ihm Stück für Stück die ganze Fabel erklärte. Michel Angelo machte sich dran, sie als Halbrelief in Marmor
auszuführen, und die Unternehmung glückte ihm so wohl, dass
ich mich erinnere, ihn sagen gehört zu haben, dass, so oft er

---

[1] Angelo Poliziano (eigentlich Angelo Cino), geboren 1454 zu Monte
Pulciano, Lehrer im Hause des Lorenzo Medici, Professor der lateinischen und
griechischen Sprache, einer der einflussreichsten Humanisten seiner Zeit,
starb 1494.

[2] Das Basrelief der „Kampf der Centauren" befand sich schon zu Vasari's
Zeiten in der Casa Buonarroti in Florenz. Es ist, wenn auch sehr ungenügend,
abgebildet bei Cicognara. „Storia della scultura", Prato 1824, Taf. LIX. Ueber
die Bedeutung dieses Jugendwerkes von Michel Angelo, die dramatische
Gewalt, die in der Composition liegt, das Studium der Antike, welche es
zeigt, sind alle Hauptschriftsteller Einer Ansicht. „Non par di mano di giovane",
sagt Vasari (S. 164), ma di maestro pregiato e consumato negli studie pratico
di quell' arte."

dasselbe wiedersehe, erkenne er, wie sehr er gegen die Natur
gefehlt habe, dass er nicht sofort die Kunst der Sculptur ergriffen habe, indem er aus jenem Werke schliesse, was er
darin hätte leisten können. Auch sagte er dies nicht, um sich
zu rühmen, dieser höchst bescheidene Mann, sondern weil es
ihm wirklich leid that, so unglücklich gewesen zu sein, dass er
durch fremde Schuld manchmal zehn und zwölf Jahre gewesen
ist, ohne etwas zu machen, wie man weiter unten sehen wird.
Dieses sein Werk sieht man noch in Florenz in seinem Hause,
und die Figuren sind von der Grösse von ungefähr zwei
Palmen. Kaum hatte er dies Werk beendigt, als der erlauchte
Lorenzo [1] aus diesem Leben schied. Michel Angelo kehrte zurück
in das Haus seines Vaters, und es ergriff ihn ein solcher Schmerz
über seinen Tod, dass er durch viele Tage nichts machen konnte.
Nachdem er dann wieder zu sich gekommen war, kaufte er ein
grosses Stück Marmor, das viele Jahre in Wind und Wasser
gelegen hatte und arbeitete einen Herkules [2] daraus, vier Ellen
hoch, der dann nach Frankreich geschickt wurde.

XI. Während er diese Statue machte und in Florenz viel
Schnee gefallen war, wollte Piero de' Medici, [3] der älteste Sohn des
Lorenzo, der in der Stellung seines Vaters geblieben war, aber
nicht in demselben Ansehen, jung wie er war, in der Mitte seines
Hofes eine Statue von Schnee machen lassen, erinnerte sich des
Michel Angelo, liess ihn aufsuchen und hiess ihn die Statue
machen; und wollte, dass er im Hause bliebe, wie zur Zeit des
Vaters, so dass er ihm dasselbe Zimmer gab und ihn immer zur
Tafel behielt wie früher, bei welcher derselbe Brauch herrschte,
wie während des Vaters Lebzeiten; nämlich, wer beim Beginn

---

[1] Lorenzo il Magnifico starb am 8. April 1492; vermählt mit Clarice
Orsini (gest. 1488), hinterliess er drei Söhne: Piero, vermählt mit Alfonsina
Orsini, Giovanni (Leo X.), Giuliano. (S. die Stammtafel.)

[2] Diese Statue des Michel Angelo ist schon zu Mariette's Zeiten vollständig verschollen. G. Battista della Palla, Bevollmächtigter des Königs
Franz I., hat diese Figur von Agostino Dini, dem Minister des Filippo Strozzi,
gekauft und nach Frankreich geschickt.

[3] Piero Medici, der ältere Sohn des Lorenzo und seiner Frau, einer
Clarice Orsini (gest. 1488), geb. 1471, gest. 1503, vermählt mit Alfonsina
Orsini (gest. 1520).

an der Tafel sass, dass der wegen keines Menschen, der später käme, und wäre er noch so vornehm, sich vom Platze rührte.

XII. Lodovico, der Vater des Michel Angelo, jetzt schon mit dem Sohne mehr befreundet, als er ihn so fast beständig mit vornehmen Leuten verkehren sah, stattete ihn besser und anständiger aus mit Kleidern. So blieb der Jüngling einige Monate bei Piero und wurde von demselben sehr werth gehalten, der sich zweier Leute aus seinen Hausgenossen zu rühmen pflegte als seltener Menschen, deren Einer Michel Angelo war, der Andere ein spanischer Läufer, welcher, ausser seiner Leibesschönheit, die wunderbar war, so geschickt und stark war und von so guter Lunge, dass, wenn Piero zu Pferd mit verhängtem Zügel einhersprengte, er Jenen doch nicht um eines Fingers Breite überholte.

XIII. In dieser Zeit machte Michel Angelo aus Gefälligkeit gegen den Prior von S. Spirito, einer der geehrtesten Kirchen in Florenz, ein Crucifix [1] aus Holz, von nicht viel weniger als Lebensgrösse, das man bis heutigen Tages über dem Hauptaltar besagter Kirche sieht. Er stand mit besagtem Prior in einem sehr vertrauten Verkehr, da er von ihm nicht nur viele Höflichkeiten empfing, sondern auch mit einem Zimmer und Leichen versehen wurde, um Anatomie treiben zu können; [2]

---

[1] Dieses Crucifix des Michel Angelo, ursprünglich in der Kirche S. Spirito, befand sich Ende des verflossenen Jahrhunderts in dem zur Kirche gehörenden Kloster der Eremitaner. Nach der Aufhebung dieses Klosters zur Zeit der Herrschaft der Franzosen ist es verschwunden und bisher nicht wieder aufgefunden worden. Wie bei Condivi, so wird überall diese Kirche mit Auszeichnung genannt; 1292 gegründet, wurde sie nach dem Brande von 1471 nach den Plänen des Filippo Brunelleschi neu gebaut. Brunelleschi erlebte die Vollendung nicht; seine Nachfolger im Baue machten Veränderungen, welche eine strenge Kritik nicht vertragen. Trotzdem zeigt sie noch heute grosse architektonische Schönheiten und enthält prachtvolle Werke, insbesonders der monumentalen Sculptur.

[2] Ueber die anatomischen Studien des Michel Angelo berichtet Condivi später im C. LVI und LX in eingehender Weise. Auch Vasari betont die anatomischen Studien Michel Angelo's. In der Oxforder Sammlung ist eine Handzeichnung Michel Angelo's (Nr. 50), welche die Section einer auf einem Tische liegenden Leiche und zwei Männer (darunter Realdo Colombo?) zeigt. Siehe ferner *Choulant* „Geschichte der anatomischen Abbildungen", Leipzig 1852, p. 10 bis 20, und Dr. *Henke* „Die Menschen des Michel Angelo im Verhältniss mit der Antike", Rostok 1871.

ein grösseres Vergnügen aber als dieses konnte man ihm nicht
machen. Das war der Anfang davon, dass er sich an dieses
Studium machte, das er dann fortsetzte, solange es ihm das
Schicksal gestattete.

XIV. Im Hause des Piero ging Einer aus und ein, Cardiere
geheissen mit dem Zunamen, an dem der Erlauchte viel Freude
fand, weil er zu der Laute wundersam aus dem Stegereif sang,
woraus er auch Profession machte, so dass er fast jeden Abend
nach dem Essen etwas darin zum Besten gab. Dieser, als ein
Freund des Michel Angelo, berathschlagte sich mit ihm über eine
Vision, die eine solche gewesen ist: dass Lorenzo Medici ihm
erschienen sei in einem schwarzen Gewande und ganz zerrissen bis
auf's Nackte und ihm befohlen hatte, er solle seinem Sohne sagen,
dass er in Kurzem aus seinem Hause verjagt sein und nie wieder
dahin zurückkehren werde. Es war Pier Medici so unverschämt
und anmasslich, dass weder die Güte seines Bruders, des Cardinals
Giovanni, noch die Höflichkeit und Humanität des Giuliano es
nicht so sehr vermochten, ihn in Florenz zu erhalten, als jenes
Laster, ihn davonjagen zu machen. Michel Angelo ermahnte ihn,
dass er den Pier davon unterrichten und den Auftrag des Lorenzo
ausführen solle, aber der Cardiere, der die Natur desselbigen fürchtete, behielt es bei sich. Eines andern Morgens, als Michel Angelo
im Hofraume des Palastes war, kommt der Cardiere ganz ver-
schreckt und verstört und sagt ihm neuerdings: diese Nacht sei
ihm Lorenzo erschienen in demselben Kleide wie früher, und als
er erwachte und aufschaute, habe er ihm eine derbe Ohrfeige
gegeben, weil er das, was er gesehen, nicht dem Pier gemeldet
hatte. Michel Angelo zankte ihn darauf aus und wusste soviel
zu sagen, dass der Cardiere Muth fasste und stehenden Fusses
sich aufmachte nach Careggi,[1] einem Landhause der Medici,
an die drei Miglien von der Stadt entfernt. Aber als er fast
auf halbem Wege war, traf er den Pier, der nach Hause kehrte,
und, ihn aufhaltend, setzte er ihm auseinander, was er gesehen
und gehört. Pier machte sich lustig darüber und, den Dienern

---

[1] Die Villa Medicea di Careggi, in der nächsten Nähe von Florenz gelegen, ist von Cosimo il Vecchio nach den Plänen des Michelozzi Michelozzo
gebaut. Dort hielt die Platonische Akademie zumeist ihre Versammlungen.

winkend, liess er ihm tausendfachen Schimpf anthun; und sein Kanzler,[1] der später Cardinal von Bibbiena wurde, sagte ihm: „Du bist ein Narr! wem glaubst du, dass Lorenzo mehr wohl will, seinem Sohne oder dir? Wenn dem Sohne, würde er, falls es so stünde, nicht eher ihm erscheinen als sonst Jemand?" Nachdem sie ihn so verhöhnt, liessen sie ihn laufen. Dieser nun kehrte nach Hause zurück, und indem er sich bei Michel Angelo beklagte, sprach er ihm so nachdrücklich von der Vision, dass er, die Sache für gewiss haltend, von da ab in zwei Tagen mit zwei Begleitern Florenz verliess und nach Bologna und von dort nach Venedig ging, aus Furcht, dass, wenn das, was der Cardiere vorhersagte, wahr würde, er dann in Florenz nicht sicher sein möchte.

. XV. Aber in wenigen Tagen von da ab, aus Mangel an Geld (dieweil er die Begleiter freihielt), dachte er, nach Florenz zurückzukehren; und als er nach Bologna gekommen war, ereignete sich ihm folgender Fall. Es gab in jenem Gebiete, zur Zeit des Herrn Giovanni Bentivoglio,[2] ein Gesetz, dass jeder Fremde, der in Bologna einzog, auf dem Nagel des Daumens mit rothem Wachs gesiegelt sein sollte. Da nun Michel Angelo unbedachtsamer Weise ohne das Siegel eingezogen war, wurde er mitsammt den Genossen auf das Zollamt geführt und zu 50 Bologneser Lire verurtheilt; da er diese zu zahlen die Mittel nicht besass und so in der Amtsstube stand, bemerkte ihn dort ein Herr Gianfrancesco Aldovrandi, ein Bologneser Edelmann,[3]

---

[1] Der Cancellier ist Bernardo Divizio, später Cardinal di Bibbiena, geb. zu Bibbiena 1470, gest. 1520, begraben in der Kirche Araceli. Er war Secretär des Lorenzo und später des Cardinals Giovanni Medici, der ihn als Leo X. zum Cardinal von S. Maria in Portico und Protonatario Apostolico erhob. Seine Beziehungen zu Rafael sind bekannt. Das Original-Porträt Bibbiena's von Rafael befindet sich im Museum zu Madrid. (S. Passavant's „Rafael von Urbino", Band III, pag. 123.)

[2] Giovanni Bentivoglio, der Sohn des Annibale Bentivoglio, ein Gönner und Freund der Gelehrten und Künstler wie Lorenzo Medici, regierte Bologna durch 44 Jahre, bis ihn Papst Julius II. 1506 vertrieb. Er ging nach Mailand und starb daselbst 1508.

[3] Den Gianfrancesco Aldovrandi erwähnt auch B. Varchi in der Leichenrede auf Michel Angelo (l. c. p. 28) als einen Bologneser Edelmann, welcher die Figuren in Marmor auf dem Grabmale des heil. Domenico bestellte und Michel Angelo in der Geldnoth während seines Aufenthaltes in Florenz beisprang.

der damals einer der Sechszehner war, und nachdem er den Fall
gehört, liess er ihn frei machen, hauptsächlich weil er ein Bildhauer sei. Und als er ihn in sein Haus lud, dankte ihm Michel
Angelo, aber entschuldigte sich, weil er zwei Begleiter habe, die
er weder verlassen wolle, noch ihm mit ihrer Gesellschaft be-
schwerlich fallen. Worauf der Edelmann: „Auch ich möchte,"
antwortete er, „mit dir durch die Welt spazieren, wenn du mich
freihieltest." Durch diese und andere Reden überzeugt, entschuldigte sich Michel Angelo bei den Begleitern, entliess sie,
indem er ihnen das wenige Geld gab, das sich vorfand, und
ging bei dem Edelmanne zu wohnen.

XVI. Inzwischen kam die Familie der Medici, aus Florenz
mit allen ihren Anhängern verjagt,[1] nach Bologna und wurde
im Hause der Rossi untergebracht: so bewahrheitete sich die
Vision des Cardiere, mag sie nun ein teuflisches Blendwerk, oder
eine göttliche Vorhersagung, oder eine starke Einbildung gewesen
sein; eine wahrhaft wunderbare Sache und werth aufgeschrieben
zu werden; welche ich, wie ich sie von dem Michel Angelo
selbst gehört, sie auch so erzählt habe. Es verliefen von dem
Tode des erlauchten Lorenzo bis zur Verbannung der Söhne an
die drei Jahre, so dass Michel Angelo zwischen 20 und 21 Jahre
haben mochte; welcher, um den ersten Aufständen des Volkes
auszuweichen, bis dass die Stadt Florenz irgend eine Gestaltung
würde angenommen haben, sich bei besagtem Edelmanne in
Bologna aufhielt, der ihn, von seinem Talente ergötzt, höchlich
ehrte; und alle Abend liess er sich von ihm etwas vorlesen aus
dem Dante oder dem Petrarca, und manchmal aus dem Boccac-
cio, bis er eingeschlafen war.

XVII. Eines Tages, als er ihn durch Bologna führte, ging
er mit ihm, die Arca des S. Domenico[2] zu sehen in der diesem

---

[1] Die Vertreibung der Mediceer erfolgte 1494 durch den mit Lodovico
Sforza verbündeten Carl VIII., König von Frankreich. Am 17. November 1494
hielt Carl VIII. seinen Einzug in Florenz und wohnte im Palaste der Mediceer
(Palazzo Riccardi). Die Leitung der Stadt Florenz übernahm auf Lebenszeit
Gonfaloniere Pietro Soderini.

[2] Die Arca di San Domenico in der Dominicus-Kirche in Bologna, be-
kanntermassen eines der hervorragendsten Kunstwerke des Mittelalters, ist
vielfach Gegenstand eingehender Untersuchungen geworden, insbesonders

Heiligen gewidmeten Kirche, woran zwei Figuren aus Marmor
fehlten, nämlich ein heiliger Petronius und ein knieender Engel
mit einem Leuchter in der Hand; er frug nun den Michel Angelo,
ob er es sich getraute, sie zu machen, und da er mit Ja antwortete, bewirkte er, dass sie ihm zu machen gegeben wurden,
für welche er ihm 3o Ducaten auszahlen liess, für den heiligen
Petronius 18, für den Engel 12. Es waren die Figuren drei Palmen
hoch und können noch an demselbigen Orte gesehen werden.
Darauf aber, da Michel Angelo gegen einen Bologneser Bildhauer Misstrauen gefasst hatte, welcher sich beklagte, dass er
ihm obgesagte Statuen entzogen habe, die zuerst ihm waren
versprochen gewesen, und der ihm drohte, ihm einen Verdruss
anzuthun, so kehrte er zurück nach Florenz, hauptsächlich da
dort die Dinge beruhigt waren und er in seinem Hause ruhig
leben konnte. Er hatte bei Gianfrancesco Aldovrandi nicht
viel über ein Jahr zugebracht.

    XVIII. Wieder in der Heimat, ging Michel Angelo daran,
aus Marmor einen Liebesgott[1] zu machen im Alter von sechs bis
sieben Jahren, liegend, in der Weise eines Menschen, der schläft;
als nun diesen Lorenzo, Sohn des Pier Francesco von Medici,
erblickte (für den Michel Angelo damals einen kleinen heiligen

---

rücksichtlich des Antheiles Michel Angelo's an den Figuren des Petronius und
des Engels. Es ist wohl kein Zweifel, dass die Figur des heil. Petronius
nicht von Michel Angelo, sondern von Niccolo di Bari, genannt Niccolo dall'
Arca, herrührt; ebenso unzweifelhaft aber ist es, dass der Engel von Michel
Angelo gearbeitet ist, und zwar links vom Beschauer ungenügend; abgebildet bei
Cicognara „Storia della scultura", Prato 1822, Taf. I.II, besser bei Lübke
„Geschichte der Plastik", Leipzig 1871, S. 722 und Perkins („Les sculpteurs
italiens", trad. de l'anglais par Ch. Haussoullier, Paris 1859, I. Bd., S. 367).

[1] Der von Condivi und Vasari erwähnte Cupido oder Dio d'Amore
kam aus dem Besitze des Cardinals Riario (di San Giorgio) in den des
Herzogs von Valentinois (Duca di Valentino), von Hause aus Cesare Borgia,
Sohn des Rodrigo Borgia (Papst Alexander VI.), und seit 1493 Erzbischof
von Valencia. Dieser schenkte ihn, wie wir aus einem Briefe der Herzogin
Isabella wissen, dem Herzog von Urbino, und er kam dann in den Besitz
der Isabella Marchesana von Mantua, der Frau des Francesco Gonzaga, die
ihn sehr hoch hielt — „per cosa moderna non ha pari", schreibt sie an
Francesco Gonzaga. In Mantua befand er sich noch 1573; nach dem Berichte
von Mariette (l. c. pag. 179) sah ihn dort in diesem Jahre de Thou. Seit-
dem ist diese Statue verschollen.

Johannes [1] gemacht hatte) und ihn sehr schön fand, sagte er ihm: „Wenn du ihn so herrichten würdest, dass er aussähe, als ob er unter der Erde gelegen habe, so würde ich ihn nach Rom schicken und er gälte für antik, und du würdest ihn viel besser verkaufen." Da Michel Angelo dies hörte, richtete er ihn alsbald so zu, dass er viele Jahre früher gemacht zu sein schien, sintemal ihm kein Mittel des Talentes verborgen war. In dieser Art nach Rom geschickt, kaufte ihn der Cardinal von San Giorgio für antik um 200 Ducaten; Jener aber, der dieses Geld in Empfang nahm, schrieb nach Florenz, es sollten dem Michel Angelo 30 Ducaten ausgezahlt werden, als welche er für den Cupido erhalten habe; so betrog er zugleich den Lorenzo, Sohn des Pier Francesco, und den Michel Angelo. Wie es dann aber dem Cardinal zu Ohren gekommen war, welcher Streich in Florenz gespielt worden, erzürnte er darüber, dass er der Gefoppte war, und sandte einen seiner Edelleute dahin ab, der, als er angeblich einen Bildhauer zu gewissen Arbeiten in Rom suchte, nach einigen Anderen dem Michel Angelo in's Haus geschickt wurde; und als er den Jüngling sah, um vorsichtig die Aufklärung zu erlangen, die er wünschte, ersuchte er ihn, ihm etwas zu zeigen. Da er aber nichts zu zeigen hatte, nahm er eine Feder (weil in jener Zeit der Lapis nicht im Gebrauch war) und zeichnete ihm eine Hand mit solcher Anmuth, dass dieser davon ganz betroffen war. Darauf frug er ihn, ob er jemals ein Bildhauerwerk gemacht; und als Michel Angelo antwortete ja, und unter Anderem einen Cupido von solcher Gestalt und Stellung, da wusste der Edelmann das, was er wissen wollte, und nachdem ihm die Sache erzählt worden war, wie sie sich zugetragen hatte, versprach er ihm, wenn er mit ihm nach Rom gehen wolle, ihm den Rest auszahlen zu lassen und ihn mit seinem Herrn zu versöhnen, was diesem, wie er wisse, sehr angenehm sein würde. Michel Angelo darauf, theils aus Zorn, dass er betrogen worden, theils um Rom zu sehen, das ihm von dem Edelmanne so sehr gepriesen wurde, als das weiteste Feld, auf dem Jeder seine Fähigkeit zeigen könne, zog fort mit ihm und wohnte in dessen Hause, nahe an dem Palaste des Cardinals,

---

[1] Der hier erwähnte heilige Johannes ist ganz verschollen. Ueber den Lorenzo di Pier Francesco de Medici die Stammtafel. Er starb 1503.

welcher, indess durch Briefe davon unterrichtet, wie die Sachen
stünden, den, der ihm die Statue für antik verkauft hatte, fest-
nehmen liess, und nachdem er sein Geld zurück hatte, übergab
er sie ihm, die dann, ich weiss nicht auf welchem Wege, in die
Hände des Duca Valentino gelangte, der Markgräfin von Mantua
geschenkt und von ihr nach Mantua geschickt wurde, wo sie sich
noch befindet, im Hause jener Herrschaft. In dieser Sache wurde
der Cardinal von San Giorgio von Einigen getadelt, weil es
ihnen vorkam, dass, da das Werk in Rom von allen Künstlern
gesehen, von Allen gleichermassen als sehr schön befunden wurde,
es ihn nicht hätte so sehr verdriessen sollen, dass es modern
sei, dass er, ein geldreicher und sehr vermöglicher Mann, sich
desselben wegen 200 Ducaten beraubte. Wenn es ihn aber
wurmte, betrogen worden zu sein, so konnte er Jenen strafen
lassen, indem er den Rest des Kaufschillings an den Herrn
der Statue ausbezahlen liess, die er ja bereits im Hause
hatte. Aber Niemand litt darunter so wie Michel Angelo, der
nichts daraus zog, als was er in Florenz erhalten hatte. Und
dass der Cardinal San Giorgio [1] sich auf Statuen wenig verstand
und daran erfreute, das zeigt sich genugsam daraus, dass er
in der ganzen Zeit, die er bei ihm zubrachte, was ungefähr ein
Jahr dauerte, auf sein Begehren niemals irgend etwas machte.

XIX. Darum fehlte es doch nicht an Solchen, welche eine
derlei Gelegenheit erkannten und sich ihrer bedienten, sintemal Herr
Jacopo Galli,[2] ein römischer Edelmann von guten Anlagen, ihn

---

[1] Der Cardinal Rafael Riario, aus der Familie des Papstes Sixtus IV.,
bekannt wegen seiner Feindschaft gegen die Mediceer, von Rafael abgebildet
in der Messe von Bolsena (Passavant l. c. II. 158).

[2] Dieser für Jacopo Galli gemachte Bacchus befindet sich heute in der
Galerie der Uffizien, ist vielfach abgebildet: bei Rossi, Raccolta di statue
antiche (Rom. 1704, pl. XLIII), Museo fiorentino (T. III.) Cicognara (l. c.
pl. LVI). Diese etwas überlebensgrosse und durchwegs von der Hand Michel
Angelo's ausgeführte Gruppe zeigt, mehr als irgend eine andere, den
mächtigen Einfluss der Antike auf Michel Angelo in dieser Zeit, vor Allem
in dem von Burckhardt (Cicerone, 2. Ausg., S. 669) bemerkten Bestreben
„auf vollkommene Durchbildung des nackten Körpers   vielleicht die erste
Statue (dieser Art) der neueren Kunst" — weniger in der Bahandlung des
Details und der Motivirung des Actes. Letztere ist durch und durch modern
und selbständig.

in seinem Hause einen Bacchus von 10 Palmen machen liess, dessen Gestalt und Aussehen in jeglichem Theile den Vorstellungen der alten Schriftsteller entspricht. Das Gesicht fröhlich und die Augen lüstern und schielend, so wie sie diejenigen zu haben pflegen, die von der Liebe und dem Weine über die Massen besessen sind. Er hat in der Rechten eine Schale, in der Art Eines, der trinken will, und betrachtete sie wie Einer, der an jenem Getränk seine Freude hat, von dem er der Erfinder gewesen ist, in Anbetracht dessen er das Haupt umgeben hat von einem Kranze aus Weinlaub. Auf dem linken Arme hat er ein Tigerfell, ein Thier, das ihm geheiliget ist, als eines, das sich an der Rebe sehr erfreut; und er mochte dort lieber das Fell als das Thier, weil er andeuten wollte, dass, wer sich von dem Sinn und der Begierde nach jener Frucht und ihrem Safte hinreissen lässt, dafür zuletzt auch das Leben einbüsst. Mit der Hand dieses Armes hält er eine Weintraube, die ein kleiner Satyr, der ihm zu Füssen angebracht ist, verstohlen, froh und hurtig beschmaust; er scheint an die sieben Jahre alt, wie Bacchus achtzehn. Der besagte Herr Jacopo wollte auch, dass er einen Cupido mache, und das eine wie das andere dieser Werke sieht man heutigen Tages im Hause des Herrn Giuliano und des Herrn Paolo Galli,[1] höfliche und biedere Edelleute, mit denen Michel Angelo stets vertraute Freundschaft gehalten hat.

XX. Ein wenig später, auf Begehr des Cardinals von San Dionigi, genannt Cardinal Rovano, machte er aus einem Stück Marmor jene wunderbare Statue unserer lieben Frau, die sich heute in der Capelle der Madonna della Febbre[2] befindet; ob-

---

[1] Den Cupido, den Michel Angelo für Jacopo Galli machte, erwähnt auch Vasari (l. c. pag. 169). Er kam von Florenz nach Rom, blieb auch lange Zeit in den Garten von Valfonda, Eigenthum der Familie Riccardi, später des Marchese Giuseppe Strozzi. Dieser verkaufte die Figur an Herrn Gigli, und aus dessen Händen ging der Cupido in das Kensington-Museum über um den Preis von 1000 Lire. Er ist abgebildet in „Italian Sculpture by Robinson", London 1862, Fol. Tafel 64, und befindet sich im Gypsabguss im österreichischen Museum in Wien. Er ist aus demselben Ideenkreise hervorgegangen, wie der Bacchus, unmittelbar bevor Michel Angelo Aufträge erhielt, die dem christlichen Cultus angehören.

[2] Die hier erwähnte Madonna (Pietà) Michel Angelo's ist die berühmte Pietà, gegenwärtig in der Capelle der Canonici in der Peterskirche

gleich sie Anfangs aufgestellt war in der Kirche der heiligen
Petronilla, der Capelle des Königs von Frankreich, nahe bei
der Sacristei von Sanct Peter, nach Einigen vormals ein Tempel
des Mars, die, aus Rücksicht auf den Plan der neuen Kirche,
von Bramante niedergerissen wurde. Dieselbige sitzt auf dem
Steine, wo das Kreuz festgemacht war, mit dem todten Sohne
auf dem Schoosse, von solcher und so grosser Schönheit, dass
sie Keiner sah, den sie nicht bis zur Rührung ergriff. Ein Bildniss, wahrhaftig würdig jenes Menschenthums, wie es sich für
den Sohn Gottes und eine solche Mutter ziemte, obschon es Einige
gibt, die es an dieser Mutter tadeln, dass sie zu jung sei im
Vergleich zum Sohn. Als ich darüber eines Tages mit Michel
Angelo sprach, antwortete er mir. „Weisst du nicht, dass die
keuschen Frauen sich viel frischer erhalten als die unkeuschen?
Um wie viel mehr eine Jungfrau, der niemals die kleinste lüsterne
Begierde beigekommen ist, die den Körper angreifen könnte?
Ja, ich will dir sogar sagen, dass eine solche Frische und Blüthe
der Jugend, ausserdem dass sie auf diesem natürlichen Wege

---

in Rom, wohin sie 1749 gebracht wurde. Sie ist oft abgebildet und gehört zu
den wenigen Werken, auf denen Michel Angelo seinen Namen: MICHÆL.
ANGELVS BONAROTVS. FLOREN. eingegraben hat. Die Veranlassung
dazu erzählt Vasari (l. c. pag. 171). Michel Angelo wollte seine Autorschaft
jenen Mailändern gegenüber wahren, die sie dem Gobbo (Cristoforo Solari
aus Mailand) zuschrieben. Copien der Pietà sind in Santa Maria di Anima in
Rom und S. Spirito in Florenz, beide von der Hand des Nanni di Baccio
Bigio — ein Zeichen, wie geschätzt diese Pietà im 16. Jahrhundert war.
    In Beziehung auf den Cardinal di S. Dionigi, genannt Cardinal Rovano,
begeht Condivi (wie auch Vasari) denselben Irrthum. Der Cardinal di S. Dionigi
und der Cardinal Rovano sind zwei verschiedene Personen. Der Cardinal di
San Dionigi ist Jean de la Grolaye de Villers François, Abt von S. Denis,
Cardinal seit 1493, Gesandter Carl des VIII. von Frankreich, beim Papst
Alexander VI., gestorben in Rom 1499. Der Cardinal Rovano ist der Cardinal
von Amboise, zum Cardinal erhoben 1498.
    Die Pietà des Michel Angelo wurde von Ersterem bestellt, und zwar
für die Chiesa, oder besser Capella di S. Petronilla, einer Capelle der alten
Peterskirche, die auch wegen einer von König Ludwig XI. vorgenommenen
Restauration die Capelle der Könige von Frankreich genannt wurde und
auf der Stelle eines alten Marstempels gestanden haben soll. Nachdem diese
Capelle niedergerissen wurde, kam die Pietà in die sogenannte vecchia sagristia,
auch Santa Maria della Febre genannt, und dort blieb sie bis 1749 (s. Il
Vaticano discritto da E. Pistolesi, Roma 1829, fol., Tom. I, pag. 76, Note 1).

sich in ihr erhielt, auch dadurch glaublich wird, dass durch gött-
liches Zuthun bewirkt wurde, der Welt die Jungfräulichkeit und
beständige Reinheit der Mutter zu bezeugen. Und das ist beim
Sohne nicht nothwendig gewesen, sondern eher das Gegentheil, sintemal gezeigt werden sollte, dass der Sohn Gottes den
wirklichen Leib des Menschen anzunehmen hatte, wie er es
that, und allem dem unterworfen zu sein, dem ein gewöhnlicher
Mensch unterliegt, ausser der Sünde; daher war es nicht nothwendig, durch das Göttliche das Menschliche zurückzudrängen,
sondern dieses in seinem Lauf und Ordnung zu lassen, so dass
es jenes Alter aufwies, das es gerade hatte. Deshalb hast du
dich nicht zu verwundern, wenn ich aus dieser Rücksicht die
allerheiligste Jungfrau, die Mutter Gottes, im Vergleich zum
Sohne viel jünger gemacht habe, als es jenes Alter gewöhnlich
verlangt, dem Sohne aber sein Alter liess." Eine Betrachtung,
jedes Theologen würdig, und an einem Andern vielleicht erstaunlich, nicht aber an ihm, den Gott und die Natur gebildet haben,
nicht bloss um mit der Hand Einziges zu leisten, sondern der
jedes göttlichen Gedankens fähig ist, wie dies nicht nur aus
Gegenwärtigem, sondern aus so vielen seiner Bemerkungen und
Schriften sich erkennen lässt. Es mochte Michel Angelo, da
er dies Werk machte, 24 oder 25 Jahre haben. Er erwarb
sich durch diese Arbeit grossen Ruf und Reputation, dermassen, dass es bereits die Meinung der Welt war, dass er
nicht nur jeden Andern seiner Zeit und der vor ihm weit über-
hole, sondern dass er sogar mit den Alten wetteifere.

XXI. Nachdem diese Sachen fertig waren, war er durch
seine häuslichen Angelegenheiten genöthigt, nach Florenz zurückzukehren, woselbst er ein wenig verweilte und jene Statue
machte, die bis heutigen Tages aufgestellt ist vor dem Thor des
Palastes der Signorie am Ende der Vorhalle und die von Allen
der Gigant[1] geheissen wird, und es ging diese Sache folgender-

---

[1] Der „Gigant" ist die Marmorfigur des David, welche auf dem von
Cronaco und Antonio da Sangallo entworfenen Postamente vor dem Palazzo
della Signoria steht. In diesem Jahre wird diese Kolossalfigur nach der Akademie
der schönen Künste übertragen, um dieselbe in einem bedeckten Raume
vor den Unbilden der Witterung, die sich schon in sehr bedenklichem Grade
bemerkbar gemacht haben, zu schützen. Ein Bronze-Abguss des David wird

massen zu. Es besass die Bauvorstandschaft von Santa Maria
del Fiore einen Marmorblock von neun Ellen Höhe, der 100
Jahre früher aus Carrara gebracht worden war, von einem
Künstler, der, was man so sehen konnte, nicht so geschickt
war, als nöthig gewesen wäre. Nämlich er hatte ihn, um ihn
bequemer und mit weniger Mühe wegbringen zu können, schon
im Steinbruch aus dem Gröbsten gearbeitet, aber auf eine Art,
dass weder er selber noch Andere sich jemals getrauten, Hand
anzulegen, um eine Statue herauszuhauen, nicht nur keine von
solcher Grösse, sondern nicht einmal eine von viel geringerer
Gestalt. Da sie nun aus diesem Marmorblock nichts machen
konnten, was tauglich wäre, so meinte ein (gewisser) Andrea
dal Monte a San Savino,[1] er könnte selbigen von ihnen erhalten, und ging sie an, sie möchten ihm damit ein Geschenk
machen, wobei er versprach, er werde, einige Stücke hinzu-
fügend, eine Figur herausbringen; Jene aber, bevor dass sie
sich entschlossen, ihn herzuschenken, schickten um den Michel
Angelo, und, nachdem sie ihm das Begehr und die Ansicht des
Andrea erzählt und die Meinung gehört hatten, die er hatte, er
würde etwas Gutes daraus machen, so boten sie schliesslich ihm
denselben an. Michel Angelo nahm ihn an, und ohne andere
Stücke haute er die besagte Statue heraus, und so genau, dass,
wie man es am Scheitel des Kopfes und am Sockel sehen kann,

___

auf dem Plateau der Via Michel Angelo bei Castello Miniato aufgerichtet
werden. Es ist bekannt, dass an dem Platze, wo der David des Michel Angelo
bis heute stand, sich früher die Judith des Donatello, gegenwärtig in der
Loggia dei Lanzi, befand. Die Beschlüsse des Bauvorstandes, betreffend die
Vollendung der bereits vor hundert Jahren begonnenen David-Figur sind vom
2. Juli und 16. August 1501. Im Jahre 1504 war Michel Angelo mit seiner
Arbeit fertig. Am 14. Mai begann die Uebertragung der Figur von der Bau-
hütte des Domes bis zum Palazzo della Signoria. Vier Tage dauerte diese
Operation. Die Aufstellung selbst wurde erst am 8. September desselben
Jahres fertig.

[1] Der hier erwähnte Andrea dal Monte Sansavino ist ohne Zweifel der
Bildhauer Andrea Contucci (di Niccolo di Domenico) dal Monte Sansavino,
geb. 1460, gest. in Rom 1529. Er war auch Mitglied der Commission, die
im Jänner 1504 ein Gutachten über den Ort, an welchem man den David
aufstellen sollte, abgab. Er lebte bis nach 1504 in Florenz, vor 1509 ward
er nach Rom gerufen, wo er bis zu seinem Tode blieb.

noch die alte Oberfläche des Marmors hervorschaut. Desgleichen hat er bei einigen anderen gemacht, wie an dem Grabmale des Papstes Julius II. bei jener Statue,[1] die das beschauliche Leben darstellt, was der Zug eines Meisters ist, der die Kunst beherrscht. In dieser Statue aber erscheint er noch weit wunderbarer, weil, abgesehen davon, dass er keine Stücke anfügte, es auch (wie Michel Angelo zu sagen pflegt) unmöglich ist in der Bildhauerkunst, oder wenigstens sehr schwer, die Fehler der ersten Bearbeitung auszugleichen. Er erhielt für dieses Werk 400 Ducaten und vollführte es in 18 Monaten.

XXII. Und damit es keinen Stoff gäbe, der in die Bildhauerkunst fällt, woran er nicht Hand angelegt hätte, goss er nach dem Giganten, von Pier Soderini, seinem Freunde, aufgefordert, in Bronze eine Statue[2] in natürlicher Grösse, die nach Frankreich geschickt wurde, und gleicher Weise einen David mit einem Goliath darunter. Jener, den man inmitten des Hofes des Palastes der Signoria sieht, ist von der Hand des Donatello,[3] ein in

---

[1] Condivi erwähnt in diesem Capitel eines charakteristischen Zuges der Technik Michel Angelo's in der Behandlung des Marmors an jener Figur am Grabmale Julius des II., die unter dem Namen Rahel bekannt ist. In dem Folgenden betont er das „ripatir" bei Bronzegegenständen, worunter nicht die heute gepflegte Ciselirtechnik, sondern das Glätten der Metalloberfläche zu verstehen sein dürfte, welches den Bronzen der Renaissance häufig eine reizende Wirkung verleiht.

[2] Es scheint mir ausser Zweifel, dass Condivi hier nur von Einer Statue spricht, einem David „similmente" wie der Gigante, mit einem Goliath „sotto" offenbar unter seinen Füssen. Diesen David hat nach Condivi Michel Angelo's Freund Piero Soderini bestellt; er wurde nach Frankreich geschickt. H. Grimm fasst in seinem „Leben des Michel Angelo" (3. Aufl., Hannover 1868, S. 205) diese Stelle anders auf und meint, dass Condivi nicht einmal sage, was die von Soderini bestellte Statue vorstelle. Mir scheint, dass Condivi deutlich spricht „e similmente un David col Goliat sotto". Auch die von Gaye im 2. Bande des Carteggio veröffentlichten Rechnungen sprechen nur von Einer in Bronze gegossenen Figur des David. Die Statue wurde bestellt 1502 und war 1508 im Gusse fertig, sie diente als Geschenk für den Marechal di Giès. Sie kam nach Frankreich und ist heute ganz verschollen.

[3] Der David von Donatello, der heute in der Loggia dei Lanzi steht, befand sich zu Condivi's Zeiten in der Mitte des Hofes des Palazzo de Signori. Die Gruppe des Donatello blieb dort bis zur Zeit des Grossherzogs Cosimo I., damals wurde der 1298 gebaute, von Micholozzo Michelozzi restaurirte und decorirte Hof, im Jahre 1555, aus Anlass der Hochzeit des Grossherzogs

dieser Kunst ausgezeichneter Mann, und viel gepriesen von
Michel Angelo, ausser in der einen Sache, dass er nicht die
Geduld hatte, seine Werke auszuglätten, so dass, während sie
aus der Ferne wunderbar erschienen, sie in der Nähe an Ansehen
verloren. Er goss in Bronze auch eine Muttergottes mit ihrem
Söhnlein auf dem Schoosse,[1] welche von einigen flandrischen
Kaufleuten, den Moscheroni, einer in ihrer Heimat höchst an-
gesehenen Familie, ihm um 100 Ducaten abgekauft und nach
Flandern geschickt wurde. Und um von der Malerei nicht ganz
abzulassen, machte er unsere liebe Frau auf eine runde Tafel[2]

mit Johanna von Oesterreich restaurirt und mit Fresken versehen, an denen
die hervorragendsten, damals lebenden Maler und Decorateure Antheil nahmen.
Der Brunnen in der Mitte des Hofes kam an die Stelle der Judith des
Donatello; er ist vom Bildhauer Tadda nach einer Zeichnung Vasari's aus-
geführt. Der Genius mit dem Fisch in der Mitte des Brunnens ist ein Bronze-
Figürchen von Andrea del Verocchio. Die Bronzefigur des Verocchio fällt zwi-
schen 1476—1497 und der David des Donatello in die Zeit des Florentiner
Aufenthaltes des Künstlers vor 1434.

[1] Die Maria mit dem Jesukinde in Bronze, von der hier Condivi
spricht, die für die flandrischen Kaufleute aus der Familie Moscron (Moscheroni) gemacht wurde, dürfte nach der richtigen Vermuthung Harford's und
Grimm's (Harford, „The life of Michel Angelo, London 1858, II., S. 215, insbesonders Grimm a. a. O. I., pag. 197 und 278, Note 32) dieselbe sein, die
sich gegenwärtig in der Notre-Dame-Kirche in Brügge befindet und die vor
dem Jahre 1571 von Pierre Moscron, „Licentié de droit et Greffier" von Brügge
der genannten Kirche geschenkt wurde. Condivi verwechselt nur den Stoff,
aus welchem diese Figur gemacht wurde; die Madonna in Brügge ist in
Marmor und nicht in Bronze gearbeitet. — A. Dürer fand auf seiner nieder-
ländischen Reise die Madonna bereits 1520 in der Frauenkirche. S. „Dürer's
Briefe, Tagebücher und Reime", herausgegeben von M. Thausing. (Quellenschriften, Band III, S. 115 und 231).

[2] Das Gemälde, das hier Condivi erwähnt, befindet sich gegenwärtig
in der Tribuna der Galerie der Uffizien in Florenz. Die von Condivi an-
gedeutete Zeitbestimmung scheint mir ziemlich richtig; es gehört einer
früheren Epoche Michel Angelo's an, der Zeit vor 1506. Alle Gründe, entnommen der Technik, der Zeichnung und Composition, sprechen dafür. —
Die Familie Doni in Florenz war bekannt durch ihre lebhaften Beziehungen
zu den hervorragendsten Künstlern ihrer Zeit. Die Porträte des Angelo Doni
und der Maddalena Doni, geb. Strozzi, gemalt von Rafael (s. Passavant. II.,
pag. 52), befinden sich in der Galerie Pitti in Florenz. Vasari spricht gleichfalls von diesem Bilde; gibt, wohl weniger genau, die Summe von hundert-
zwanzig Ducaten als Preis an.

für Herrn Angelo Doni, einen Florentiner Bürger, wofür er von ihm 70 Ducaten bekam..

XXIII. Nun war er einige Zeit ohne fast etwas zu machen in solcher Kunst, indem er sich daran ergötzte, unsere heimatlichen Dichter und Redner zu lesen und Sonette [1] zu seinem Vergnügen zu machen, bis nach dem Tode des Papstes Alexander VI.[2], wo er vom Papste Julius II. nach Rom berufen

---

[1] Condivi spricht hier ganz im Sinne der Künstler seiner Zeit, die, wenn sie keine directen Aufträge hatten, sich mit anderen Dingen beschäftigten. So habe auch Michel Angelo, einige Zeit ohne Beschäftigung mit der Kunst, sich der Lectüre der Dichter und Volksredner hingegeben — darunter sind wohl in erster Linie Dante und Savonarola gemeint —, und er habe Sonette zu seinem Vergnügen gemacht. Hier zum ersten Male werden die Sonette erwähnt, welche in deutscher Sprache mehrere Interpreten: Regis (1842), Hermann Harrys (1868), vor Allen Grasberger: „Le Rime di Michel Angelo Buonarroti, Nachdichtungen", Bremen 1872), gefunden haben. Die beste Ausgabe der Gedichte Michel Angelo's ist die von Cesare Guasti: „Le Rime di Michel Angelo Buonarroti, pittore, scultore e architetto, cavate dagli autografi" (Firenze F. Le Monnier 1863). In der Einleitung wird auch nachgewiesen, dass nur wenige Gedichte aus der Jugendzeit Michel Angelo's erhalten und nachweisbar sind, und dass die meisten auf uns gekommenen Gedichte aus der späteren Lebenszeit Michel Angelo's stammen. Die meisten Gedichte Michel Angelo's sind Gelegenheitsgedichte und Ausflüsse momentaner poetischer Anregung. Die erste Ausgabe seiner Gedichte erschien 1623 in Quarto in Florenz bei Giunti; einzelne Sonette und Epigramme brachte zuerst Vasari in seinem „Leben Michel Angelo's" im Drucke und danach in den „Rime di diversi nobili poeti toscani", gesammelt von Dion. Atanagi, Venedig 1565. Auch in einer bei Giolito in derselben Zeit gedruckten Sammlung von Gedichten sollen Gedichte Michel Angelo's vorkommen. Die Gedichte Michel Angelo's machten schon zu dessen Lebzeiten Aufsehen in literarischen Kreisen. Mario Guiducci und Benedetto Varchi waren die Ersten, die sie commentirten. Letzterer hielt seine Vorträge schon 1546, zu Lebzeiten Michel Angelo's, Ersterer beim Erscheinen der ersten Ausgabe; Beide in der Florentiner Akademie.

[2] Alexander der VI. starb am 18. August 1503; ihm folgte Pius III. aus dem Hause Piccolomini, der aber schon am 22. September 1503 starb. Julius der III., aus dem Hause Rovere, folgte ihm nach am 1. November 1503.

Die Berufung Michel Angelo's durch Julius II. erfolgte nach der gewöhnlichen Annahme nicht sofort nach dem Regierungsantritte des Papstes, sondern im Jahre 1506 Aus dieser Zeit sind wenigstens drei Breve's bekannt, welche sich sämmtlich auf die Berufung des Michel Angelo beziehen. Nach dem bekannten, von Ciampi 1834 veröffentlichten Briefe Michel Angelo's, wo es heisst: „Il primo anno di Julo che mi allogò la sepoltura stetti otto mesi

wurde, wobei er in Florenz 100 Ducaten als Reisepfennig erhielt.
Es mochte Michel Anglo damals 29 Jahre alt sein, denn, wenn wir
von seiner Geburt an zählen, die, wie schon gesagt wurde, in
das Jahr 1474 fiel, bis zum Tode des obgenannten Alexander,
der im Jahre 1503 eintrat, so werden wir finden, dass die
genannten Jahre verflossen sind.

XXIV. Wie er nun nach Rom gekommen war, vergingen
viele Monate, bevor Julius II. sich entschloss, wozu er ihn
brauchen sollte. Endlich kam ihm in den Sinn, ihn sein Grab
machen zu lassen, und nachdem er die Zeichnung gesehen,
gefiel sie ihm so wohl, dass er ihn sofort nach Carrara schickte,
um dort so viel Marmor zu brechen, als zu einer solchen
Unternehmung nöthig wäre, zu welchem Zwecke er ihm in
Florenz durch Alamanno Salviatti 1000 Ducaten auszahlen liess.
Er blieb in jenen Bergen mit zwei Dienern und einem Reitthier,
ohne andere Besoldung als die der Lebensmittel, länger als
acht Monate: woselbst, als er eines Tages jene Gegend von einem
Berge überschaute, der auf das Meer zu stand, ihm die Lust
kam, einen Koloss zu machen, der den Schiffenden von Weitem
erscheinen sollte, wozu er hauptsächlich angelockt wurde durch

---

a Carrara", aber war es schon im ersten Jahre der Regierung Julius des II.,
dass Michel Angelo nach Carrara ging. Und damit stimmt auch Condivi
überein, dessen Angaben sehr bestimmt lauten. In einem von H. Grimm im
Britischen Museum gefundenen Briefe Michel Angelo's heisst es zwar: „Ne'
primi anni di Papa Julio credo che fosse il secondo anno che io andai a
starseco dopo molti disegni della sua sepultura uno guene piacque, sopr'
al quale facemmo el mercato, e tolsita a fare per dieci mila ducati, e an-
dandovi ducati mille, me gli fece pagare, credo dal Salviati in Firenze, e
mandommi per marmi — — - e di sei mesi ch' io ero stato a Carrara,
che io non ebbi mai niente" u. s. f. Doch muss bemerkt werden, dass hier
Michel Angelo nicht assertorisch spricht, sondern nur mit einem „credo che
fosse"; und nimmt man an, dass das zweite Jahr der Regierung des Papstes
das Jahr 1504 war, so steht dieser Brief Michel Angelo's mit dem von
Ciampi publicirten nur in einem scheinbaren Widerspruche.

Michel Angelo ist oft nach Carrara gegangen, nach Frediano in den
Jahren 1505, 1508, 1517, 1518, 1519, 1521 und 1525; nach Campori in den
Jahren 1504, 1505, 1516, 1517, 1518, 1519, 1521, 1525. — Die Chronologie
der Fahrten in allen Details festzustellen, ist eine Aufgabe, welche zur
Commentirung Condivi's nicht gehört. — In Carrara zeigt man noch das
Haus, in welchem Michel Angelo gelebt haben soll.

die Gelegenheit des Felsens, der bequemlich auszuhauen war, sowie durch die Nacheiferung der Alten,[1] die vielleicht zu demselben Zwecke wie Michel Angelo, als sie an demselben Ort gewesen, sei's um dem Müssiggang zu entgehen, sei's aus irgend einem andern Grunde, daselbst einige unvollständige Denkmale und Anfänge hinterlassen haben, die einen hinlänglichen Begriff von ihrer Kunstfertigkeit geben. Und gewiss würde er es ausgeführt haben, wenn die Zeit hingereicht oder die Unternehmung es erlaubt hätte, wegen derer er gekommen war, worüber ich ihn eines Tages sich sehr beklagen hörte. Sobald nun der Marmor gebrochen und ausgewählt war, dass es ihm genug schien, und nachdem er ihn zum Landungsplatz gebracht hatte und er einen seiner Leute dort gelassen hatte, der ihn aufladen sollte, so ging er zurück nach Rom. Und weil er sich einige Tage in Florenz aufgehalten, fand er, als er hinkam, dass ein Theil bereits am Ufer angelangt war, woselbst abgeladen er ihn gleich nach dem Sanct Petersplatz bringen liess, hinter St. Katharina, wo er neben dem Corridor seine Wohnung hatte. Die Anzahl der Marmorblöcke war gross, so dass sie, auf dem Platze ausgebreitet, die Anderen in Erstaunen setzten, dem Papste aber Freude machten, welcher dem Michel Angelo so viel und so ungemessene Gunst erwies, dass, als dieser angefangen hatte zu arbeiten, er oft und oft ihn bis in sein Haus aufsuchen ging und hier nicht anders sich mit ihm unterredete, von dem Grabmal sowohl als von anderen Dingen, als er es mit einem Bruder gethan haben würde. Und damit er bequemer hingehen könnte, hatte er von dem Corridor zu der Wohnung des Michel Angelo eine Zugbrücke schlagen lassen, über die er heimlicherweise hingehen konnte.

XXV. Diese vielen und so beschaffenen Gunstbezeugungen waren Ursache (wie es gar oft an den Höfen geschieht), dass sie den Neid gegen ihn erweckten und nach dem Neide unendliche Verfolgungen. Denn Bramante, der Baumeister, der dem Papste lieb war, machte ihn seinen Vorsatz ändern damit, dass er sagte,

---

[1] Was hier unter der „Nacheiferung der Alten" verstanden sein kann, ist wohl nicht zweifelhaft — das Project nämlich, des Architekten und Bildhauers Deinokrates, den Berg Athos in eine Kolossalfigur zu verwandeln; Deinokrates lebte zu den Zeiten Alexander des Grossen.

wie das Volk gewöhnlich zu sagen pflegt, es sei von schlechter
Vorbedeutung, sich bei Lebzeiten sein Grabmal machen zu lassen,[1]
und andere derlei Märchen. Den Bramante trieb dazu ausser
dem Neide auch die Furcht, die er vor dem Urtheile des Michel
Angelo hatte, der viele seiner Fehler aufdeckte. Weil Bramante,
wie ein Jeder weiss, aller Art von Vergnügen ergeben und
ein grosser Verschwender war, und ihm die Besoldung nicht
zureichte, die ihm der Papst gab, so gross sie auch war, so suchte
er an seinen Arbeiten zu gewinnen, indem er die Mauern von
schlechtem Materiale herstellte, auch nicht fest und sicher genug im Vergleich zu ihrer Höhe und Dicke. Welches ein Jeder
sehen kann an dem St. Peter-Gebäude neben dem Vatican, am
Corridor des Belvedere, am Kloster von S. Pietro ad vincula
und an anderen von ihm errichteten Gebäuden, welche alle es
nothwendig war mit Dämmen und Strebepfeilern neu zu stützen
und zu stärken, weil sie entweder einfielen oder in kurzer Zeit
eingefallen wären. Da er nun nicht daran zweifelte, dass Michel
Angelo diese seine Irrthümer kannte, so trachtete er immer,

---

[1] Dieses Capitel ist ein deutlicher Beweis, wie nachhaltend in den mit
Michel Angelo verkehrenden Kreisen der Groll gegen Bramante gewesen ist.
Bramante ist am 11. März 1514 in Rom gestorben; es sind also Jahrzehnte
verflossen bis zu der Zeit, in welcher Condivi das Leben Michel Angelo's
geschrieben hat. Die Biographen Rafael's, Bramante's und Michel Angelo's
beschäftigen sich vielfach mit den Differenzen dieser drei Künstler, über deren
thatsächliches Vorhandensein kein Zweifel obwalten kann. Wunderbar ist die
Sache nicht; sie sind zu allen Zeiten vorgekommen, in Hesiod's Tagen wie
in den unserigen. — Bramante kam im Jahre 1499 nach Rom und leitete
die Berufung Rafael's nach Rom ein. Seine Neigung zum glänzenden Leben
erwähnt auch Vasari (VII. pag. 138). Noch bei Lebzeiten Bramante's war
Giuliano da San Gallo zum Baumeister der Peterskirche ernannt, nach
Giuliano da San Gallo's Tode Fra Giocondo und Rafael. Auf ihren Rath
wurden die von Bramante zu schwach angelegten Pfeiler der Peterskirche
verstärkt, s. Vasari im Leben Fra Giocondo's (IX. p. 160). Bunsen und
Platner, „Beschreibung der Stadt Rom", II. 1, S. 137. Auch Serlio macht,
wie Condivi und Vasari, Bramante ähnliche Vorwürfe über den Bau der
Kuppel und der Arcaden des Belvederehofes. (Siehe darüber Geymüller, „Notizen über die Entwürfe zu St. Peter in Rom", Karlsruhe
1868, insbes. S. 27 und 28). Geymüller schreibt die Mängel bei dem
Baue von St. Peter dem Ungestüme des Papstes und dem Alter Bramante's zu.

ihn von Rom wegzuschaffen oder wenigstens um die Gunst des
Papstes und um jenen Ruhm und Vortheil zu bringen, den er
sich durch seinen Fleiss erwerben könnte. Und dies gelang ihm
bei diesem Grabmale, von welchem, wenn es so ausgeführt worden
wäre, wie es in der ersten Zeichnung war, kein Zweifel ist,
dass er in seiner Kunst (ohne Neid gesprochen) das Lob davongetragen hätte über jeden noch so gerühmten Künstler, da er ein
weites Feld hatte, zu zeigen, was er darin vermöge. Und was
er im Stande war, das beweisen seine anderen Sachen und die
beiden Gefangenen, die er für dasselbige Werk schon gemacht
hatte, von denen Jeder, der sie gesehen hat, dafür hält, es sei
niemals eine verdienstvollere Arbeit gemacht worden.

XXVI. Und dass ich eine Probe davon gebe, sage ich in
Kurzem, dass dieses Grabmal [1] vier Seiten haben sollte: zwei zu
18 Ellen, die als Flanken dienen sollten, und zwei zu 12 als
Fronten, so dass es ein und ein halbes Geviert ausmachte. Ringsum
von Aussen waren Nischen, in welche Statuen hineinkamen, und
zwischen Nische und Nische Termini, an welche, auf Würfeln, die,
sich über die Erde erhebend, nach Aussen hervorragten, andere
Statuen befestigt waren als Gefangene, welche die freien Künste
vorstellten, nämlich die Malerei, Sculptur und Baukunst, eine
jede mit ihrem Abzeichen, so dass sie leicht erkannt werden konnte
als das, was sie war, durch welche er andeutete, es seien zugleich
mit Papst Julius alle Tugenden die Gefangenen des Todes, weil
sie niemals wieder Einen finden könnten, von dem sie so begünstigt
und gepflegt sein würden, wie von ihm. Oberhalb dieser lief ein
Gesims, das rundum das ganze Werk verband, in dessen Stockwerk vier grosse Statuen waren, von denen man eine, nämlich
den Moses, im S. Pietro ad vincula sieht, und von dieser wird
seines Orts gesprochen werden. Das Werk, so aufsteigend, endigte
in einer Fläche, auf der zwei Engel waren, die einen Sarg trugen;
einer derselben schien zu lachen, als ob er sich freute, dass die
Seele des Papstes unter die Seligen aufgenommen sei; der andere

---

[1] H. Grimm macht in seinem „Leben Michel Angelo's" (I. pag. 235
und Not. 46) darauf aufmerksam, dass die Beschreibung, welche Condivi in
diesem Capitel von dem Entwurfe des Grabdenkmales für Papst Julius II.
macht, mit einer Original-Handzeichnung Michel Angelo's übereinstimmt,
welche in der Galerie der Uffizien aufbewahrt wird.

zu weinen, als ob ihm leid wäre, dass die Welt eines solchen Mannes
verlustig sei. Durch eine der Fronten, nämlich durch die, welche
auf der oberen Seite war, trat man in das Grabmal ein, in eine
kleine Stube, gleichsam in ein Tempelchen, in dessen Mitte ein
grosser Marmorsarg war, wo der Leib des Papstes beigesetzt
werden sollte: jedes Stück mit wundersamer Kunst gearbeitet.
Kurzum, an dem ganzen Werke gab es über 40 Statuen, ohne
die Historien im Halbrelief, aus Bronce gemacht und alle in
Beziehung auf den Vorwurf, wo man die Thaten eines solchen
Papstes sehen konnte.

XXVII. Nachdem er diese Zeichnung gesehen, schickte der
Papst den Michel Angelo nach St. Peter, um zu sehen, wo man
es bequemlich aufstellen könne. Es war damals die Gestalt der
Kirche in Form eines Kreuzes, an dessen Kopfende Papst Nicolaus V.[1] angefangen hatte, eine neue Tribuna aufzuführen, und sie

----

[1] Papst Nicolaus V. hat den Neubau von St. Peter begonnen, und
zwar, den Traditionen des katholischen Kirchenbaues zufolge, mit dem Baue
der Tribuna. Den Neubau unternahm der Architekt Bernardo Rossellino, geboren 1409, ein älterer Bruder des Bildhauers Antonio Rossellino. Als
Nicolaus V. im Jahre 1455 starb, waren die Mauern der Tribuna 4 bis
5 Fuss über den Boden gestiegen. In diesem Zustande blieb der Bau bis zu
den Zeiten Julius II., welcher Bramante zur Fortführung des Neubaues berief.
Am 18. April 1506, also nach fünfzigjähriger Unterbrechung, wurde der erste
Stein des neuen Gebäudes zu jenem Pfeiler der Kuppel gelegt, auf welchem
jetzt die Statue der heil. Veronica steht.   Bramante brachte bis zu seinem
1514 erfolgten Tode nicht nur die vier Pfeiler fertig, auf welchen sich
die Bogen, die die Kuppel tragen, erheben, sondern auch den Anfang zu
den Tribunen des Mittelschiffes und des südlichen Querschiffes. Noch bei
Lebzeiten Bramante's war Giuliano da San Gallo zum Baumeister der Peterskirche ernannt. Von diesem San Gallo ist auch in dem 27. Capitel des
Condivi die Rede. Dass Michel Angelo sich für Bramante's Entwurfe be-
geisterte, ist ebenso bekannt, als dass er sich später, als er zum Baue selbst
gerufen wurde, an die Grundideen Bramante's anschloss. v. Geymüller
würdigt (a. a. Orte) in sehr eingehender und richtiger Weise die Verdienste
Bramante's um den Bau von St. Peter. „Vergleicht man auch nur die Entwürfe Bramante's mit den späteren des Giuliano da San Gallo, so wird
es Niemand dem Papste Julius II. verdenken, sich sogleich für den Bramante'-
schen Entwurf begeistert zu haben; es war ja ganz was Neues, eine Art
neue Welt für die damalige Baukunst, die sich plötzlich seinen Blicken
zeigte." Giuliano da San Gallo fand sich zwar etwas zurückgesetzt, als
Julius II. sich für Bramante's Entwürfe entschied, aber Julius II. entschied

war, als er starb, über den Boden gekommen in der Höhe von drei
Ellen. Dem Michel Angelo schien dieser Platz sehr tauglich zu
dem Vorhaben, und zum Papste zurückgekehrt, setzte er ihm seine
Ansicht auseinander und fügte hinzu, dass, wenn es Seiner Heiligkeit
so schiene, es nothwendig wäre, den Bau auszuführen und ein-
zudecken. Der Papst frug: „Was würde das kosten?" Worauf
Michel Angelo erwiderte: „Hunderttausend Scudi." — „Es sollen,"
sagte Julius, „Zweihunderttausend sein!" Und da er den Baumeister
San Gallo und den Bramante geschickt hatte, den Ort zu besichtigen,
kam den Papst bei diesen Betreibungen die Lust an, die ganze
Kirche neu aufzubauen. Und da er mehrere Pläne hatte anfertigen
lassen, wurde der des Bramante angenommen, als der schönste
und besser gedachte, denn die anderen. Auf diese Weise wurde
Michel Angelo die Ursache, sowohl dass dieser schon begonnene
Theil des Baues beendigt wurde (der, wenn dies nicht gewesen
wäre, vielleicht jetzt noch stünde, wie er war), als auch, dass dem
Papst die Lust kam, das Uebrige herzustellen nach einem neuen
und viel schöneren und prächtigeren Plane.

XXVIII. Jetzt, zu unserer Geschichte zurückzukehren, bemerkte Michel Angelo den geänderten Willen des Papstes auf folgende Weise. Es hatte der Papst dem Michel Angelo aufgetragen,
er solle, falls er Geld brauche, zu Niemand Anderem gehen als
zu ihm, damit er nicht da und dort herumzulaufen hätte. Nun
geschah es eines Tages, dass der Rest der Marmorblöcke, die
in Carrara geblieben waren, nach Ripa[1] kam. Michel Angelo,
der sie hatte abladen und nach St. Peter kommen lassen, als er
die Schifffracht, die Verladung und den Fuhrlohn bezahlen wollte,

---

gewiss in richtiger Weise. Der Ort, wo Michel Angelo das Grabmal aufgerichtet wissen wollte, war die Stelle, welche in den nach Bernardo Rosellino bereits aufgeführten Umfassungsmauern die Tribuna bereits einnahm.
Auf diesen sollte das Grab Julius II. fundirt werden. Die Aufzeichnungen,
welche Bramante über die Anfänge des Baues des Bernardo Rosellino machte,
hat Geymüller gefunden und in das richtige Licht gestellt. — Die Idee,
das Grabmal in St. Peter aufzurichten, gab Anlass, den Neubau der Peterskirche wieder in Angriff zu nehmen.

[1] *Ripa* ist jene bekannte Stelle an den Ufern der Tiber in Rom,
welche als Landungsplatz der Schiffe benützt wird — insbesondere jener
Ort, wo schon seit den Zeiten der Römer her Marmorblöcke abgeladen
wurden.

ging zum Papste, Geld zu verlangen, aber er fand den Zutritt schwierig und denselbigen beschäftigt. Deshalb kehrte er nach Hause zurück und, um die armen Leute nicht Ungemach leiden zu lassen, die etwas bekommen sollten, bezahlte er Alle aus dem Seinigen, seine Gelder einzubringen gedenkend, wenn er es vom Papste bequem haben könnte. Als er nun eines andern Morgens wiederkam und in das Vorzimmer eintrat, um Audienz zu erhalten, da trat ihm ein Reitknecht entgegen und sagte: ,,Verzeiht, aber ich habe den Auftrag, Euch nicht eintreten zu lassen." Es war ein Bischof anwesend, der, als er die Worte des Reitknechts hörte, ihn schalt und sagte: ,,Du musst nicht wissen, wer der Mann ist." ,,Wohl kenne ich ihn," erwiderte der Reitknecht, ,,aber ich bin gehalten, das zu thun, was mir von meiner Herrschaft aufgetragen worden, ohne weiter zu fragen." Michel Angelo (dem bis dahin niemals die Thür verschlossen oder der Eintritt war verwehrt worden), als er sich so abgewiesen sah, ganz entrüstet über den Vorfall, antwortete ihm: ,,Und Ihr werdet dem Papste sagen, dass, wenn er von nun an mich wird haben wollen, er mich wo anders suchen wird." Darauf kehrte er nach Hause zurück und befahl den beiden Dienern, die er hatte, dass sie all' seinen Hausrath verkaufen und sobald sie das Geld dafür erhalten, ihm nach Florenz nachkommen sollten. Er selbst nahm die Post und gelangte um zwei Uhr des Nachts nach Poggibonsi,[1] einem Castell auf dem Gebiete von Florenz an, die 18 oder 20 Miglien von der Stadt entfernt. Daselbst, als an einem sicheren Orte, legte er sich zur Ruhe.

XXIX. Bald darauf langten fünf Couriere an von Julius, die den Auftrag hatten, ihn zurückzubringen, wo immer sie ihn fänden. Aber da sie ihn an einem Orte erreicht hatten, wo sie ihm keine Gewalt anthun konnten und Michel Angelo ihnen drohte, er werde sie todtschlagen lassen, wenn sie das Geringste versuchten, so verlegten sie sich auf's Bitten und, da dies nichts half, verlangten sie von ihm, dass er wenigstens den Brief des Papstes beantworte, den sie ihm vorgezeigt hatten, und namentlich, dass er schreibe, sie hätten ihn nicht eher eingeholt, als in Florenz, damit der-

---

[1] *Poggibonsi*, das alte Bonitium, ein Marktflecken im Toskanischen bei Florenz.

selbige merken konnte, dass sie ihn nicht hätten zurückbringen können gegen seinen Willen. Der Brief des Papstes lautete so: „Dass, sowie er das Gegenwärtige gesehen, er sofort nach Rom zurückkommen sollte, bei Vermeidung seiner Ungnade." Worauf Michel Angelo in Kürze antwortete: „Dass er niemals zurückkommen werde, und dass er es nicht verdiene, für seine guten und treuen Dienste einen solchen Umschlag zu erleben, dass er von seinem Angesichte gejagt werde, wie ein schlechter Kerl; und dieweil Seine Heiligkeit nichts mehr hören wolle vom Grabmal, so sei er ausser Pflicht und wolle sich zu nichts Anderem verpflichten." Sobald der Brief ausgestellt war, wie es erzählt worden und die Couriere entlassen, ging er nach Florenz, woselbst in den drei Monaten, die er dort zubrachte, der Signoria drei Breve zugesandt wurden, voll von Drohungen, sie sollten ihn zurückschicken, sei's mit Güte, sei's mit Gewalt.

XXX. Pier Soderini,[1] der damals auf Lebenszeit Gonfaloniere jener Republik war, welcher ihn vorhin gegen seinen Willen nach Rom hatte gehen lassen, da er ihn benützen wollte, den Rathssaal auszumalen, zwang beim ersten Breve den Michel Angelo, nicht zurückzukehren, in der Hoffnung, der Zorn des Papstes werde vorübergehen; als aber das zweite und dritte gekommen war, berief er den Michel Angelo und sagte ihm: „Du hast dem Papst ein Stücklein aufgespielt, wie es ein König von Frankreich nicht gethan hätte, aber jetzt musst du dich nicht länger bitten lassen. Wir wollen deinetwegen keinen Krieg mit ihm anfangen und unseren Staat auf's Spiel setzen, deshalb mach' dich bereit, zurückzukehren." Michel Angelo, als er es dahin gekommen sah, da er den Zorn des Papstes fürchtete, dachte nach der Levante zu gehen, hauptsächlich weil er, vermittelst einiger Mönche vom heil. Franciscus, vom Türken mit den grössten Versprechungen angegangen worden war, der ihn brauchen wollte, von Constantinopel nach Pera eine Brücke zu bauen, wie auch zu

---

[1] Pietro Soderini, seit dem Sturze der Mediceer und der Hinrichtung Savanarolo's, 1489, Gonfaloniere von Florenz, blieb bis 1512 an der Spitze der Republik. Die Mediceer verdankten in dieser Zeit ihre Rückkehr Julius II., dessen Feldherr Raimund von Cordona die Florentiner schlug. Julius II. verlangte die Absetzung des Pietro Soderini. Der Cardinal Giovanni Medici, der nachmalige Papst Leo X., trat an die Spitze der Geschäfte.

andern Geschäften.[1] Als aber der Gonfaloniere dies hörte, schickte er um ihn und brachte ihn ab von dem Gedanken, indem er ihm sagte: „Dass er lieber zum Papste gehen und sterben wollte, als zum Türken gehen und leben; dass er aber dies gar nicht zu fürchten hätte, da der Papst gütig sei und ihn zurückverlangte, weil er ihm wohlwollte, nicht aber, um ihm Uebles anzuthun; und wenn er sich dennoch fürchte, so würde ihn die Signoria abschicken mit dem Gesandtentitel, dieweil man einer solchen öffentlichen Person keine Gewalt anzuthun pflege, die nicht auch dem geschehe, der sie absendet." Durch diese und andere Reden liess sich Michel Angelo bewegen, zurückzukehren.

XXXI. Während er aber in Florenz verweilte, ereigneten sich zwei Dinge: das Eine, dass er den wunderbaren Carton[2] vollendete, den er für den Rathssaal angefangen, worin er den Krieg zwischen Florenz und Pisa darstellte, sowie viele und verschiedene Begebenheiten, die sich dabei zugetragen, durch welchen höchst kunstvollen Carton allen Jenen ein Licht aufging,

---

[1] Die hier vorkommende Nachricht berichtet wohl den ältesten Versuch der Ueberbrückung der Dardanellen in neuerer Zeit, den wir kennen. Michel Angelo scheint sich mit Vorliebe mit solchen Projecten beschäftigt zu haben, da er auch bei seinem Aufenthalte in Venedig auf den Gedanken kam, den Canal der Giudecca zu überbrücken.

[2] Vasari beschreibt im Leben Michel Angelo's (pag. 178) den Carton etwas ausführlicher, ohne den historischen Vorgang viel deutlicher zu bezeichnen, den Michel Angelo dargestellt hat. Gaye veröffentlicht (II. 92, 93) Documente vom 31. October und 31. December 1504 und 20. Februar und 30. August 1505, betreffend die Bezahlung Michel Angelo's, aus denen hervorgeht, dass in dieser Zeit der Carton fertig war und der Künstler Vorbereitungen trifft zur Ausführung in Malerei; wahrscheinlich wurde er durch seine Reise nach Bologna verhindert, den Carton auszuführen. Michel Angelo wählte eine Scene aus dem Kampfe der Florentiner gegen Pisa, in welchem im Arno badende Soldaten, die vom Feinde überrascht wurden, dargestellt wurden. Der Carton ging in den Wirren des Jahres 1512 zu Grunde. Was Vasari im Leben Baccio Bandinelli's über den Antheil desselben an der Zerstörung des Cartons von Michel Angelo schreibt, ist eine Vermuthung, keine Thatsache. Einzelne Stücke kamen in den Besitz der Strozzi nach Mantua; die Verhandlungen über den Ankauf derselben an den Grossherzog von Toskana (um 1575) zerschlugen sich. Heutigen Tages ist nichts mehr von diesem Carton übrig, als die Stiche von Marc-Anton und Agostino Veneziano.

Ueber eine Nachbildung des Cartons in englischem Besitze (dem Schlosse in Holkham) berichtet Waagen.

die später einen Pinsel in die Hand nahmen. Auch weiss ich
nicht, durch welches üble Geschick er dann zu Schaden kam,
nachdem er von Michel Angelo im Saale des Papstes war gelassen
worden (einem in Florenz so benannten Ort), zu Santa Maria
Novella. Man sieht aber davon noch einige Stücke an verschiedenen Orten, mit grosser Sorgfalt und wie ein Heiligthum
aufbewahrt. Das andere Ding, das sich zutrug, war, dass der Papst
Julius 1 nach Bologna gegangen war, nachdem er es erobert hatte,
über welchen Erwerb er ganz fröhlich war. Dies machte dem
Michel Angelo Muth, ihm mit besserer Hoffnung entgegen-
zugehen.

XXXII. Wie er nun eines Morgens in Bologna eingetroffen
war und in die Sanct Petroniuskirche ging, die Messe zu hören,
kam der Reitknecht des Papstes daher, der ihn erkannte und
ihn vor Seine Heiligkeit führte, der zur Tafel war im Palaste
der Sedici. Dieser nun, da er ihn in seiner Gegenwart erblickte,
sagte ihm mit erzürntem Gesichte: „An dir war es, zu kommen
und uns aufzusuchen, und du hast gewartet, dass wir kommen
dich zu finden," womit er zu verstehen gab, dass, weil Seine
Heiligkeit nach Bologna gekommen war, welcher Ort viel näher
bei Florenz lag als Rom, dass er gleichsam gekommen wäre, ihn
aufzusuchen. Michel Angelo kniete nieder und bat ihn mit lauter
Stimme um Vergebung, sich entschuldigend, dass er nicht aus
Bosheit gefehlt hätte, sondern aus Zorn, dieweil er es nicht hätte
ertragen können, so weggejagt zu werden, wie ihm geschehen
war. Der Papst sass da, den Kopf gesenkt, ohne etwas zu er-
widern, mit ganz erregtem Gesicht, als ein Monsignore, den der
Cardinal Soderini abgeschickt hatte, den Michel Angelo zu ent-
schuldigen und zu empfehlen, sich dazwischenlegen wollte und
sagte: „Eure Heiligkeit möge nicht auf seinen Fehler schauen,
da er aus Unwissenheit gefehlt hat. Die Maler, ausserhalb ihrer
Kunst, sind Alle so." Welchem der Papst erzürnt antwortete:
„Du sagst ihm eine Grobheit, wie wir sie ihm nicht gesagt.
Der Unwissende bist du und der Unnütze nicht er. Geh' mir

---

1 Der Einzug des Papstes Julius II. in Bologna fand am 11. November 1506 statt. Der Einzug geschah mit festlichem Gepränge. Der Papst
blieb bis 22. Februar 1507 in Bologna. Auf die Einnahme von Bologna liess
der Papst eine Münze schlagen.

aus den Augen und hol' dich der Henker." Und als der nicht
ging, wurde er von den Dienern des Papstes mit tollen Püffen,
wie Michel Angelo zu sagen pflegt, hinausgetrieben. Da nun
der Papst seinen grössten Zorn an dem Bischofe ausgelassen
hatte, rief er den Michel Angelo näher heran, verzieh ihm
und trug ihm auf, nicht von Bologna fortzugehen, bevor
er ihm nicht einen anderen Auftrag gegeben habe. Auch
dauerte es nicht lange, so schickte er nach ihm und sagte: „Er
wolle, dass er ihn abbilde in einer grossen Statue von Bronce,
die er auf dem Frontispice der Sanct Petronius-Kirche aufstellen
wolle." Und zu diesem Zwecke hinterlegte er tausend Ducaten in
der Bank des Herrn Antonmaria aus Legnano und ging zurück
nach Rom. Es ist wahr, dass schon, bevor er abreiste, Michel
Angelo sie aus Thon gemacht hatte. Und unschlüssig, was er
ihn mit der linken Hand sollte anfangen lassen, da die rechte
that, als ob sie den Segen austheilte, erkundigte er sich beim
Papste, der gekommen war, die Statue zu besichtigen, ob es ihm
angenehm wäre, wenn er ihm ein Buch hinmache. „Was da,
Buch?" erwiderte dieser, „ein Schwert, denn ich meinestheils
bin kein Gelehrter." Und über die Rechte scherzend, die eine
kühne Haltung hatte, sagte er dem Michel Angelo lächelnd:
„Diese Deine Statue, ertheilt sie Segen oder Fluch?" Worauf
Michel Angelo: „Heiliger Vater, sie bedroht dieses Volk, wenn
es nicht klug ist." Aber dieweil, wie ich gesagt habe, Papst
Julius nach Rom zurückgekehrt war, blieb Michel Angelo in
Bologna und mit dem Verfertigen der Statue und dem Auf-
stellen derselben, wohin sie der Papst schon befohlen hatte, ver-
brachte er sechzehn Monate. Diese Statue wurde dann, als die
Bentivoglio wieder nach Bologna kamen, von der Volkswuth zu
Boden geworfen und vernichtet. Ihre Höhe war von mehr als
dreimaliger Lebensgrösse. [1]

[1] Der Aufstand in Bologna, welcher der Herrschaft des Papstes daselbst
ein Ende machte und die Bentivoglio zurückführte, fand am 21. Mai 1511
statt. Eine Bildsäule des Papstes von vergoldetem Holze, die vor dem Por-
tale des Domes stand, wurde zerschlagen, die Broncestatue Michel Angelo's
gleichfalls, letztere am 30. December desselben Jahres. Herzog Alfonso von
Ferrara liess eine Kanone daraus giessen, sagend: „Qu'il ferrait faire un pet
au Pape devans son château." Der Kopf — angeblich 600 Pfund schwer —

XXXIII. Nachdem er dieses Werk beendigt hatte, ging er nach Rom, woselbst dem Papst Julius, da er ihm nützen wollte und doch bei dem Vorsatze blieb, das Grabmal nicht zu machen, ihm von Bramante und anderen Nebenbuhlern des Michel Angelo in den Kopf gesetzt wurde, er solle ihm das Gewölbe der Capelle von Papst Sixtus IV.[1] ausmalen lassen, die im Palaste war, indem sie ihm Hoffnung machten, dass er darin Wunder leisten werde. Und diesen Dienst erwiesen sie ihm aus Bosheit, um den Papst von den Bildhauereisachen abzuziehen, und weil sie es für eine sichere Sache hielten, dass er entweder, wenn er auf dieses Unternehmen nicht einging, den Papst gegen sich aufbringen werde, oder, wenn er es annehme, es ihm damit viel weniger glücken werde als dem Rafael von Urbino, dem sie aus Hass gegen Michel Angelo jede Gunst anthaten; denn sie erachteten, dass seine hauptsächliche Kunst die Bildhauerei sei, wie sie auch wirklich war. Michel Angelo, der bisher nicht in Farben gearbeitet hatte und wusste, ein wie schweres Ding es sei, ein Gewölbe auszumalen, suchte sich mit aller Gewalt davon los zu machen, indem er den Rafael vorschlug und sich entschuldigte, es sei nicht seine Kunst, und dass es ihm nicht glücken werde; und so weit ging er mit dem Ablehnen,

---

wurde gerettet; er kam in das Museum nach Ferrara und verschwand später gänzlich. Die Statue hat 5000 Goldgulden gekostet. (Vasari XII, pag. 187, Not. 3; Gregorovius „Geschichte der Stadt Rom", VIII, pag. 65, Not. 1.) Vasari bezeichnet den Ort, wo diese Statue stand, etwas genauer als Condivi, der von dem „Frontespizio della Chiesa" spricht. Vasari sagt: „Una nicchia sopra la porta di San Petronio."

[1] Die Sixtinische Capelle wurde im Jahre 1473 nach den Entwürfen der Florentinischen Architekten Baccio Pintelli zur Zeit des Papstes Sixtus IV. gebaut, des Oheims des Papstes Julius II. Während der Regierung des Papstes Sixtus wurden die Gemälde von Signorelli, Pietro Perugino, Cosimo Roselli und Domenico Ghirlandajo ausgeführt. Nach dem Tode Sixtus' IV. unterblieb die weitere Decorirung. Julius II. nahm sie wieder auf und übertrug auf Rath Bramante's — und er wurde in dieser Beziehung von Bramante gut berathen — die Ausführung dem Michel Angelo. Dass dieser, der doch bis dahin zumeist als Bildhauer thätig war, sich anfänglich weigerte, diesen Auftrag zu übernehmen, ist begreiflich. Er begann seine Thätigkeit im Mai 1507. Julius II. wurde, wie Sixtus IV., in der Sixtinischen Capelle begraben. Paul III. liess diese beiden Gräber abtragen und in die Capelle del Sacramento nach St. Pietro bringen.

dass der Papst fast sich erzürnte. Da er aber dessen Eigensinn sah, ging er daran, das Werk zu machen, das heute im Palaste des Papstes zur Bewunderung und zum Erstaunen der Welt zu sehen ist; was ihm einen solchen Namen verschaffte, dass er ihn über jeglichen Neid erhob. Von diesem Werke werde ich eine kurze Nachricht geben.

XXXIV. Es ist das Gewölbe [1] seiner Gestalt nach, wie man es gewöhnlich nennt, ein Spiegelgewölbe, und zu seinen Stützen hat es Lünetten, deren es in der Länge sechs gibt und in der Breite zwei, so dass das Ganze zwei und ein halbes Geviert macht. Auf dasselbe hat Michel Angelo hauptsächlich die Schöpfung der Welt gemalt, dann aber darauf fast das ganze alte Testament umfasst, und dieses Werk ist in solcher Weise eingetheilt: angefangen von den Sockelgesimsen, worauf die Winkel der Lünetten sich stützen, bis fast zu einem Drittel des Bogens des Gewölbes denkt er sich gleichsam eine flache Wand, auf die er bis zu dieser Grenze einige Pilaster und Säulensockel scheinbar aus Marmor aufreisst, die nach Aussen hervorragen über eine Fläche in Art einer Balustrade, mit ihren Consolen darunter und anderen kleinen Pilastern über derselben Fläche, wo die Propheten und Sybillen zu sitzen kommen, welche erste Pilaster, ausgehend von dem Bogen der Lünetten, die Sockel in die Mitte nehmen; wobei sie aber von dem Bogen der Lünetten einen grösseren Theil frei lassen, als derjenige Raum ist, der innerhalb derselben eingeschlossen ist. Auf den Säulensockeln sind einige kleine Kinder vorgestellt, nackt, in verschiedenen Geberden, die in der Art von Termini ein Gesims tragen, das ringsum das ganze Werk umgibt, inmitten des Gewölbes vom Kopf zum Fuss gleichsam einen offenen Himmel lassend. Diese Oeffnung ist eingetheilt in neun Streifen, indem von dem Gesimse über den Pilastern einige Gesimsbögen ausgehen, die über die äusserste Höhe des Gewölbes hinweg ziehen und das Gesims der entgegen-

---

[1] In diesem Capitel gibt Condivi eine Beschreibung der Decke der Sixtinischen Capelle, die an Deutlichkeit Vieles zu wünschen übrig lässt. Am meisten verständlich wird sie, wenn der Leser einen Kupferstich derselben zur Hand nimmt. Vasari beschreibt sie gleichfalls mit einigen Abweichungen. Ueber einige unrichtige Erklärungen in Condivi's Beschreibung haben sich Bunsen und Platner (a. a. O. pag. 259—273) ausgesprochen.

gesetzten Seite aufsuchen gehen, zwischen Bogen und Bogen
neun leere Räume lassend, je einen grossen und einen kleinen.
In dem kleinen sind zwei Leistchen scheinbar von Marmor,
die den Raum durchschneiden, in der Art, dass in der Mitte
zwei Theile und einer zu jeder Seite bleiben, worauf die
Medaillons gesetzt sind, wie es seines Orts gesagt werden
wird; und dies hat er gethan, um der Uebersättigung auszuweichen, welche aus der Gleichmässigkeit entsteht. Demnach,
im ersten Raume der Decke von oben, der einer von den
kleineren ist, sieht man in der Luft Gott den Allmächtigen, der
durch die Bewegung der Arme das Licht von der Finsterniss
scheidet. Im zweiten Raum ist er, wie er die zwei grösseren
Leuchten schuf, als welchen man ihn mit ganz augestreckten Armen
stehen sieht, mit der Rechten die Sonne berührend und mit der
Linken den Mond. Daselbst sind einige Engelein in Gesellschaft,
deren Einer auf der linken Seite das Gesicht versteckt, sich an
seinen Schöpfer schmiegend, gleichsam um sich vor der Schäd-
lichkeit des Mondes zu schützen. In demselben Raume auf der
linken Seite ist wieder Gott beschäftigt, auf der Erde die Kräuter
und Pflanzen zu schaffen, mit einer solchen Kunst ausgeführt,
dass, wohin du dich auch wendest, er dir zu folgen scheint,
den ganzen Rücken zeigend, bis zu den Sohlen der Füsse, ein
sehr schönes Ding, das uns zeigt, was die Verkürzung vermag. Im dritten Raume erscheint in der Luft Gott der Herr,
gleichfalls mit Engeln, und betrachtet die Gewässer, ihnen be-
fehlend, dass sie alle jene Arten von Thieren hervorbringen
sollen, die dieses Element ernährt, nicht anders als er es im
zweiten der Erde befohlen hatte. Im vierten ist die Erschaffung
des Menschen, wo man Gott mit ausgestrecktem Arm und Hand
sieht, gleichsam dem Adam die Vorschriften gebend über das, was
er thun soll und was nicht, und mit dem andern Arm umfängt er
seine Engelein. Im fünften ist er, wie er aus der Seite des Adam
das Weib herauszieht, welche, hervorkommend mit gefalteten
und gegen Gott gestreckten Händen, sich mit süsser Geberde ver-
neigt, so dass es scheint, dass sie ihm dankt und er sie segnet. Im
sechsten ist der Dämon, von der Mitte hinauf in menschlicher Gestalt und im übrigen als Schlange, der die Füsse in einen Schweif
verwandelt, sich um einen Baum windet, und indem er mit

dem Menschen sich zu unterreden scheint, verführt er ihn, gegen
seinen Schöpfer zu handeln, und reicht dem Weibe den ver-
botenen Apfel, und im zweiten Theile des Raumes sieht man
Beide, vom Engel verjagt, erschreckt und traurig vor dem Angesichte Gottes entfliehen. Im siebenten ist das Opfer des Abel
und des Kain, jenes Gott werth und annehmlich, dieses verhasst
und verworfen. Im achten ist die Sündflut, wo man von Weitem
die Arche des Noah sehen kann mitten im Wasser, und Einige
klammern sich an sie, um sich zu retten. Mehr in der Nähe, auf
demselben Gewässer, ist ein Schiff, vollgeladen mit verschiedenen
Leuten, welches, sowohl wegen der übermässigen Schwere, die
es hatte, sowie wegen der vielen und heftigen Stösse der Wellen,
mit verlorenem Segel und allen menschlichen Rathes und Hilfe
beraubt, man bereits Wasser in sich aufnehmen und auf dem
Grund sinken sieht, wobei es ein wundersam Ding ist, das
menschliche Geschlecht so elendig in den Wellen untergehen
zu sehen. Gleichfalls, dem Auge näher, erscheint noch über den
Wässern die Spitze eines Berges in Art einer Insel, wohin sich,
um den steigenden Wässern zu entgehen, eine Menge Männer
und Weiber geflüchtet haben, die verschiedene Affecte bezeigen,
aber Alle elend und erschreckt, unter ein Zelt gekauert, das
über einen Baum gespannt war, um sich von oben vor dem
ungewöhnlichen Gewässer zu schützen; und darauf ist mit grosser
Kunst vorgestellt der Zorn Gottes, der mit Wässern, mit Blitzen
und Wettern sich gegen sie kehrt. Noch gibt es da eine Berg-
spitze, auf der rechten Seite, dem Auge viel näher, nebst einem
Haufen Leute, die von demselben Unfall geplagt werden, wovon
es lange währen würde, jeden Einzelnen zu beschreiben; genug,
sie sind so natürlich und erschrecklich, als wie man sie sich
bei einem solchen Unfalle nur vorstellen kann. Im neunten,
welcher der letzte ist, ist die Geschichte des Noah, als er, be-
trunken auf der Erde liegend und die Schamtheile zeigend, vom
Sohne Cham verlacht und von Sem und Japhet zugedeckt wurde.
Unter dem obgenannten Gesims, das die Wand beendigt, und
über den Sockeln, auf die sich die Lünetten stützen, zwischen
Pfeiler und Pfeiler sitzen 12 grosse Figuren, theils Propheten, theils
Sybillen, Alle wahrhaft wunderbar, sowohl von wegen der Stellungen, als wegen des Zierraths und der Verschiedenheit der

Gewandung. Aber am wunderbarsten von Allen ist der Prophet
Jonas, der am Kopfe des Gewölbes gesetzt ist; sintemal ent-
sprechend der Form desselbigen Gewölbes und nach Kraft der
Lichter und Schatten, der Rumpf sich nach innerhalb zu ver-
kürzt und nach jenem Theile, der dem Auge näher ist, während
die Beine, die nach Aussen hervorragen, in dem entfernteren
Theile sind. Ein erstaunliches Werk und das da beweist, was
in diesem Manne für eine Wissenschaft sei, betreffs der Fähigkeit,
die Linien zu ziehen in den Verkürzungen und der Perspective.
Aber in jenem Raume, der unter den Lünetten ist, sowie auch
in dem oberen, der die Figur eines Dreiecks hat, ist aufgemalt
die ganze Genealogie, das heisst der Stammbaum des Heilands,
ausgenommen in den Dreiecken der Ecken, welche, mit einander
vereinigt, eines werden aus zweien und doppelten Raum geben.
In einem also derselbigen, nahe an der Wand des Gerichts, zu
rechter Hand, sieht man, wie Haman auf Befehl des Königs
Ahasver an das Kreuz geschlagen ist; und dies deshalb, dass
er aus Hochmuth und Stolz den Mardochai aufhängen lassen
wollte, den Onkel der Königin Esther, weil er ihm bei seinem
Vorbeigehen nicht Ehrerbietung und Reverenz bewiesen. In
einem andern ist die Geschichte von der ehernen Schlange, von
Moses, auf einem Pfahl erhöht, wo das Volk Israel, das von
kleinen lebendigen Schlangen verletzt und geplagt wurde, wenn
es darauf schaute, geheilt war; wobei Michel Angelo eine erstaunliche Kraft gezeigt hat in Jenen, welche sich diese Schlangen
vom Leib ziehen wollen. In der dritten Ecke nach unten ist
die Rache, die Judith an Holofernes ausgeübt, und im vierten die
des David an Goliath. Und das ist in Kurzem die ganze Geschichte.

XXXV. Aber nicht weniger bewundernswerth ist der Theil,
der nicht zur Geschichte gehört. Das sind gewisse nackte Figuren,
die über dem genannten Gesims auf einigen Sokeln sitzend,
eine von da und eine von dort die Medaillons halten,[1] die wie aus

---

[1] Die „varie storie", auf die hier hingedeutet ist, beziehen sich auf
die Familien- und Lebensgeschichte des Papstes, nicht auf biblische Gegenstände. Sie sind auf den Medaglioni „finti di metallo" dargestellt. Das Herein-
ziehen der Familiengeschichte des Papstes in den Cyclus aus dem alten
Testamente wird Niemand wundern, der die Anschauungen der Zeit kennt.
Die Medaglioni's waren jedenfalls der angemessenste Ort, diese anzubringen.

Bronce gemacht aussehen, auf welchen, wie es auf der Kehrseite üblich ist, verschiedene Historien vorgestellt sind, aber alle in Bezug auf die Geschichte des Papstes. In all' diesen Dingen hat Michel Angelo durch die Schönheit der Eintheilung, durch die Verschiedenheit der Stellungen und bei der Ungunst der Oertlichkeit eine sehr grosse Kunstfertigkeit bewiesen. Aber das Einzelne davon und von anderen Sachen zu erzählen, wäre eine unendliche Arbeit, und ein Band reichte nicht hin, deshalb bin ich darüber kurz weggegangen, da ich eher nur eine gewisse Ansicht von dem Ganzen geben, als die Theile auseinandersetzen wollte.

XXXVI. Auch hiebei blieben ihm die Verdriesslichkeiten nicht aus; denn da er es begonnen und das Gemälde von der Sündflut gemacht hatte, fing ihm das Werk an zu verschimmeln, so dass man kaum die Figuren ausnehmen konnte. Weil nun Michel Angelo erachtete, dass diese Entschuldigung hinreichend sein würde, ihn von dieser Bürde zu befreien, ging er zum Papste und sagte ihm: „Ich habe es Euerer Heiligkeit ja gleich gesagt, dass das nicht meine Kunst sei; was ich gemacht habe, ist verdorben, und wenn Ihr's nicht glaubt, schickt hin und lasst nachsehen." Der Papst schickte den San Gallo,[1] der, als er es sah, erkannte, dass er den Kalk zu wässerig genommen hatte, und dass er deshalb, weil die Feuchte durchschlug, diese Wirkung hatte; und da Michel Angelo davon verständigt war, hiess er ihn weiter arbeiten, und liess ihm keine Entschuldigung gelten.

XXXVII. Währenddem, dass er malte, beliebte es dem Papst Julius oftmals, hinzugehen und die Arbeit zu sehen, wobei er auf einer Handleiter hinaufstieg, und ihm, Michel Angelo, die Hand gab, dass er auf das Gerüst gelange. Und heftig, wie er von Natur war und ungeduldig zu warten, wie die Hälfte fertig war, nämlich von der Thüre bis zum halben Gewölbe, wollte er, dass er es aufdecken sollte,[2] obgleich es noch unvollendet und nicht die

---

[1] Der hier erwähnte San Gallo ist Giuliano da San Gallo, geb. 1445, gest. den 20. October 1516 (Vas. VII. 209).

[2] Diese Erzählung, dass Michel Angelo die Hälfte, die fast fertig war, noch nicht aufdecken wollte, stimmt mit der früher erwähnten Nachricht von dem Verderben der Freske der Sündflut gut zusammen. Denn dieses Gemälde liegt in der halben Decke von der Thüre bis zur Mitte der Decke. Weniger

letzte Hand darangelegt war. Die Meinung und die Erwartung, die man von Michel Angelo hatte, zog ganz Rom hin, die Sache zu sehen, auch der Papst ging hin, bevor der Staub, den es beim Abbruch des Gerüstes gegeben, sich wieder gelegt hatte.

XXXVIII. Nach diesem Werke, da Rafael die neue und wunderbare Manier gesehen hatte, als Einer, der im Nachahmen erstaunlich war, suchte er durch Bramante den Rest zum Malen zu erlernen, worüber Michel Angelo sehr aufgebracht wurde; und vor Papst Julius gekommen, beklagte er sich nachdrücklich über den Schimpf, den ihm Bramante anthue; und in dessen Gegenwart beschwerte er sich darüber beim Papst und deckte ihm alle Verfolgungen auf, die er von selbigem erlitten; und darauf deckte er dessen viele Fehler auf, hauptsächlich dass er beim Niederreissen des alten St. Peters-Domes die wunderbaren Säulen zu Boden geworfen hatte, die in dieser Kirche gewesen sind, wobei er sich nicht darum kümmerte und es nicht beachtete, dass sie in Stücke gingen, währenddem er sie sachte niederlegen und ganz erhalten konnte; und zugleich zeigte er, ein wie leichtes Ding es sei, einen Ziegel auf den andern zu legen, dass aber eine solche Säule sehr schwer zu machen sei, und viele andere Sachen, die zu erzählen nicht nöthig ist, in der Art, dass der Papst, als er diese garstigen Geschichten gehört hatte, verlangte, Michel Angelo solle fortarbeiten, und ihm mehr Gunst erwies als je zuvor. Er beendigte dieses ganze Werk in 20 Monaten, [1]

ist sie mit dem in Einklang zu bringen, was im nachfolgenden Capitel erzählt wird. In diesem Capitel spricht Condivi davon, dass nur ein Theil enthüllt wurde, während in dem folgenden Capitel davon die Rede ist, dass Michel Angelo in zwanzig Monaten mit der ganzen Arbeit ohne alle Hilfe fertig wurde. Auf das, was in diesem Capitel erzählt wird, bezieht H. Grimm (l. c. II, pag. 31, Not. 11) einen undatirten Brief Michel Angelo's an seinen Vater, der sich im britischen Museum befindet. In diesem Briefe heisst es: „Meine Malerei wird die nächste Woche fertig sein, das heisst, der Theil, soweit ich sie in Angriff nahm; sobald ich sie aufgedeckt habe, hoffe ich Geld zu erhalten und werde es so einzurichten suchen, dass ich auf einen Monat Urlaub nach Florenz bekomme."

[1] Uebereinstimmend mit Vasari erzählt hier Condivi, dass Michel Angelo „das ganze Werk" in zwanzig Monaten fertig gemacht, und dass die kurz nachher erwähnte Enthüllung am 1. November 1509 vor sich gegangen sei. Schon ältere Schriftsteller, Richardson, Roscoe, haben auf die physische Unmöglichkeit hingewiesen, ein so umfassendes Werk, die Cartons und die

ohne irgend eine Hilfe zu haben, nicht einmal Einen, der ihm
die Farben rieb. Es ist wahr, dass ich ihn habe sagen hören,
dasselbige sei nicht so vollendet, als er es gewünscht hätte, weil
ihn die Eile des Papstes verhinderte, welcher, da er ihn eines
Tages frug, wann er diese Capelle fertig machen werde, und er
ihm antwortete: „Wann ich kann," ihm zornig erwiderte: „Du
hast wohl Lust, dass ich dich von diesem Gerüste herabwerfen
lasse." Wie das Michel Angelo hörte, sprach er zu sich: „Herabwerfen wirst du mich nicht lassen," und als Jener fort war, liess
er die Brücke auseinandernehmen und deckte das Werk auf, am
Allerheiligentage; welches dann gesehen wurde vom Papste mit
grosser Befriedigung (der an diesem Tage in die Capelle ging)
und unter grossem Zulauf und Bewunderung von ganz Rom.
Es blieb noch übrig, mit Ultramarinblau auf trockenem Wege
zu retouchiren, sowie hie und da mit Gold, dass es reicher
scheinen sollte. Julius, nachdem sein Eifer vorbei war, wollte
noch, dass Michel Angelo das vollbringen sollte, er aber, der
die Beschwerlichkeit überlegte, die es ihm machen würde, das
Gerüst wieder in Ordnung zu bringen, antwortete, dass das,
was daran fehlte, nicht von Belang sei. „Es wäre doch nöthig,
es mit Gold zu retouchiren," erwiderte der Papst, worauf
Michel Angelo vertraulich, wie er es mit Seiner Heiligkeit ge-
wohnt war: „Ich sehe nicht, dass die Menschen Gold an hätten."
Und der Papst: „Es wird sich ärmlich machen." — „Die da
aufgemalt sind," antwortete Michel Angelo, „waren auch ärmlich "
So wurde es in Spass gekehrt und ist so geblieben. Es hatte
Michel Angelo für dieses Werk für alle seine Auslagen 3000 Ducaten,[1]

Malerei, in zwanzig Monaten fertig zu bringen, auch bei einer Arbeitskraft,
wie es Michel Angelo war. Bunsen und Plattner (a. a. O. II. 1, pag. 258,
Not. **) nehmen an, dass Michel Angelo mit dem Ganzen 1510 fertig wurde;
neuere Schriftsteller nennen das Jahr 1512. Letzteres hat manche innere
Wahrscheinlichkeit für sich.

[1] Die Summe, die hier Condivi anführt, differirt von der, welche Vasari
nennt. Vasari erzählt, Michel Angelo habe, nach einer von Giuliano da San
Gallo vorgenommenen Schätzung, 15.000 Ducaten erhalten. Abgesehen davon,
dass diese Summe zu hoch gegriffen scheint, stimmt sie auch nicht zu der
Quittung von Michel Angelo vom 10. Mai 1508, die im Originale erhalten
ist, und worin Michel Angelo nur über 500 Ducaten quittirt. Es scheint, dass
Condivi's Angabe die richtige ist.

von denen er, wie ich ihn habe sagen hören, an die 20 oder 25
für Farben ausgeben musste.

XXXIX. Nachdem dies Werk fertig war, konnte Michel
Angelo, weil er beim Malen die Augen so lange Zeit zum Gewölbe
hinaufgerichtet hatte, dann, wenn er herabschaute, nur schlecht
sehen, so dass er, wenn er einen Brief oder sonst was Kleines
zu lesen hatte, es mit den Armen über seinen Kopf erhoben
halten musste. Nichtsdestoweniger gewöhnte er sich dann nach
und nach, auch im Hinabsehen zu lesen. Durch dieses können
wir merken, mit welcher Aufmerksamkeit und Ausdauer er dieses
Werk gemacht habe. Viele andere Dinge ereigneten sich für ihn
bei Lebzeiten von Papst Julius, der ihn auf das Innigste liebte und
mehr Sorge und Eifersucht um ihn hatte als um sonst Einen, den
er um sich hatte, was sich aus dem, was wir darüber geschrieben
haben, deutlich genug erkennen lässt. Eines Tages sogar, als er
besorgte, dass derselbige erzürnt sei, schickte er sofort nach ihm, um
ihn zu besänftigen. Die Sache verhielt sich folgendermassen. Da
Michel Angelo auf Sanct Johannes nach Florenz gehen wollte,
verlangte er Geld vom Papste, und als ihn dieser frug, wann er
die Capelle fertig machen werde, antwortete ihm Michel Angelo
nach seiner Gewohnheit: „Wann ich kann." Der Papst, der von
Natur rasch war, schlug ihn mit einem Stocke, den er in der Hand
hielt, indem er sagte: „Wann ich kann! Wann ich kann!" Darauf
kehrte Michel Angelo nach Hause zurück und machte sich bereit,
ohneweiteres nach Florenz zu gehen, als Accursio dazu kam,
ein sehr beliebter junger Mann, den der Papst geschickt, und
brachte ihm 500 Ducaten und besänftigte ihn, so gut er konnte,
und entschuldigte den Papst. Michel Angelo liess die Entschuldigung gelten und ging nach Florenz; so dass Julius keine grössere
Sorge zu haben schien, als sich diesen Mann zu erhalten, und
nicht bloss bei Lebzeiten wollte er sich seiner bedienen, sondern
auch noch als er todt war, denn als er zu sterben kam, befahl
er, dass man ihn jenes Grabmal beendigen lassen sollte, das er
schon angefangen hatte, wofür er die Sorge dem alten Cardinal
Santi Quattro und dem Cardinal von Agen, seinem Neffen, übertrug, welche ihn aber eine neue Zeichnung machen hiessen, da
ihnen der erste Entwurf zu gross erschien. Auf diese Weise
gerieth Michel Angelo zum zweiten Male in diese Tragödie vom

4*

Grabmal,[1] mit der es ihm jetzt nicht besser ging als früher, sondern
viel schlimmer, indem sie ihm endlose Verlegenheiten, Unannehm-
lichkeit und Beschwerden verursachte, und überdies durch die
Bosheit gewisser Menschen auch noch Schande, was viel
schlimmer ist, und von der er sich kaum nach vielen Jahren
gereinigt hat. Es fing also Michel Angelo von Neuem an, arbeiten
zu lassen, wozu viele Meister aus Florenz geholt wurden, und
Bernardo Bini,[2] der der Schatzmeister war, gab das Geld je nach
Bedarf. Aber es ging nicht viel vorwärts, denn es wurde zu seinem
grossen Verdrusse verhindert, weil den Papst Leo,[3] der auf
Julius gefolgt war, die Lust ankam, in Florenz die grosse Fronte
von San Lorenzo ausschmücken zu lassen mit Werken und Arbeiten von Marmor. Es war diese Kirche vom grossen Cosimo
von Medici erbaut worden, und ausser der vorderen Fronte war

---

[1] Julius II. starb am 24. Februar 1513; seine Testaments-Executoren
waren die beiden genannten Cardinäle, denen er auch die Ausführung seines
Grabmonumentes übertrug. Unter dem Cardinal Santi Quattro ist Lorenzo
Pucci zu verstehen, der allerdings erst unter Leo X., gleich nach seinem
Regierungsantritte, zum Cardinal erhoben wurde. Der Cardinal Aginense oder
auch Agennence war Leonardo Grossi della Rovere, der Sohn einer Schwester
des Papstes Sixtus IV.

[2] Bernardo Bini di Piero war Depositario bei Leo X. und anderen
Päpsten; er liess das Oratorio di S. Sebastiano de' Bini in Florenz erbauen

[3] Leo X. beschäftigte sich sogleich nach seinem Regierungsantritte mit
der Herstellung der Façade von S. Lorenzo. Nach der Gewohnheit der Zeit
wurden mehrere Architekten berufen, einen Entwurf für die Façade zu
machen; einheitlich geleitete grosse Bauten im Sinne unserer Zeit kommen
in der Renaissance-Zeit seltener vor. Vasari nennt Baccio d'Agnolo, Antonio
da S. Gallo, Andrea und Jacopo Sansavino und Rafael, die berufen wurden,
Entwürfe zu machen. Michel Angelo's Entwurf, der den Beifall Leo X.
erhielt, ist im Besitze der Galleria Buonarroti. — Die Kirche S. Lorenzo
wurde, nachdem der alte Bau durch einen Brand 1423 sehr viel gelitten
hatte, neu gebaut, zuerst auf Kosten Giovanni di Bicci de' Medici. Als er starb,
war die heute sogenannte alte Sacristei fertig. Cosimo setzte den Bau fort,
nach den Entwürfen Brunelleschi's. Die Façade war beim Regierungsantritte
Leo's X. unvollendet. Dass dieser Papst der Kirche S. Lorenzo seine besondere
Aufmerksamkeit zuwendete, darf nicht Wunder nehmen. Leo X. war in dieser
Kirche, welche Pius II zu einer Collegiat-Kirche 1459 erhob, Canonicus,
machte sie während seines dreimonatlichen Aufenthaltes in Florenz (1515—1516)
zu einer Capella Papale und stellte die Canonici der Kirche den Canonici's
einer Kathedrale gleich.

sie vollständig fertig. Da nun Papst Leo entschlossen war, diesen Theil herzustellen, gedachte er dabei den Michel Angelo zu verwenden, und da er nach ihm geschickt, liess er ihn einen Entwurf machen, und zuletzt wollte er aus dieser Ursache, dass er nach Florenz gehen und die ganze Last auf sich nehmen sollte. Michel Angelo, der mit grosser Liebe daran gegangen war, das Grabmal des Julius zu machen, leistete allen Widerstand, den er konnte, indem er anführte, er sei dem Cardinal Santi Quattro und dem von Agen verpflichtet und dürfe es nicht an sich fehlen lassen. Aber der Papst, der darin entschlossen war, antwortete ihm: „Lass' mich nur machen mit ihnen, ich werde sie zufrieden stellen." Als er nach den Beiden geschickt hatte, hiess er sie dem Michel Angelo die Erlaubniss geben, zum grossen Leidwesen seiner und der Cardinäle, besonders dessen von Agen, des Neffen, wie gesagt worden, von Papst Julius, denen aber Papst Leo versprach, dass Michel Angelo in Florenz daran arbeiten werde, und dass er es nicht verhindern wolle. Auf diese Weise liess Michel Angelo weinend ab vom Grabmal und ging nach Florenz, woselbst angekommen, er alles das anordnete, was zum Baue an der Façade nothwendig war, begab sich dann nach Carrara, um den Marmor herbeizuschaffen, nicht bloss zur Façade, sondern auch zum Grabmal, in der Meinung, er werde selbiges fortführen können, wie es ihm vom Papste versprochen war. Indess wurde dem Papst Leo geschrieben, dass es in den Bergen von Pietrosanto, einem Castell der Florentiner, Marmorarten gäbe von derselben Schönheit und Güte wie die in Carrara, und dass, als man dem Michel Angelo davon gesprochen, dieser, weil er Freund des Markgrafen Alberico sei und sich mit ihm verstehe, lieber den Carrarischen brechen wolle, als jenen, der im Staate von Florenz sei. Der Papst schrieb dem Michel Angelo und trug ihm auf, dass er nach Pietrosanto gehen und nachsehen sollte, ob es sei, wie man ihm aus Florenz geschrieben hatte. Dieser nun, als er hingegangen, fand den Marmor schwer zu bearbeiten und wenig tauglich, und selbst wenn der Marmor tauglich gewesen wäre, so war es doch eine schwierige Sache und sehr kostspielig, ihn an die Küste zu bringen, weil man eine Strasse bauen musste durch die Berge, mehrere Miglien weit mit der Haue und in der Ebene auf Pfahlwerk, da

sie sumpfig war. Dies schrieb Michel Angelo dem Papste,
der aber mehr denen glaubte, die ihm aus Florenz geschrieben
hatten, als ihm selbst, und ihm befahl, die Strasse zu bauen.
So dass er, den Willen des Papstes in Vollzug setzend, die
Strasse machen liess und auf derselben eine grosse Menge Marmor an die Küste führte, worunter fünf Säulen waren, von
gehöriger Höhe, von denen man jetzt die eine, die er hatte
nach Florenz bringen lassen, auf dem St. Lorenzplatz sieht, die
anderen vier liegen noch an der Küste, weil der Papst seinen
Willen geändert und seinen Sinn wo anders hin gewendet
hatte. Aber der Markgraf von Carrara, welcher glaubte, dass
Michel Angelo, weil er florentinischer Bürger sei, es angegeben
hätte, in Pietrosanto zu graben, wurde sein Feind und wollte
auch später nicht, dass er wieder nach Carrara käme einiger
Mamorblöcke wegen, die er daselbst hatte brechen lassen, was
dem Michel Angelo zu grossem Schaden gereichte.

XL. Als er nun nach Florenz zurückgekehrt war und, wie
bereits gesagt, den Eifer des Papstes Leo ganz erkaltet gefunden
hatte, verblieb er lange Zeit, betrübt, ohne etwas zu machen,
nachdem er bis dahin bald zu dieser bald zu jener Sache viel
Zeit vergeudet hatte, zu seinem grossen Verdrusse. Nichtsdestoweniger machte er sich in seinem Hause über einige Marmorblöcke, die er besass, um das Grabmal fortzusetzen. Als aber
Leo gestorben und Hadrian[1] gewählt war, wurde er ein zweites
Mal genöthigt, die Arbeit zu unterbrechen, weil sie ihn beschul-
digten, dass er von Julius zu diesem Werke wohl 16.000 Scudi
erhalten habe und nun nicht daran denke, es zu machen, sondern
in Florenz seinem Vergnügen nachgehe, so dass er um dieserthalb nach Rom berufen wurde. Der Cardinal von Medici aber,
der dann Papst Clemens VII. war und damals in Florenz das
Regiment führte, wollte nicht, dass er hinginge; und um ihn
durch Geschäfte festzuhalten und eine Entschuldigung zu haben,
setzte er ihn dran, das Modell zur Bibliothek der Medici in

---

[1] Hadrian Dedel von Utrecht bestieg als Hadrian VI. den päpstlichen
Stuhl am 9. Jänner 1522. Er starb am 14. September desselben Jahres. Zu
seinem Nachfolger wurde Giulio de' Medici, ein Sohn des Giuliano di
Piero, Urenkel des Cosimo (Clemens VII.) gewählt am 19. November
desselben Jahres.

St. Lorenz zu machen und zugleich die Sacristei mit den Grab-
mälern seiner Vorfahren, wobei er ihm versprach, den Papst
seinetwegen zufriedenzustellen und die Sachen auszugleichen.
Wie nun Hadrian als Papst nur wenige Monate lebte und Clemens
nachfolgte, da war eine Zeit lang keine Rede vom Grabmale
des Julius. Aber als er berichtet worden, dass der Herzog von
Urbino, Francesco Maria,[1] Neffe des Papstes Julius, glückseligen
Angedenkens, sich höchlich über ihn beschwere, und dass er
auch noch Drohungen hinzufüge, da ging er nach Rom, wo er
mit Papst Clemens die Sache berathschlagte, und dieser ihm
rieth, er solle die Agenten des Herzogs berufen lassen, um mit
ihm abzurechnen über Alles, was er von Julius erhalten, und über
das, was er für ihn gemacht hatte, wohl wissend, dass Michel
Angelo, wenn man seine Sachen abschätzte, eher der Gläubiger
sein werde als der Schuldner. Michel Angelo hielt sich deshalb
nur ungerne in Rom auf, und nachdem er einige seiner Sachen
geordnet hatte, ging er nach Florenz, hauptsächlich, weil er die
Zerstörung besorgte, die bald darauf über Rom kam.

XLI. Indess wurde das Haus der Medici von der Gegen-
partei aus Florenz getrieben,[2] weil es sich mehr Macht angeeignet,
als eine Stadt erträgt, die frei ist und sich als Republik regiert.
Und weil die Signorie nicht bezweifelte, dass der Papst Alles
anwenden werde, um dasselbige wieder einzusetzen und den gewissen Krieg erwartete, richtete sie ihren Sinn darauf, die Stadt
zu befestigen, und setzte den Michel Angelo zum General-
Commissär[3] darüber. Dieser nun, einem solchen Unternehmen

------

[1] Francesco Maria della Rovere, geb. 1490, Herzog von Urbino seit 1508,
gest. 1538, war der Sohn des Giovanni della Rovere, Bruders des Papstes
Julius II. Francesco Maria war mit der Eleonora von Gonzaga vermählt.

[2] Die sogenannte dritte Vertreibung der Mediceer fand am 17. Mai
im Jahre 1527 statt.

[3] Michel Angelo wurde am 22. April 1529 „governatore et proveditore
sopra la fortificatione delle mura". Die von Michel Angelo errichteten
Festungslinien umfassten die Kirchen San Francesco und San Miniato und
das umliegende Gebiet. Die Befestigungen Michel Angelo's sind heute
kaum mehr wahrnehmbar, da Cosimo I. durch seinen Militär-Architekten San
Marino Befestigungen an der Stelle anlegen liess, wo sie Michel Angelo
1529—1530 gebaut hat. Die Person, welcher am Schlusse des Capitels erwähnt wird, ist Baldassare Carducci, in jener Zeit Gonfaloniere di giustizia.

vorgesetzt, ausser vielen anderen Vorsichten, die er in der ganzen
Stadt aufrichtete, umgab den Hügel von San Miniato mit guten
Befestigungen, als einen der sich über das Land erhebt und die
ganze Gegend ringsum beherrscht, wo, wenn sich der Feind
seiner bemächtigt hätte, es kein Zweifel ist, dass er nicht auch die
Stadt einnehmen würde. Es war daher diese Vorsicht ein Heil
für das Land und ein sehr grosser Schaden für den Feind, weil
er, wie ich gesagt habe, hoch und erhaben wie er war, das Heer
sehr belästigte, besonders vom Glockenthurm der Kirche aus,
wo zwei Stück Geschütze waren, die dem Lager draussen fortwährend grossen Schaden zufügten. Michel Angelo, obwohl er
diese Vorsicht getroffen hatte, blieb nichtsdestoweniger auf diesem
Berge, für jeglichen Zufall, der da vorkommen konnte. Und als
er schon an die sechs Monate da gewesen war, erhob sich unter
den Soldaten der Stadt ein Gerede, von, ich weiss nicht was
für einem Verrath. Als Michel Angelo dieses theils selber bemerkte, theils von einigen Hauptleuten, seinen Freunden, davon
unterrichtet wurde, ging er auf die Signorie und entdeckte ihr
das, was er gehört und gesehen hatte und zeigte ihnen, in
welcher Gefahr die Stadt sich befinde, wobei er sagte, dass es
noch an der Zeit sei, vorzusehen, wenn sie wollten. Aber statt
ihm dafür Dank zu wissen, wurden ihm Grobheiten gesagt und
er als ein furchtsamer und allzu argwöhnischer Mann getadelt.
Und der ihm das antwortete, hätte weit besser gethan, ihm
Gehör zu geben, denn wie das Haus Medici nach Florenz gekommen war, wurde ihm der Kopf abgeschnitten, sonst lebte
er vielleicht noch.

XLII. Als Michel Angelo sah, wie wenig man seine Worte
in Acht nahm, und dass der Ruin der Stadt gewiss sei, liess er
sich kraft der Autorität, die er hatte, ein Thor öffnen und ging
hinaus mit zwei der Seinigen und wandte sich nach Venedig.[1]
Und gewiss war der Verrath keine Fabel, aber wer seine Hand
dabei hatte, der dachte wohl, dass er mit weniger Schande

---

[1] Ende September 1529 floh Michel Angelo mit Rinaldo Corsini und
Antonio Mini über Ferrara nach Venedig. Am 30. September wurde er in
Florenz als Verräther erklärt. Am 20. October erhielt er einen Salvoconducto
zur Rückkehr. Ende November d. J. arbeitete er wieder an der Befestigung
von S. Miniato.

davon käme, wenn er, ohne sich jetzt aufzudecken, mit der Zeit
eben so an's Ziel käme dadurch, dass er bloss seine Pflicht vernachlässigte und den daran verhinderte, der sie hatte thun
wollen. Die Abreise des Michel Angelo machte in Florenz vielen
Lärm, und bei denen, die regierten, gerieth er in argen Miscredit.
Nichtsdestoweniger wurde er zurückgerufen mit vielen Bitten,
und er sollte sich das Vaterland empfohlen sein lassen, und er
solle doch das Unternehmen nicht verlassen, das er auf sich genommen und dass die Sachen nicht so zum Aeussersten gekommen
wären, als er es sich hätte berichten lassen, und viele andere
Dinge, durch welche und durch das Ansehen der Personen, die
ihm schrieben, und vornehmlich durch die Liebe zum Vater-
lande er sich überreden liess, und nachdem er freies Geleit erhalten hatte für zehn Tage vom Tage ab, da er nach Florenz
ankäme, kehrte er zurück, jedoch nicht ohne Gefahr des Lebens.

XLIII. In Florenz angelangt, war das Erste, was er machte,
dass er den Glockenthurm von San Miniato befestigen liess, der
durch das unaufhörliche Schiessen der feindlichen Geschütze
voller Risse war und Gefahr drohte, dass er, wenn es lange so
ginge, einstürzen werde, zum grossen Nachtheile derer in ihm.
Die Art seiner Befestigung war diese: dass man eine grosse
Anzahl von Matratzen, gut ausgestopft mit Wolle, des Nachts
an starken Stricken herabliess von der Spitze bis zum Fusse,
jene Seite bedeckend, die beschossen werden konnte. Und weil
die Erker des Thurmes nach Aussen hervorragten, so wurden
die Matratzen über sechs Spannen weit von der Hauptmauer des
Glockenthurmes gethan, in der Art, dass die Geschützkugeln,
wenn sie daher kamen, theils wegen der Entfernung, in der
sie abgefeuert worden, theils weil jene Matratzen davor waren,
wenig oder keinen Schaden machten, da sie nicht einmal die
Matratzen selbst beschädigten, dieweil diese nachgaben. So
erhielt er diesen Thurm während der ganzen Zeit des Krieges,
der ein Jahr währte, ohne dass selbiger beschädigt wurde, und
indem er dabei sehr behilflich war, die Stadt zu retten und
die Feinde zu schädigen.

XLIV. Wie aber dann die Feinde durch Vertrag eingezogen
waren, und viele Bürger gefangen und getödtet wurden, so
wurde das Gericht in's Haus des Michel Angelo geschickt, ihn

festzunehmen,[1] und es wurden alle Stuben und alle Schränke
geöffnet, sogar bis auf den Rauchfang und den Abort. Aber
Michel Angelo, der befürchtete, was erfolgt war, hatte sich
geflüchtet in das Haus eines sehr guten Freundes von ihm, wo
er viele Tage versteckt war, ohne dass Jemand wusste, dass er
in diesem Hause sei, ausser der Freund, und so rettete er sich;
dann, als die Wuth vorüber war, schrieb Papst Clemens nach
Florenz, man solle den Michel Angelo suchen, und trug auf,
dass, wenn man ihn gefunden und er die schon begonnene Arbeit
an den Grabmalen fortsetzen wolle, man ihn freilassen und
ihm jede Höflichkeit erweisen solle. Wie Michel Angelo dies
hörte, kam er hervor, und obwohl es schon an die 15 Jahre
war, dass er keinen Meissel angerührt hatte, machte er sich
doch an's Werk mit solchem Eifer, dass er in wenigen Monaten
alle die Statuen fertig hatte, die in der Sacristei von San
Lorenzo zu sehen sind, wozu er mehr von der Furcht angetrieben
war als von der Liebe. Es ist wahr, dass keine derselbigen die
letzte Hand erhalten hat, aber sie sind so weit ausgeführt, dass
man sehr wohl die Vortrefflichkeit des Künstlers sehen kann,
auch verhindert die Skizze nicht die Vollendung und Schönheit
des Werkes.

XLV. Der Statuen sind vier, aufgestellt in einer Sacristei,
die dazu im linken Theil der Kirche gemacht wurde, der alten
Sacristei gegenüber, und obgleich auch alle von einerlei Absicht
und einerlei Gestalt sind, so sind doch nichtsdestoweniger die
Figuren alle verschieden und von mancherlei Bewegungen und
Stellung. Die Särge sind vor die Seitenfronten gestellt, auf deren
Deckeln zwei überlebensgrosse Figuren liegen, nämlich ein Mann
und ein Weib, durch welche der Tag und die Nacht angedeutet

---

[1] Die Capitulation von Florenz an das verbündete päpstlich-kaiserliche
Heer (Alessandro de' Medici) erfolgte am 12. August 1530. Michel Angelo
verbarg sich in dem Hause eines Freundes. — Am 11. November und
11. December d. J. gab Clemens VII. die Weisungen an Giovanni Bat.
Figiovanni, Prior von S. Lorenzo, dass Michel Angelo die übliche Provision
von 50 Scudi monatlich zur Fortführung der Arbeiten in der Sacristei von
San Lorenzo erhalten sollte. Am 29. September 1531 hatte Michel Angelo
bereits die beiden weiblichen Figuren der Medicer-Gräber beendigt und die
zwei männlichen begonnen.

werden und durch Beide die Zeit, die Alles verschlingt. Und
damit man diese seine Absicht besser verstehe, gab er der
Nacht, die in Gestalt einer Frau von wundersamer Schönheit
gebildet ist, ein Käutzchen und andere Abzeichen, die dazu
taugen, so auch dem Tag seine Abzeichen, und zur Andeutung
der Zeit wollte er eine Maus machen, wozu er auf dem Werk
ein wenig Marmor gelassen hatte, aber dann machte er es nicht,
(daran verhindert), weil dieses Thierchen unaufhörlich nagt und
zehrt, gleich wie auch die Zeit Alles verzehrt. Es sind noch andere
Statuen da, welche diejenigen vorstellen, für die diese Grabmale
waren gemacht worden, alle mit einem Worte mehr göttlich
als menschlich, aber vor allen eine Muttergottes mit ihren Söhnlein rittlings auf ihrem Schenkel, über die zu schweigen ich
für besser halte als nur ein Weniges zu sagen, und daher weiter
gehe. Diese Wohlthat haben wir dem Papst Clemens zu verdanken, und wenn er in seinem Leben sonst nichts Löbliches
gethan hätte (dessen er aber vieles gethan), so wäre dieses hinlänglich, um jeden seiner Fehler auszulöschen, da die Welt durch
ihn ein so edles Werk besitzt. Und noch weit mehr danken
wir ihm, dass er bei der Einnahme von Florenz vor der Trefflichkeit dieses Mannes Achtung hatte, nicht anders, als es einst
Marcellus bei der Einnahme von Syracus vor der des Archimedes
gehabt, wenn gleich jener gute Wille keinen Erfolg hatte, dieser
aber, Gott sei Dank, wohl welchen hatte.

XLVI. Bei alledem war Michel Angelo in grosser Furcht,
da ihn der Herzog Alessandro [1] sehr hasste, ein wilder und rach-
süchtiger Jüngling, wie Jeder weiss. Auch ist kein Zweifel, dass,
wenn nicht die Rücksicht auf den Papst gewesen wäre, er ihn
sich aus den Augen geschafft hätte, umsomehr, als zur Zeit,
da der Herzog von Florenz die Befestigung machen wollte, die

---

[1] Der Duca Alessandro, der natürliche Sohn des Lorenzo, der letzte
männliche Descendent des alten Cosimo (s. d. Stammtafel), gest. 1537, war
vermählt mit Margaretha von Oesterreich (gest. 1586). Seine Schwester Caterina
(1519—1589) glich ihrem Bruder ihrem Charakter nach. Duca Alessandro
wurde mit kaiserlichem Decrete vom 21. October 1530 unbeschränkter Herrscher
von Florenz. — Die Fortezza, welche Herzog Alessandro durch Michel Angelo
bauen lassen wollte, war die sogenannte Fortezza di S. Giovan. Battista,
heute genannt „da basso"; Pier Francesco da Viterbo erbaute sie 1534.

er später gemacht, und den Michel Angelo durch den Herrn
Alessandro Vitelli bescheiden liess, er solle mit ihm hinreiten,
um zu sehen, wo es am besten zu machen wäre, er nun nicht
gehen wollte, sondern antwortete, er hätte dazu keinen Auftrag
vom Papst Clemens. Worüber der Herzog sich erboste, so dass,
sowohl dieses neuen Vorfalles wegen als auch wegen des alten
Uebelwollens, er wohl Ursache hatte, Furcht zu haben. Und gewiss
stand ihm Gott der Herr darin bei, dass er bei dem Tode des
Clemens[1] sich nicht in Florenz befand, weil er von diesem
Papste, bevor er noch die Grabmale ganz beendigt hatte, nach
Rom berufen und von ihm freundlich empfangen wurde. Es
achtete Clemens diesen Mann einem Heiligthume gleich und
sprach mit ihm sowohl über wichtige als über geringe Dinge
mit derselben Vertraulichkeit, wie er es mit seines Gleichen
gethan haben würde. Er suchte ihn von dem Grabmale des
Julius frei zu machen, auf dass er ständig in Florenz bleibe,
und nicht nur die angefangenen Sachen vollende, sondern auch
noch andere nicht weniger würdige ausführe.

XLVII. Bevor ich aber davon weiter rede, muss ich noch
über eine andere Angelegenheit dieses Mannes schreiben, die ich
schier aus Unachtsamkeit übergangen habe. Das ist, dass nach
dem gewaltsamen Abgang des Hauses der Medici aus Florenz
die Signorie, die, wie oben gesagt, den künftigen Krieg fürchtete
und die Stadt zu befestigen beabsichtigte, obgleich sie den
Michel Angelo kannte als einen Mann von den höchsten Fähigkeiten und zu dieser Unternehmung am allertauglichsten, doch
auf Anrathen einiger Bürger, die die Sache der Medici be-
günstigten und listigerweise die Befestigung der Stadt verhindern
oder hinausziehen wollten, gedachte, ihn nach Ferrara zu schicken
unter dem Vorwande, er solle sich die Weise anschen, die
der Herzog Alfons eingehalten bei der Ausrüstung und Befestigung seiner Stadt, wissend, dass Seine Excellenz darin sehr

---

[1] Clemens VII. starb am 25. September 1534. — In die Zeit des
römischen Aufenthaltes Michel Angelo's vor dem Tode Clemens VII. fallen
die Verhandlungen wegen Fortführung der Arbeiten für das Grabmal Julius II.
In dieser Zeit (April 1532) wurde die Kirche S. Pietro in Vincula als der
geeignetste Ort zur Aufstellung des Grabmonumentes vorgeschlagen, nachdem die Kirche S. Maria al Popolo als ungenügend beleuchtet befunden wurde.

erfahren und in allen andern Dingen sehr verständig sei. Der
Herzog empfing den Michel Angelo[1] mit dem freundlichsten
Gesicht, sowohl wegen der Grösse des Mannes, als auch weil
Don Herkules, sein Sohn, heute der Herzog jenes Staates,
Hauptmann der Signorie von Florenz war, und in Person mit
ihm reitend, gab es kein Ding, das dazu nöthig war, das er ihm
nicht zeigte, ebensosehr die Bastionen, wie die Artillerie, sogar
öffnete er ihm seine Garderobe und zeigte ihm Alles eigenhändig,
besonders einige Werke der Malerei und die Bilder seiner Alt-
väter, von Meisterhand und vortrefflich, so wie es die Zeit gab,
in der sie gemacht worden. Als aber Michel Angelo abreisen
sollte, sagte ihm der Herzog scherzhaft: „Michel Angelo, Ihr
seid mein Gefangener. Wenn Ihr wollt, dass ich Euch frei lasse,
so verlange ich, dass Ihr mir versprechet, mir etwas von Euerer
Hand zu machen, was Euch zusagt und was es auch sei,
Sculptur oder Malerei." Michel Angelo versprach es, und nach
Florenz zurückgekehrt, obwohl er mit der Ausrüstung des Landes
sehr beschäftigt war, so begann er doch ein grosses Staffeleibild,
das die Begattung des Schwanes mit der Leda vorstellte und
daneben die Geburt der Eier, aus denen Castor und Pollux
entstanden, wie man dies in den Fabeln der Alten geschrieben
liest. Wie der Herzog das erfuhr, und als er hörte, dass das
Haus Medici in Florenz eingezogen wäre, fürchtete er in diesen
Unruhen einen solchen Schatz zu verlieren und schickte sofort
einen der Seinigen hin, welcher, als er in das Haus des Michel
Angelo gekommen war und das Bild gesehen hatte, sagte: „Oh!

---

[1] Michel Angelo ging am 29. September 1529 nach Ferrara, um die
Fortificationen, Artillerie und Munition des mit Florenz verbündeten Herzogs
Alfonso I. von Ferrara zu inspiciren. Alfonso I. (1505—1534) hatte aus der
Ehe mit Lucrezia Borgia (gest. 1519) einen Sohn Ercole II. (1534—1559),
der mit der Renée von Valois vermählt war.
 Die Leda, welche Michel Angelo für den Herzog Alfonso a tempera
malte, kam durch Franz I. nach Frankreich und blieb in Fontainebleau bis
zur Zeit Louis XIII., in der sie der Staatsminister Desnoyers „par principe
de conscience", wie sich Mariette ausdrückt, zerstören wollte. Das Bild wurde
aber versteckt und gerettet. Mariette sah es und erklärte, er habe nichts so
gut Gemaltes von Michel Angelo gesehen. Er meint, dass die Bekanntschaft
mit den Werken Tizian's in Ferrara auf die Malweise Michel Angelo's in
diesem Bilde Einfluss genommen habe. Gegenwärtig ist das Bild verschollen.

das ist ein arm' Ding!" Und da ihn Michel Angelo frug, was
für eine Kunst er habe (weil er wusste, dass jeder am besten
über die Kunst urtheilt, die er ausübt), antwortete er höhnisch
lachend: „Ich bin Kaufmann," vielleicht weil ihn die Frage
geärgert, und dass er nicht als Edelmann erkannt worden, zugleich weil er die Gewerbe der florentinischen Bürger verachtete,
die sich zum grössten Theile dem Handel zugewandt haben, als
ob er sagen wollte: „Du fragst mich, was für eine Kunst ich
treibe? Solltest du nicht gar glauben, dass ich Kaufmann sei?"
worauf Michel Angelo, die Rede des Edelmannes verstehend: „Ihr
würdet einen schlimmen Handel machen für eueren Herrn,
hebt euch weg." Nachdem er so den herzoglichen Boten davon-
geschickt hatte, gab er bald darauf das Bild einem seiner Burschen,
der zwei Schwestern ausheiraten sollte und sich ihm empfohlen
hatte. Es wurde nach Frankreich geschickt und vom König
Franz gekauft, wo es noch ist.

XLVIII. Um nun wieder zurückzukommen wo ich ausgegangen bin: als Michel Angelo vom Papst Clemens nach Rom
berufen war, da ging die Plage mit den Agenten des Herzogs
von Urbino wegen des Grabmals des Julius erst recht los.
Clemens, der ihn in Florenz verwenden wollte, suchte ihn auf
alle Weise los zu machen und gab ihm zu seinem Sachwalter
einen Herrn Tomaso aus Prato,[1] der später Datarius wurde. Er
aber, der den üblen Willen des Herzogs Alexander gegen sich
kannte und sich sehr davor fürchtete, überdies die Gebeine vom
Papst Julius, sowie das erlauchte Haus derer von Rovere liebte
und ehrte, setzte Alles daran, um in Rom zu bleiben und an
dem Grabmal zu arbeiten, umsomehr, als er überall beschuldigt
wurde, wie gesagt worden ist, vom Papst Julius zu diesem
Zwecke wohl 16.000 Scudi erhalten zu haben und sich damit
wohl sein zu lassen, ohne das zu thun, wozu er verpflichtet
war, eine Schmach, die er nicht ertragen konnte als Einer, der
an seiner Ehre eitel ist, und daher verlangte, dass sich die Sache

---

[1] Dieser Msgr. Tomaso da Prato war Tomaso Cortesi da Prato,
Bischof von Carriata und Datario di Roma unter dem Papste Clemens VII.
Die Verhandlungen bezogen sich damals auf die Honorar- und Platzfrage,
wie bereits angedeutet wurde, und auf die Entwerfung einer Façade für das
Grabmal in S. Pietro ad vincula.

entscheide, und obwohl er schon alt war, lehnte er doch die
höchst schwierige Unternehmung nicht ab, das zu beendigen,
was er begonnen hatte. Als sie nun darüber an einander gerathen
waren, und die Gegner keine Quittungen erwiesen, die auch
nur annähernd den Betrag erreichten, wovon anfänglich die Rede
war, sondern mehr als zwei Drittel an der Zahlung fehlten, wie
sie vorher im Vertrag mit den beiden Cardinälen ausgemacht
war, so glaubte Clemens, das sei die schönste Gelegenheit,
ihn loszumachen und sich seiner ungehindert zu bedienen,
liess ihn also kommen und sagte ihm: ,,Wohlan, sag', dass du
dies Grabmal machen willst, aber, dass du wissen willst, wer
dir den Rest zahlen wird." Michel Angelo, der die Absicht des
Papstes kannte, dass er ihn in seinen Diensten beschäftigen
möchte, antwortete: ,,Und wenn sich Einer findet, der mich
zahlt?" Worauf Papst Clemens: ,,Du bist ein Narr, wenn du
dir einbildest, dass dir Einer kommen wird, der dir auch nur
einen Heller anbietet." Als er nun vor's Gericht kam und Herr
Tomaso, sein Sachwalter, den Agenten des Herzogs diesen Vor-
schlag machte, begannen sie Einer den Andern anzusehen und
beschlossen einhellig, er solle ein Grabmal machen, wenigstens für
das, was er erhalten hatte. Michel Angelo, dem es schien, dass
die Sache gut sei, sagte gerne zu, hauptsächlich bewogen durch
das Ansehen des Cardinals von Montevecchio, ein Günstling
von Julius II. und Onkel von Julius III. (gegenwärtig durch die
Gnade Gottes unser Papst), der sich bei diesem Vertrage drein-
legte. Der Vertrag war so: er solle ein Grabmal von einer Fronte
machen und sich dabei jener Marmorblöcke bedienen, die er
schon für das vierseitige Grabmal hatte bearbeiten lassen, sie
ihm anpassend so gut als es ginge, auch war er verpflichtet,
sechs Statuen von seiner Hand dabei anzubringen. Nichtsdestoweniger wurde dem Papst Clemens zugestanden, er dürfe sich
des Michel Angelo in Florenz oder wo er wollte bedienen,
vier Monate im Jahre, da Seine Heiligkeit dies wegen der Arbeiten
in Florenz nöthig hatte. Das war der Vertrag, der abgeschlossen
wurde zwischen des Herzogs Excellenz und Michel Angelo.

XLIX. Hier aber muss man wissen, dass, als schon alle Rechnungen abgeschlossen waren, Michel Angelo, um dem Herzog von
Urbino mehr verpflichtet zu erscheinen, und damit Papst Clemens

weniger Zuversicht hätte, ihn nach Florenz schicken zu können
(wohin er auf keinen Fall gehen wollte), mit dem Gesandten und Agenten [1] Seiner Excellenz insgeheim abgemacht hatte,
dass man sagen solle, er habe einige tausend Scudi mehr erhalten,
als er deren wirklich erhalten hatte, was ihn dann sehr beun-
ruhigte, da es nicht nur mit Worten ausgemacht, sondern ohne
sein Wissen und Willen auch in den Vertrag war gesetzt worden,
nicht da er entworfen, sondern da er niedergeschrieben wurde.
Indess überredete der Gesandte ihn, dass ihm dies nicht zum
Nachtheile gereichen werde, sintemal es wenig verschlüge, ob der
Vertrag 20.000 Scudi angäbe oder 1000, dieweil sie einig waren,
dass das Grabmal ausgeführt werden sollte nach Massgabe der
wirklich erhaltenen Summe Geldes, wobei er hinzufügte, dass
Niemand dies zu unternehmen hätte ausser ihm, und dass er
vor ihm sicher sein könne wegen des Einverständnisses, das
zwischen ihnen wäre. Damit beruhigte sich Michel Angelo,
sowohl weil es schien, dass er auf ihn zählen könne, als auch
weil er wünschte, dass ihm dies vor dem Papste als Vorwand
dienen sollte, zu dem Zwecke der oben gemeldet worden. Und
in dieser Weise ging's damals mit dieser Sache, aber deshalb war
sie nicht zu Ende, denn nachdem er die vier Monate in Florenz
gedient hatte und nach Rom zurückgekehrt war, suchte ihn der
Papst anderweitig zu beschäftigen und ihm die Hauptwand der Capelle des Sixtus [2] malen zu lassen. Und als Einer, der ein richtiges
Urtheil hatte, nachdem er darüber oft und oft nachgedacht hatte,
entschloss er sich zuletzt, ihm den Tag des jüngsten Gerichtes
machen zu lassen, indem er dafür hielt, er müsse durch den
Reichthum und die Grösse des Gegenstandes jenem Manne Raum
verschaffen, dass er zeigen könne, was seine Kräfte vermöchten.
Michel Angelo, welcher wusste, was für eine Verpflichtung er gegen
den Herzog von Urbino hatte, suchte dem Ding auszuweichen,
so sehr er konnte; als er aber sich nicht loszumachen vermochte,
zog er die Sache in die Länge, und währenddem er vorgab,

---

[1] Der hier erwähnte Oratore ist der Marchese Alberigo Malaspina.

[2] Die Hauptwand (facciata) der Capelle di Sisto ist erst unter Paul III.
von Michel Angelo gemalt worden. Nach dieser Andeutung Condivi's scheint
schon Clemens VII. daran gedacht zu haben, die leere Wandfläche zu
decoriren.

sich mit den Carton zu beschäftigen, wie er es zum Theil auch
that, arbeitete er insgeheim an jenen Statuen, die auf's Grabmal
kommen sollten.

L. Inzwischen starb Papst Clemens,[1] und Paul III. wurde
erwählt, der nach ihm schickte und ihn anging, er solle bei ihm
bleiben. Michel Angelo, welcher fürchtete, in seiner Arbeit gehindert zu werden, antwortete, er könne dies nicht thun, denn
er sei dem Herzog von Urbino vertragsmässig verpflichtet, bis
dass er die Arbeit geendigt hätte, die er unter der Hand habe.
Der Papst erzürnte darüber und sagte: „Dreissig Jahre sind's
schon, dass ich diesen Wunsch habe, und jetzt, wo ich Papst
bin, soll ich mir ihn nicht vergönnen? Wo ist der Vertrag? Ich
will ihn zerreissen." Michel Angelo, als er sah, dass es so weit
gekommen war, war nahe daran, Rom zu verlassen und in's
Genuesische zu gehen, auf eine Abtei des Bischofs von Aleria,
ein Günstling des Julius und sein sehr guter Freund, und dort
sein Werk zu beendigen, denn der Ort lag bequem an Carrara,
von wo aus man den Marmor leichtlich über's Meer herbei-
schaffen konnte. Er dachte auch daran, nach Urbino zu gehen,
woselbst zu wohnen er früher beabsichtigt hatte, als in einem
ruhigen Orte, und wo er um des Andenkens von Julius willen
hoffte gerne gesehen zu sein, und dieserhalb hatte er einige
Monate früher einen seiner Leute hingeschickt, um ein Haus
und ein Stück Land zu kaufen; aber die Macht des Papstes
fürchtend, wie er sie mit Recht fürchten musste, reiste er nicht
ab und hoffte den Papst mit linden Worten zufriedenzustellen.

LI. Dieser aber bestand fest auf seinem Vorsatze, und ging
eines Tages ihn zu Hause aufzusuchen, begleitet von acht oder
neun Cardinälen, und wollte den Carton[2] sehen, der unter Clemens

---

[1] Clemens VII. starb am 25. September 1534; am 13. October desselben Jahres wurde Paul III. aus dem Hause Farnese gewählt.

[2] Die Nachrichten, welche hier über den Carton zu dem jüngsten Gerichte,
der unter Clemens VII. bereits begonnen wurde, sowie über das Grabmal für
Julius II. vorliegen, sind sehr beachtenswerth. Die Bezeichnung der beiden
Figuren Rahel und Lea als Vita contemplativa und Vita attiva hängt mit
dem Gedankengange Michel Angelo's über diese beiden Gestalten zusammen.
Die Stellen Dante's im Purgatorio, auf welche hier Condivi hinweist, sind
im cant. 28, v. 40, und besonders cant. 33, v. 109—121. Ueber den Antheil
des Raffaello da Montelupo an der Ausführung der Rahel und Lea siehe

für die Hauptwand der Capelle des Sixtus gemacht war, dann die
Statuen, die er schon für das Grabmal gemacht hatte, und jegliches
Ding auf das Genaueste. Woselbst der hochwürdigste Cardinal
von Mantua, der zugegen war, als er diesen Moses sah, von
dem schon geschrieben worden und weiter unten ausführlicher
wird geschrieben werden, sagte: „Diese Statue allein ist hinreichend, dem Grabmale des Papstes Julius Ehre zu machen.''
Papst Paul, nachdem er Jegliches gesehen, forderte ihn neuerdings auf, bei ihm zu bleiben, in Gegenwart vieler Cardinäle
und des bereits genannten Hochwürdigsten und Durchlauchtigsten
von Mantua, und da er den Michel Angelo standhaft fand, sagte
er: „Ich werde machen, dass der Herzog von Urbino sich mit
drei Statuen von deiner Hand begnügen wird, und dass die
andern drei, die übrig bleiben, Andern zu machen gegeben
werden.'' Auf diese Weise bewirkte er bei den Agenten des
Herzogs, dass ein neuer Vertrag zu Stande kam mit der Be-
stätigung von des Herzogs Excellenz, der darin dem Papste
nicht missfallen wollte. Michel Angelo nun, obgleich er, kraft
des Vertrages, der ihn lossprach, es unterlassen konnte, die
drei Statuen zu bezahlen, so wollte er nichtsdestoweniger die
Ausgaben bestreiten und hinterlegte dazu und für den Rest des
Grabmales 1580 Ducaten. So gaben sie die Agenten Sr. Excellenz
in die Arbeit, und die Tragödie des Grabmales und das Grabmal
selbst hatten ein Ende, welches man heute in der Kirche von
S. Pietro in vincoli sieht, nicht nach dem ersten Entwurf mit vier
Seiten, sondern mit einer, und zwar von den kleineren, nicht
frei ringsum, sondern an eine Wand gelehnt, wegen der ob-
gemeldeten Verhinderungen. Es ist wahr, dass es, so ausgeflickt
und umgearbeitet wie es ist, trotzdem das ansehnlichste ist,
das man in Rom und vielleicht überall findet, wenn schon wegen
nichts Anderem, so schon wenigstens wegen der drei Statuen,
die von der Hand des Meisters daran sind, unter denen die
des Moses wunderbar ist, des Führers und Feldhauptmannes
der Hebräer, welcher dasitzt in der Art eines Nachdenklichen

Grimm, l. c. III, pag. 347. Die Beschreibung, welche Condivi von dem Grabdenkmale macht, weicht etwas von der Beschreibung ab, welche Vasari
(a. a. O. pag. 182, 1) gibt.

und Weisen, unter dem rechten Arm die Gesetzestafeln haltend
und mit der Linken sich das Kinn stützend, wie ein müder und
sorgenvoller Mann, zwischen den Fingern welcher Hand einige
lange Bartbüschel hervorkommen, was gar schön anzuschauen
ist. Das Gesicht ist voll Leben und Geist und dazu angethan,
zugleich Liebe und Schrecken einzuflössen, wie es mit dem
wirklichen gewesen sein mag. Er hat, so wie er pflegt beschrieben
zu werden, die beiden Hörner über dem Kopfe, nicht weit
über dem höchsten Punkt der Stirne. Er ist bekleidet und
beschuht und mit nackten Armen und jegliches andere Ding
nach antiker Weise. Ein wunderbares Werk und voller Kunst,
am meisten aber, weil unter so schönen Gewändern, womit er
bedeckt ist, alles Nackte hervorscheint, so dass die Kleidung
den Anblick der Schönheit des Körpers nicht hindert, was man
jedoch von ihm überall beobachtet sieht, in allen bekleideten
Figuren, bei der Malerei und der Sculptur. Diese Statue ist von
mehr als doppelter Lebensgrösse. Rechts von derselben, unter
einer Nische, ist die andere, welche das beschauliche Leben vorstellt, eine Frau von mehr als natürlichem Wuchse, aber von
seltener Schönheit, mit gebogenem Knie, nicht auf der Erde,
sondern auf einem Sockel stehend, mit dem Gesichte und
mit beiden Händen zum Himmel gekehrt, so dass es scheint,
dass sie in jedem ihrer Theile Liebe athme. Auf der andern
Seite, das ist links vom Moses, ist das thätige Leben, mit einem
Spiegel in der rechten Hand, in welchem sie sich aufmerksam
betrachtet, wodurch angezeigt wird, dass unsere Handlungen in
überlegter Weise gethan werden sollen, und in der linken mit
einem Blumenkranze. Worin Michel Angelo dem Dante gefolgt
ist, den er immer sehr studirt hat, welcher in seinem Fegefeuer
angibt, er habe die Gräfin Mathilde, die er für das thätige Leben
nimmt, in einer Blumenwiese getroffen. Das Ganze des Grabmales
ist durchwegs schön und hauptsächlich die Verbindung der
Theile untereinander vermittels des Gesimses, so dass man
nichts hinzuthun kann.

LII. Dies nun mag genug sein hinsichtlich dieses Werkes,
ja ich glaube fast, dass es schon zu viel gewesen sei und anstatt
des Vergnügens dem, der es gelesen, Langeweile gemacht habe.
Nichtsdestoweniger hat es mir doch nothwendig geschienen, um

5*

jene üble und falsche Meinung auszurotten, die in den Köpfen
der Menschen eingewurzelt war, dass er 16.000 Scudi erhalten
habe und das nicht machen wollte, was er zu machen verpflichtet
war. Weder das Eine, noch das Andere ist wahr gewesen, indem
er von Julius[1] für das Grabmal nichts erhalten hatte, als jene
1000 Ducaten, die er in so vielen Monaten in Carrara beim Brechen
des Marmors verausgabt hatte. Und wie konnte er später Geld
von ihm erlangen, da er anderen Sinnes geworden und nichts
mehr vom Grabmale hören wollte? Ueber jene Gelder, die er
nach dem Tode von Papst Julius von den zwei Cardinälen, den
Testaments-Vollstreckern, erhalten hatte, besitzt er die urkund-
liche Beglaubigung von der Hand des Notars, die ihm der
florentinische Bürger Bernardo Bini zugeschickt (welcher der
Depositar war und die Gelder auszahlte), die sich vielleicht auf
3000 Scudi beliefen. Bei alledem war nie ein Mensch bereitwilliger
zu irgend einer Arbeit, als er zu dieser, sowohl weil er wusste,
welchen Ruf er dadurch erlangen würde, als auch wegen des
Angedenkens, in welchem er stets die benedeite Seele des
Papstes Julius gehabt hat, dessentwegen er das Haus derer
von Rovere und besonders die Herzoge von Urbino geehrt und
geliebt hat und um derer willen er zweien Päpsten die Zähne
gezeigt hatte, wie es erzählt worden, die ihn von dieser Unternehmung abziehen wollten, und das ist es, worüber Michel
Angelo sich beklagt, dass er statt des Dankes, der ihm gebührte,
Hass dafür davongetragen und Schande erworben hatte.

LIII. Aber zum Papst Paul[2] zurückzukehren, sage ich,
dass, als er nach dem letzten zwischen des Herzogs Excellenz

---

[1] Die Gerüchte, welche über die Honorarangelegenheit des Grabmales
Papst Julius II. damals im Umlaufe waren, scheinen Michel Angelo und seine
Freunde sehr in Aufregung gebracht zu haben. Nur so ist es begreiflich,
dass Condivi dieser Sache ein eigenes Capitel widmet. Gegenwärtig ist man
darüber ziemlich genau orientirt, zumeist durch die von Gaye publicirten
hinlänglich bekannten Urkunden.

[2] Mit dem Breve vom 1. September 1535 berief Paul III. den Michel
Angelo zum Supremo architetto, scultore e pittore del Palazzo apostolico.
Ausserdem sicherte der Papst seinen Dienern die Vorrechte der päpstlichen
zu, Michel Angelo aber aus Anlass des Gemäldes „Das jüngste Gericht" eine
jährliche Lebensrente von zwölfhundert Scudi d' oro, deren Hälfte aus den
Zolleinnahmen am Poübergange bei Piacenza gedeckt wurde.

und Michel Angelo geschlossenen Vertrage ihn in seinen Dienst
genommen hatte, er von ihm verlangte, er solle das zur Ausführung bringen, was er schon zu des Clemens Zeiten begonnen
hatte, und liess ihn die Hauptwand der Capelle des Sixtus ausmalen, die er schon mit Mörtel angeworfen und mit Bretter-
wänden eingeschlossen hatte, vom Boden auf bis an die Wölbung. An dieses Werk, da es die Erfindung von Papst Clemens
gewesen und zu seiner Zeit begonnen worden war, brachte er
das Wappen Paul's nicht an, obwohl der Papst ihn darum
ersucht hatte. So grosse Liebe und Ehrfurcht hegte Papst Paul
gegen Michel Angelo, dass er, wie sehr er dies auch wünschte,
ihm deshalb doch nie übel wollte. In diesem Werke drückte
Michel Angelo alles das aus, was die Kunst der Malerei aus
einem menschlichen Körper machen kann, ohne irgend eine
Geberde oder Bewegung wegzulassen. Die Composition der
Historie ist verständig und wohl durchdacht, aber lang zum
Beschreiben und vielleicht nicht nöthig, da davon so viele Zeichnungen[1] gedruckt und überall hingeschickt worden sind. Nichtsdestoweniger für den, der das Original nicht gesehen oder dem
die Abbildung nicht zu Handen gekommen ist, sagen wir in
Kürze: dass das Ganze eingetheilt ist in einen rechten und
linken Theil, in einen oberen und unteren und mittleren; in
dem mittleren, dem der Luft, nahe bei der Erde, sind die
sieben Engel, die der heil. Johannes in der Apokalypse beschrieben,
wie sie mit den Trompeten vor dem Mund die Todten von den
vier Weltgegenden her zum Gericht rufen, unter denen es zwei

---

[1] Die Stiche, auf welche hier Condivi hindeutet, mögen die von
Beatrizet sein; der erste Etat des jüngsten Gerichtes ist undatirt; der zweite
von 1562. Eine Copie von dem Stiche des Beatrizet machte Niccolo della
Casa, die im ersten Etat Salamanca exc. 1543 und 1545, im zweiten „And.
Vaccarius formis" 1548 existirt. Der erste Etat des Stiches des jüngsten
Gerichtes von Beatrizet fällt daher vor 1543. Dieser Beatrizet (Beautrizet)
ist ein Lothringer, wahrscheinlich aus Luneville gebürtig, der den grössten
Theil seines Lebens in Rom zubrachte. Ueber Niccolo della Casa sind wir
ohne Nachricht. Giulio Bonasone stach gleichfalls das jüngste Gericht; der
Stich ist ohne Datum (der Stich der Constantinsschlacht ist von 1544). Auch
der Stich des jüngsten Gerichtes von G. Ghisi ist undatirt; die Propheten
Michel Angelo's sind von ihm 1540 gestochen. Nach der Zeit Condivi's traten
Martino Rota und M. Karlarus mit Stichen des jüngsten Gerichtes 1569 auf.

andere gibt mit dem geöffneten Buche in der Hand, in welchem
ein Jeglicher lesend und das vergangene Leben erkennend, gleichsam
aus sich selber über sich zu richten hat. Auf den Schall dieser
Trompeten sieht man auf der Erde sich die Gräber öffnen und
das menschliche Geschlecht heraussteigen mit verschiedenen und
wunderbaren Geberden, währenddem Einige, nach der Weis-
sagung des Ezechiel, nur ihre Gebeine vereinigt haben, sind
Andere halb mit Fleisch bekleidet, Andere ganz. Der Eine nackt,
der Andere mit den Leintüchern oder Bettlaken bekleidet, in
welche gehüllt er zu Grabe getragen worden, und aus denen
er herauszuwickeln sich bestrebt. Unter diesen gibt es Einige,
die noch nicht völlig erwacht zu sein scheinen und, indem sie
zum Himmel aufblicken, gleichsam ungewiss sind, wohin die
göttliche Gerechtigkeit sie rufe. Da ist es ein ergötzlich' Ding,
zu sehen, wie Einige mit Mühe und Anstrengung aus der Erde
heraussteigen, und Andere mit ausgestreckten Armen den Flug
zum Himmel nehmen, Andere ihn schon genommen haben, in
die Lüfte erhoben, der Eine mehr, der Andere weniger, in verschiedenen Geberden und Weisen. Ueber den Engeln mit den
Trompeten ist der Sohn Gottes in Majestät, den Arm und die
mächtige Rechte erhoben, in der Weise eines Mannes, der erzürnt
die Schuldigen verflucht und sie von seinem Angesichte in das
ewige Feuer verjagt, und mit der nach der rechten Seite gestreckten Linken scheint er liebevoll die Guten zu versammeln.
Auf seinen Richterspruch sieht man die Engel zwischen Himmel
und Erde, gleichsam als Vollzieher des göttlichen Spruches, auf
der Rechten den Auserwählten zu Hilfe eilen, denen der Flug
von den bösen Geistern gehindert wird, und auf der Linken
die Verdammten zur Erde zurückdrängen, die sich durch ihre
Verwegenheit schon emporgehoben hatten, welche Verdammten
jedoch von den bösen Geistern herabgezogen werden, die Hoch-
müthigen bei den Haaren, die Wollüstigen bei den Schamtheilen,
und so fort jeder Lasterhafte bei dem Gliede, durch das er
gesündigt hatte. Unterhalb dieser Verdammten sieht man den
Charon mit seinem Nachen, so wie ihn Dante [1] in seiner Hölle

---

[1] Die Stellen im Dante, auf welche hier Condivi hindeutet, sind im
Inferno, cant. 3, v. 82—130, cant. 5, v. 4—12.

beschreibt, im Sumpfe des Acheron, welcher das Ruder erhebt, um nach jeder Seele zu schlagen, die sich lässig erwiese, und wie der Kahn an's Ufer gelangt, sieht man alle jene Seelen um die Wette aus dem Kahne herausstürzen, angespornt von der göttlichen Gerechtigkeit, so dass, wie der Dichter sagt, die Furcht sich in Begierde wandelt. Haben sie dann von Minos das Urtheil erhalten, so werden sie von bösen Geistern nach der finstern Hölle gezerrt, woselbst man wunderbare Geberden der schmerzlichen und verzweifelten Gefühle sieht, wie sie der Ort verlangt. Rings um den Sohn Gottes, in den Wolken des Himmels, in dem mittleren Theile, bilden die schon auferstandenen Seligen einen Kranz und Krone, abgesondert aber und dem Sohne zunächst ist seine Mutter, sich so viel sie kann an ihn schmiegend, gleichsam als ob sie erschreckt und vor dem Zorne Gottes und seines Geheimnisses nicht sicher wäre. Nach ihr der Täufer und die zwölf Apostel und die Heiligen Gottes, ein Jeglicher dem furchtbaren Richter jenes Werkzeug vorweisend, durch welches er, da er seinen Namen bekannte, des Lebens beraubt wurde. Sanct Andreas das Kreuz, Sanct Bartholomäus die Haut, Sanct Lorenz den Rost, Sanct Sebastian die Pfeile, Sanct Blasius die eiserne Hechel, die heil. Katharina das Rad, und andere Dinge, durch die sie von uns können erkannt werden. Oberhalb dieser, auf der rechten und linken Seite, in dem oberen Theile der Wand, sieht man Gruppen von Engelein in anmuthigen und erlesenen Geberden, die im Himmel das Kreuz des Sohnes Gottes, den Schwamm, die Dornenkrone, die Nägel und die Säule, an der er gegeisselt wurde, aufweisen, um den Schuldigen die Wohlthaten Gottes vorzuhalten, deren sie vergessend und höchst undankbar gewesen sind, und um die Guten zu stärken und ihnen Zuversicht einzuflössen. Es gibt da unzählige Einzelnheiten, die ich mit Schweigen übergehe. Genug, dass, ausser der göttlichen Composition[1] der Historie,

---

[1] Das „jüngste Gericht" Michel Angelo's wurde enthüllt am 25. December 1541; mit diesem grossen Werke beschäftigte sich Michel Angelo seit 1534. Aus Condivi, Vasari, Varchi und anderen Zeitgenossen erfahren wir, dass dieses Gemälde den grössten Enthusiasmus erregte. Niccolo Martelli feierte es in einem Gedichte, das Michel Angelo mit einem Dankschreiben erwiderte. Das Werk ist heute, was es schon seiner Zeit war, ein

man alles Das dargestellt sieht, was die Natur aus einem menschlichen Körper machen kann.

LIV. Endlich, nachdem Papst Paul eine Capelle [1] erbaut
hatte auf demselbigen Stockwerk, wo die schon genannte des
Sixtus sich befindet, wollte er sie zum Andenken dieses Mannes
durch ihn ausschmücken und liess ihn zwei Bilder auf die Seiten-
wände malen, auf dem einen derselben ist die Kreuzigung von
Sanct Peter vorgestellt, auf dem andern die Geschichte des heil.
Paulus, wie er durch die Erscheinung Jesu Christi war bekehrt
worden, alle beide erstaunenswerth, sowohl im Allgemeinen und
Ganzen, als auch insbesondere in jeder einzelnen Figur. Und
das ist das letzte Werk, das man bis zum heutigen Tage von
ihm in der Malerei gesehen hat, welches er beendigte, als er
75 Jahre alt war. Jetzt hat er eine Arbeit in Marmor unter den
Händen, die er zu seinem Vergnügen macht, als Einer, der, voll
von Erfindungen, alle Tage mit irgend einer heraus muss. Es
ist das eine Gruppe von vier Figuren, mehr als lebensgross,
nämlich ein vom Kreuze genommener Christus, der als Todter
von seiner Mutter gestützt wird, welche man sich jenem
Körper mit der Brust, mit den Armen und mit dem Knie
unterschmiegen sieht in wunderbarer Geberde, wobei ihr aber
von oben Nikodemus behilflich ist, der, stramm und fest auf
den Beinen, ihn unter den Armen aufhebt, mannhafte Kraft be-
zeigend, und eine der Marien zur linken Seite, welche, obwohl
sie sich sehr schmerzhaft bezeigt, nichtsdestoweniger nicht er-
.mangelt, jenen Dienst zu thun, den die Mutter vor äusserstem
Schmerz nicht leisten kann. Der Christus,[2] sich selbst überlassen,

---

„Miracolo d'Arte". — Leider wiederholen sich auch solche Wunder nicht.
Die ersten kritischen Bemerkungen über das jüngste Gericht sind in L. Dolce's
„Aretino" zu finden, eine frühe Erwähnung bei Biondo (Quellenschr. V. p. 38).

[1] Die nach dem Erbauer Paul III. genannte Paolini'sche Capelle wurde
nach den Angaben des Antonio da San Gallo im Jahre 1541 ausgeführt. Die
Nachwelt spendet diesen Gemalden Michel Angelo's die grosse Anerkennung
nicht, die ihnen Condivi zollt.

[2] Diese Kreuzabnahme Michel Angelo's befindet sich hinter dem Haupt-
altare des Domes in Florenz, an der Stelle, wo einmal Adam und Eva von
Baccio Bandinelli aufgestellt war. Michel Angelo arbeitete diese Gruppe 1550.
Blais de Vigenère schreibt in seiner Anmerkung zu Philostrat's „Les Images",
Paris 1594: „L'an 1550, que j'estois à Rome, Michel Angelo commença un

sinkt hin, gelöst in allen Gliedern, aber in ganz verschiedener
Haltung sowohl von dem, den Michel Angelo für die Markgräfin
von Pescara gemacht hat, als auch von dem der Madonna delle
febbre. Es wäre ein Ding der Unmöglichkeit, die Schönheit und
die Empfindungen zu beschreiben, die auf den schmerzlichen
und traurigen Gesichtern, sowohl aller Anderen als auch der be-
kümmerten Mutter zu sehen sind, daher dies genügen möge. Ich
muss sagen, dass es ein seltenes Ding ist und eine der müh-
samsten Arbeiten, die er bis jetzt gemacht hat, hauptsächlich
weil man alle Figuren wohl abgesetzt sieht, und die Gewänder
der Einen sich nicht vermengen mit den Gewändern der Andern.

LV. Es hat Michel Angelo unendlich viele andere Sachen[1]
gemacht, die von mir nicht angeführt worden sind, wie: den

Crucifiment, où il y avoit de dix à douze personnages non pas moindres
que le naturel, le tout d'une seule pièce de marbre, qui estoit un chapiteau
de l'une de ces huict grandes colonnes du temple de la Paix de Vespasien,
dont il s'en voit encore une toute entière et debout, mais la mort, qui le
prévint, empecha la perfection de ce bel ouvrage. Selon sa coutume ordinaire
d'interrompre les plus haults desseins et projets des hommes, comme à
Alexandre, Jules César et plusieurs autres." Bemerkenswerth ist die Erzählung
desselben Franzosen, er habe Michel Angelo in Marmor arbeiten sehen,
trotz seines Alters, obwohl nicht sehr robust, habe er in einer Viertelstunde
mehr vom härtesten Marmor weggehauen, als drei junge Steinmetze in der
dreifachen Zeit. Er hat mit einer solchen Leidenschaft gearbeitet, dass man
glauben konnte, unter der Wucht der Hiebe gehe der ganze Marmor in
Stücke. Diese Gruppe kam, man weiss nicht wann, von Rom nach Florenz;
1722 liess sie Grossherzog Cosimo III. in den Dom übertragen. Michel
Angelo schenkte sie bei Lebzeiten dem Francesco Bandini; die Fehler im
Marmor verleideten ihm die ganze Arbeit. Aus den Händen Bandini's kam
sie in die des Tiberio. Zu Vasari's Zeiten war sie in den Händen des Pier-
antonio Bandini, des Sohnes des Francesco. Neuere Kunstforscher (Burckhardt „Cicerone", pag 675) stimmen in das Lob der Zeitgenossen über diese
Gruppe nicht ein.

[1] Die in diesem Capitel erwähnten Werke Michel Angelo's gehören
zu den bekanntesten Arbeiten von ihm; der Christus ist noch heutzutage in
der Kirche Santa Maria sopra Minerva in Rom. Diese Figur wurde 1521 in
Marmor fertig; bei der Ausführung war ihm der Florentiner Bildhauer
Federigo Frizzi behilflich. Der heil. Matthäus, unvollendet in der Akademie
der schönen Künste in Florenz; er war für die Reihe der Apostelfiguren
bestimmt, welche von Michel Angelo in Folge eines ihm am 24. April 1503
gegebenen Auftrages für den Dom in Florenz hätte ausgeführt werden sollen;
aber schon im December 1505 verzichtete Michel Angelo auf diesen Auftrag.

Christus, der in der Minerva ist; einen heil. Matthäus in Florenz,
den er begann, da er die 12 Apostel machen wollte, die auf die
12 Pfeiler der Domkirche kommen sollten, dazu Cartons zu
verschiedenen Werken der Malerei, Entwürfe zu öffentlichen und
Privat-Gebäuden, unendlich viele, und schliesslich auch zu einer
Brücke, die über den grossen Canal in Venedig führen sollte,
von neuer und niegesehener Gestalt und Art, und viele andere
Dinge, die nicht zu sehen sind und von denen man lange
schreiben könnte, wesshalb ich hier ein Ende damit mache. Er
beabsichtigt, diese Pietà [1] irgend einer Kirche zu schenken und
am Fusse des Altars, wo sie angebracht wird, sich begraben zu
lassen. Unser Herrgott in seiner Gnade möge ihn uns noch lange
erhalten, sintemal ich nicht zweifle, dass derselbige Tag zugleich
das Ende seines Lebens und seiner Arbeit sein wird, wie man
dies von Isokrates schreibt. Dass er noch viele Jahre zu leben
hat, dazu gibt mir sichere Hoffnung sowohl sein lebensvolles
und rüstiges Alter, wie auch das lange Leben seines Vaters,
welcher, ohne zu wissen, was ein Fieber sei, es auf 92 Jahre
brachte und mehr durch seinen Entschluss starb als durch
Krankheit, in der Art, dass er als Todter, wie es Michel Angelo
berichtet, dieselbe Gesichtsfarbe behielt, die er als Lebender
hatte und mehr eingeschlafen als todt zu sein schien.

LVI. Es ist Michel Angelo von Kindheit auf ein Mann
von vieler Arbeit gewesen und hat zur Gabe der Natur die
Wissenschaft beigefügt, die er nicht durch die Mühe und
Anstrengung Anderer erlernen wollte, sondern von der Natur
selbst, die er sich als das wahre Muster vorsetzte. Dieserthalben
gibt es kein Thier, dessen Zergliederung er nicht vorgenommen
hätte, und an dem Menschen so viele, dass Jene, die ihr ganzes
Leben dabei verbracht und Profession davon gemacht, kaum so
viel davon wissen; ich spreche von der Kenntniss, die zur Kunst
der Malerei und Sculptur nothwendig ist, nicht von den anderen

---

[1] Hier ist offenbar eine Lücke in dem Texte des Condivi. Er schreibt:
„Fa disegno di donar questa Pietà" — erwähnt aber vorher keine Pietà.
Vasari (pag. 249) erwähnt eine kleinere Pietà, von der man nicht weiss,
was aus ihr geworden. Dass Michel Angelo sich mit dem Gedanken beschäftigt hat, seine Grabstätte mit einer Pietà in Verbindung zu bringen,
erzählt Condivi; es ist dies auch recht glaublich.

Minutien, welche die Anatomen beachten, und dass dem so sei,
das beweisen seine Gestalten, in denen so viel Kunst und
Wissenschaft steckt, dass sie von was immer für einem Maler
kaum nachzuahmen sind. Ich habe immer diese Meinung gehabt,
dass die Anstrengungen und Bemühungen der Natur eine vor-
geschriebene Grenze haben, von Gott gesetzt und angeordnet,
die von einer gewöhnlichen Fähigkeit nicht kann überschritten
werden, und dass dies nicht nur von Malerei und Sculptur gilt,
sondern überhaupt von allen Künsten und Wissenschaften, und
dass sie eine solche Anstrengung macht in Einem, dem sie die
erste Stelle anweist, und der in dieser Fähigkeit Beispiel und
Gesetz sein soll, in der Art, dass, wer dann in dieser Kunst
etwas hervorbringen will, das werth ist, gelesen oder gesehen zu
werden, dies entweder dasselbe sein muss, das schon von jenem
Ersten war hervorgebracht worden, oder wenigstens diesem
ähnlich sein und denselben Weg gehen, oder dass es, wenn es
ihn nicht geht, um so viel untergeordneter sei, je mehr es sich
von dem rechten Weg entfernt. Wie viele Philosophen haben
wir nach Plato und Aristoteles gesehen, die geschätzt worden
wären, ohne jenen nachzufolgen? Wie viele Redner nach
Demosthenes und Cicero? Wie viel Mathematiker nach Euklid
und Archimedes? Wie viele Aerzte nach Hippokrates und Galen?
Oder Dichter nach Homer und Virgil? Und wenn es doch Einen
gegeben hat, der in diesen Wissenschaften gearbeitet hat, und
der ganz fähig gewesen wäre, von sich selbst an die erste Stelle
zu gelangen, so hat nichtsdestoweniger ein Solcher, weil er sie
schon besetzt fand, und weil es keine andere Vollkommenheit
gibt, als jene, die die Ersten schon früher erreicht hatten,
entweder die Unternehmung aufgegeben, oder sich, als ein Mann
von Urtheil, der Nachahmung jenes Ersten gewidmet, der die
Idee der Vollkommenheit vorstellt. Dies hat man heutigen Tages
gesehen am Bembo,[1] am Sannazaro, am Caro, am Guidiccioni,

---

[1] Von den hier erwähnten Persönlichkeiten ist Pietro Bembo, geb. zu
Venedig, 20. Mai 1470, gest. den 18. Jänner 1547, der berühmteste. Einer
der grössten Gelehrten seiner Zeit und Führer der Humanisten, kam er 1512
nach Rom und blieb bis zu seinem Tode mit den Päpsten in enger Verbindung. — Sannazaro Pietro, ein geachteter Dichter, geb. zu Neapel 28. Juli
1458, gest. den 27. April 1530. — Caro Annibale, geb. 1507 zu Citta-Nova

an der Markgräfin von Pescara und an anderen Schriftstellern
und Liebhabern der toscanischen Reime, welche, obgleich sie
von hohem und sonderlichem Geiste gewesen, nichtsdestoweniger,
da sie von sich selber nichts Besseres hervorbringen konnten,
als was die Natur im Petrarca erreicht hat, sich entschlossen,
ihn nachzuahmen, und zwar in so glücklicher Weise, dass sie
gewürdigt worden, gelesen und zu den Guten gezählt werden.

I.VII. Um nun dieses mein Gerede zu beendigen, sage ich,
dass es mir scheint, die Natur sei in der Malerei und Sculptur
gegen den Michel Angelo mit allen ihren Reichthümern freigebig
und grossmüthig gewesen, so dass ich nicht zu tadeln bin,
wenn ich gesagt habe, dass seine Gestalten schier unnachahmlich
seien. Auch scheint es mir nicht, dass ich mich darin habe
zuweit hinreissen lassen, denn abgesehen davon, dass er bis jetzt
der Einzige gewesen ist, der den Meissel und den Pinsel zugleich
in würdiger Art gehandhabt hat, und dass heute von den Alten
kein Denkmal der Malerei übrig ist, wem weicht er denn in der
Bildhauerei (wovon uns so Viele übrig sind)? Nach dem Urtheile
der Leute von der Kunst gewisslich Niemandem, wenn wir nicht
der Meinung der Menge nachtreten wollen, die ohne weitere
Ueberlegung das Alterthum bewundert, indem sie das Genie
und die Bemühung ihrer Zeiten beneidet, obgleich ich für jetzt
noch von Keinem weiss, der das Gegentheil sagte, so sehr hat
dieser Mann den Neid überflügelt. Rafael von Urbino, wie sehr
er auch mit Michel Angelo wetteifern wollte, musste doch
oftmals sagen, er danke Gott, dass er zu seiner Zeit geboren sei,
denn er hatte ihm eine andere Manier abgesehen als jene, die
er von seinem Vater, der ein Maler gewesen, und vom Perugino,
seinem Meister, gelernt hatte. Aber welches grössere und deut-
lichere Zeichen der Vortrefflichkeit dieses Mannes kann es wohl
geben, als die Anstrengung, welche die Fürsten der Erde gemacht
haben, um ihn zu besitzen? Denn ausser den vier Päpsten Julius,
Leo, Clemens und Paul, hat sogar der Gross-Türke, der Vater

---

bei Ancona, trat in enge Verbindungen mit dem Hause Farnese, mit B. Varchi
und anderen Gelehrten, ein hervorragender Schriftsteller, gest. 21. November 1566 in Rom. — Guidiccioni Giovanni, Bischof von Fossombrone,
geb. zu Via-Reggio 1480, gest. 1541 zu Macerata. Von ihm sind mehrere
Reden und Gedichte gedruckt worden.

dessen, der heute das Regiment führt, wie ich oben gesagt, einige Mönche des heil. Franciscus mit Briefen an ihn gesandt, um ihn zu bitten, er solle zu ihm kommen, wobei er nicht nur durch Wechsel dafür sorgte, dass ihm in Florenz von dem Bankhause der Gondi [1] jene Summe Geldes ausgezahlt werde, die er zu seiner Wegzehrung verlangen würde, sondern auch, dass, wenn er nach Cossa käme, einem Gebiete nächst Ragusi, er von dort bis nach Constantinopel von einem seiner Grossen auf das Ehrenvollste solle begleitet werden. Franz Valois, König von Frankreich, bewarb sich um ihn auf mancherlei Weise und befahl, dass ihm in Rom, so oft er fortgehen wollte, dreitausend Scudi Reisegeld ausgezahlt würden. Von der Signorie in Venedig wurde der Bruciolo [2] nach Rom geschickt, um ihn einzuladen, jene Stadt zu bewohnen, und ihm einen Gehalt von sechshundert Scudi jährlich anzubieten, nicht um ihn zu irgend etwas zu verpflichten, sondern bloss, damit er jene Republik mit seiner Person behre, unter der Bedingung, dass, wenn er in ihrem Auftrage irgend etwas machte, er dafür ganz so bezahlt werden sollte, als ob er keinen Gehalt von ihnen bezöge. Das sind keine gewöhnlichen Dinge und die etwa alle Tage vorfallen, sondern neue und ausserhalb des gewöhnlichen Brauches, auch pflegen sie nur bei ganz einziger und hervorleuchtender Tüchtigkeit vorzukommen, wie jene des Homer gewesen ist, um welchen viele Städte stritten, deren jede ihn für sich in Anspruch nahm und sich zueignete.

LVIII. Und nicht weniger hoch als alle die schon Genannten hat auch ihn gehalten und hält ihn der gegenwärtige Papst Julius III., ein Fürst von grösstem Verstande und Liebhaber und Bewunderer aller Talente überhaupt, sonderlich aber der Malerei, Sculptur und Baukunst zugeneigt, wie man aus den Arbeiten klar erkennen kann, die Seine Heiligkeit im Palaste und im Belvedere

---

[1] Die Gondis gehören einer alten Florentiner Familie an, aus welcher eine nicht unbedeutende Zahl vorzüglicher Männer hervorgegangen. Der Palazzo Gondi, von Giuliano da San Gallo am Ende des XV. Jahrhunderts erbaut, ist eine Zierde des heutigen Florenz.

[2] D. M. Manni spricht in seinen Anmerkungen zu Condivi die Vermuthung aus, dass dieser Bruciolo derselbe Antonio Bruciolo aus Florenz sei, dessen Werke zwischen 1535 und 1545 in Venedig gedruckt wurden.

hat machen lassen und jetzt in seiner Villa Giulia [1] machen
lässt (ein Denkmal und Unternehmen, würdig eines so hohen und
vornehmen Geistes, wie des seinigen), die angefüllt ist von antiken
und neuen Statuen und von einer so grossen Mannigfaltigkeit
der schönsten Steine und kostbaren Säulen, von Stukkaturen,
von Gemälden und jeder Art von Zierrath, von welcher ich
mir vorbehalte, ein andermal zu schreiben, als einer, die ein
besonderes Werk verlangt und für jetzt noch nicht ihre Vollendung erhalten hat. Er hat den Michel Angelo nicht benützt,
um ihn arbeiten zu machen, weil er das Alter berücksichtigte,
in welchem er sich befindet. Er kennt seine Grösse sehr wohl
und freut sich ihrer, aber er hütet sich, ihm mehr aufzubürden,
als ihm genehm ist, welche Rücksicht, meines Erachtens, dem
Michel Angelo mehr zum Ruhme gereicht, als irgend welche
Arbeiten, womit ihn die anderen Päpste beschäftigt haben. Es
ist wahr, dass bei den Werken der Malerei und Baukunst, die
Seine Heiligkeit unausgesetzt ausführen lässt, er ihn fast immer
um seine Meinung und Urtheil angeht und dabei gar oft die
Künstler ihn bis in sein Haus aufsuchen heisst. Es thut mir
leid und auch Seiner Heiligkeit thut es leid, dass er wegen
einer gewissen natürlichen Furchtsamkeit oder vielmehr Hoch-
achtung oder Ehrfürchtigkeit, welche von Einigen Hochmuth
genannt wird, keinen Gebrauch macht von dem Wohlwollen, der
Güte und freigebigen Natur eines solchen, ihm so geneigten Papstes,
welcher, wie ich es zuerst von dem hochwürdigsten Monsignor
von Forli, seinem Kämmerer, gehört habe, oftmals gesagt haben
soll, dass er gerne (wenn es möglich wäre) sich von seinen
Jahren und dem eigenen Blute entziehen würde, um sie dem
Leben desselbigen zuzugeben, auf dass die Welt nicht so bald
eines solchen Mannes verlustig ginge. Welches ich auch, da ich

---

[1] Julius III. baute (1550—1553) die Villa Giulia — jetzt Vigna di
Papa Giulio — in der Via Flaminia vor der Porta del Popolo. Gegenwärtig
ist sie, obwohl theilweise Ruine und nicht mehr als Ein Ganzes dastehend,
Gegenstand der Bewunderung von Künstlern und Kunstfreunden. An ihr
haben Michel Angelo, Vasari, Vignola und Ammanati gearbeitet. Burckhardt
bemerkt mit Recht, dass diese Villa nicht in gleichem Grade interessiren
könne, wie Farnesina oder die Villa Madama; aber als „letzte Villa der
Renaissance" sei sie doch sehr sehenswerth.

zu Seiner Heiligkeit Zutritt erhalten, mit meinen Ohren aus
seinem Munde gehört habe, und überdies, dass, wenn er ihn
überlebte, wie es der natürliche Lauf des Lebens zu erheischen
scheint, er ihn einbalsamiren lassen und ihn bei sich haben
wollte, damit dass sein Leichnam ewiglich sei, wie es seine
Werke sind, was er auch im Beginne seines Pontificats demselben
Michel Angelo sagte, da Viele gegenwärtig waren, so dass ich
nicht wüsste, was für den Michel Angelo ehrenvoller und ein
grösseres Zeichen sein könnte von dem Werthe, den Seine Heiligkeit auf ihn legte, als diese Worte.

LIX. Er bewies dies auch öffentlich, als er, nach dem Tode
von Papst Paul und da er selber Papst geworden war, im
Consistorium, in Gegenwart aller damals in Rom anwesenden
Cardinäle, ihn vertheidigte und in Schutz nahm gegen die
Widersacher des Baues von Sanct Peter, welche, nicht um
seiner Schuld willen, wie sie sagten, sondern um seiner Helfers-
helfer wegen, ihn jener Autorität berauben wollten, die ihm
von Papst Paul durch ein Motuproprio,[1] von dem etwas weiter
unten geredet werden wird, war ertheilt worden, oder sie doch
wenigstens einschränken; und derart vertheidigte er ihn, dass
er ihm nicht nur das Motuproprio bestätigte, sondern ihn
mit vielen würdigen Worten ehrte, und weder mehr den Klagen
der Umstehenden noch Anderen Gehör schenkte. Michel Angelo
kennt (wie er mir oftmals gesagt hat) die Liebe und das
Wohlwollen Seiner Heiligkeit gegen ihn, sowie die Rücksichten,
die er gegen ihn hat, und weil er ihm seine Dienste nicht dagegen in den Tausch geben und ihm zeigen kann, dass er es
wohl erkennt, so ist ihm der Rest des Lebens weniger lieb, da
er ihm unnütz und gegen seine Heiligkeit undankbar zu sein
scheint. Ein Ding (wie er zu sagen pflegt) tröstet ihn einiger-
massen, dass er nämlich, da er weiss, wie klug Seine Heiligkeit
ist, dadurch bei ihr entschuldigt zu sein hofft, und dass sein

---

[1] Das Motoproprio, von dem hier gesprochen wird, ist vom 23. Jänner
1552, in lateinischer Sprache geschrieben, an Michel Angelo direct gerichtet
und zuerst von Bonnani, „Templi Vaticani historia", pag. 80—82, veröffentlicht.
Das Original ist in der Casa Buonaroti. In diesem Breve bestätigt Julius III.
den Michel Angelo als Architekten von S. Pietro in derselben Weise, wie es
Paul III. gethan hat.

guter Wille werde angenommen werden, dieweil er nichts
Anderes geben könne. Aber deshalb weigert er sich nicht, so
weit seine Kräfte reichen, und in den Dingen, worin er etwas
vermag, sein Leben an den Dienst desselben zu setzen, ge-
schweige denn etwas Anderes, und dies habe ich aus seinem
Munde. Nichtsdestoweniger machte Michel Angelo auf Verlangen
Seiner Heiligkeit eine Zeichnung zu der Front eines Palastes,[1]
den er in Rom zu erbauen Willens war, ein für Jeden, der es
sieht, ungewöhnliches und neues Ding, unabhängig von jeglicher
antiken oder neuen Art und Regel. So hat er es auch noch in
vielen anderen seinen Sachen gemacht, in Florenz und in Rom,
und damit gezeigt, es sei die Baukunst von den Früheren nicht
so erschöpfend behandelt worden, dass kein Raum mehr da sei
zu neuen, nicht weniger anmuthigen und schönen Erfindungen.

LX. Um nun zur Anatomie[2] zurückzukehren, so hat er
das Zergliedern der Körper aufgegeben, weil das lange Han-
thieren damit ihm dermassen den Magen verdorben hatte, dass
er weder etwas essen noch trinken konnte, das ihm anschlug.
Es ist allerdings wahr, dass er sich von dieser Materie so gelehrt
und bereichert trennte, dass er oftmals im Sinne hatte, zum
Gebrauche derjenigen, die sich der Sculptur und Malerei widmen
wollen, ein Werk zu schreiben, das von allen Arten der
menschlichen Bewegungen und Stellungen handelte, und von
den Knochen, nach einer sinnreichen Theorie, die er durch lange
Praxis gefunden hatte; und er würde es geschrieben haben,
wenn er nicht seinen Kräften misstraut und sich für unzulänglich
gehalten hätte, eine derlei Sache mit der Würde und der Zierlichkeit zu behandeln, wie es ein in der Wissenschaft und in
der Rede Geübter thun würde. Ich weiss wohl, dass er den

---

[1] Es ist nicht bekannt, für welchen Palast die Façade des. Michel
Angelo bestimmt war, noch ob die Zeichnung dieser Façade noch existirt.

[2] Die in diesem Capitel gemachten Bemerkungen Condivi's über die
anatomischen Studien Michel Angelo's ergänzen das, was bereits früher in
den Cap. XIII. und LVI. gesagt wurde; sie sind sehr bezeichnend für die
Richtung, in der damals anatomische Studien betrieben wurden.

Von Michel Angelo existiren in mehreren Handzeichnungs-Sammlungen
anatomische Studien, die auf Vorbereitungen zu einer literarischen Arbeit
schliessen lassen; erschienen selbst ist nichts. Ebensowenig ist die von Condivi am Schlusse des Capitels angekündigte Arbeit veröffentlicht worden.

Albrecht Dürer [1] liest, dieser ihm sehr schwach vorkommt, da er
es in seinem Geiste sieht, um wie Vieles schöner und nützlicher
dieser sein Entwurf über selbige Materie wäre. Und um die
Wahrheit zu sagen, Albrecht handelt nur von den Maassen und
der Verschiedenheit der Körper, davon man eine sichere Regel
nicht geben kann, und macht die Gestalten steif wie die Pfähle;
von dem aber, was das Wichtigste ist, von den menschlichen Geberden und Bewegungen sagt er kein Wort. Und weil er heute
schon von hohem und reifem Alter ist, auch nicht glaubt, der
Welt diese seine Gedanken in der Schrift vorlegen zu können,
so hat er mir mit grosser Liebe auf das Ausführlichste jegliches
Ding eröffnet, worüber er auch zu verhandeln anfing mit Herrn
Realdo Colombo, einem höchst ausgezeichneten Anatomen und
Wundarzt und einem sehr grossen Freunde Michel Angelo's, und
mir, welcher zu diesem Zwecke ihm den todten Körper eines
Mohren schickte, eines sehr schönen Jünglings, und so wohl zu
brauchen, wie man es nur wünschen konnte, und er wurde
nach Sanct Agathe gebracht, wo ich wohnte und noch wohne,
als nach einem abgelegenen Orte, an welchem Körper Michel
Angelo. mir viele seltene und verborgene Dinge wies, die vielleicht
niemals so waren erkannt worden, die ich auch alle aufschrieb
und eines Tages mit Hilfe irgend eines gelehrten Mannes
herauszugeben hoffe zum Vortheil und Nutzen aller Jener, die
sich der Malerei oder. Sculptur widmen wollen. Aber jetzt
genug davon.

LXI. Er widmete sich der Perspective und der Architektur,
und was er daraus für Nutzen gezogen, das beweisen seine
Werke. Auch hat Michel Angelo sich nicht begnügt mit der
blossen Kenntniss der hauptsächlichsten Theile der Baukunst,

---

[1] Dies Werk *Albrecht Dürer's* behandelt nicht die Anatomie, sondern
die Proportionslehre; es ist heutzutage noch ein Hauptwerk, das seinen
bleibenden Werth hat. Die deutsche Ausgabe erschien im Todesjahre Albrecht
Dürer's 1528, unter dem Titel: „Hierin sind begriffen vier bücher von
menschlicher Proportion, durch Albrechten Dürer von Nürenberg erfunden
und beschrieben, zu nutz allen denen, so zu dieser Kunst lieb tragen." Schon
1532 erschien in Nürnberg eine lateinische Uebersetzung durch J. Camerarius.
Der von Condivi erwähnte *Realdo Colombo,* ein berühmter Anatom seiner
Zeit, starb 1559 zu Rom. Sein Hauptwerk ist das in Venedig 1559 gedruckte
Werk: „XV Libri di Notomia."

sondern hat gleicherweise alles das wissen wollen, was zu dieser
Profession irgendwie dienlich ist, wie z. B. Seilemachen, Gerüste
oder Decken aufschlagen und ähnliche Dinge, worin er so
geschickt war, wie Jene, die keine andere Profession haben,
welches zur Zeit Julius' II. bei folgender Gelegenheit ersichtlich
wurde. Als Michel Angelo die Wölbung der Capelle des Sixtus
ausmalen wollte, befahl der Papst dem Bramante, er solle das
Gerüst machen. Dieser, mit alledem, dass er der Baumeister
war, der er war, wusste nicht, wie er es machen sollte, und
durchlöcherte die Wölbung an mehreren Stellen, um durch die
Löcher Seile herunterzulassen, die das Gerüste halten sollten.
Wie Michel Angelo dies sah, lachte er darüber und frug den
Bramante, wie er es zu machen hätte, wenn er bei den Löchern
würde angelangt sein. Bramante, der keine Rechtfertigung
wusste, antwortete bloss, dass man es nicht anders machen
könne. Die Sache kam vor den Papst, und da Bramante dasselbe erwiderte, wandte der Papst sich zum Michel Angelo
und sagte: „Da dies nichts taugt, so geh' und mach' es selber."
Michel Angelo riss das Gerüst nieder und nahm die Seile
heraus, die er einem seiner Arbeiter, einem armen Manne
gab, wodurch er Ursache war, dass dieser zwei seiner Töchter
verheiratete. Dann baute er ohne Stricke das seinige auf, das
so gut verschränkt und zusammengesetzt war, dass es immer
um desto fester hielt, je mehr es belastet wurde. Das war die
Veranlassung dazu, dass dem Bramante die Augen aufgingen
und dass er ein Gerüst aufschlagen lernte, was ihm dann beim
Baue von Sanct Peter sehr zu Statten kam. Und trotz alledem, -
obwohl Michel Angelo in derlei Dingen nicht Seinesgleichen hatte,
so wollte er nichtsdestoweniger von der Baukunst niemals Profession machen. Im Gegentheile, als letzthin Anton von San Gallo [1]

---

[1] Es gab zwei Antonio da San Gallo (di Bartolomeo d' Antonio,
di Bartolomeo Picconi), geb. 1485, starb 1546, und Antonio da San Gallo
(di Francesco di Bartolo di Stefano Giamberti), geb. 1455, gest. 1534 am
27. December. Hier ist der Erstgenannte gemeint, dessen Leben mit der
Regierung des Papstes Paul III. (1538—1549) zusammenfällt.

Das hier erwähnte Breve des Papstes Paul III. veröffentlicht Bonnani
in seiner „Historia templi Vaticani" (Romae 1696, Fol., pag. 77), ferner
erwähnt die von Condivi angeführten Daten auch Vasari (XII, pag. 226—227).

gestorben war, der Baumeister des Sanct Peter-Gebäudes, und
Papst Paul ihn an dessen Stelle setzen wollte, so wies er diese
Bestellung lange zurück, und gab dabei an, es sei nicht seine
Kunst; und so hartnäckig weigerte er sich, dass es nöthig wurde,
dass der Papst es ihm befahl und ihm dieserthalb ein umfassendes
Motuproprio ertheilte, das ihm später vom Papst Julius III.
bestätigt wurde, der, wie ich gesagt habe, durch die Gnade
Gottes unser jetziger Papst ist. Für diese seine Dienstleistung
hat Michel Angelo niemals etwas gewollt, und verlangte, dass
dies auch im Motuproprio ausgedrückt werde. So dass, als Papst
Paul ihm eines Tages hundert Gold-Scudi schickte durch Herrn
Piero Giovanni, damals Garderobenmeister Seiner Heiligkeit, gegenwärtig Bischof von Forli,[1] als welche sein Gehalt sein sollten
für einen Monat auf Rechnung jenes Baues, so wollte er sie
nicht annehmen, sondern sagte, dies sei nicht der Vertrag, den
sie mit einander geschlossen, und schickte sie zurück, worüber
sich Papst Paul erzürnte, wie mir noch Herr Alessandro Ruffini
erzählt hat, ein römischer Edelmann, damals Kämmerer und
Truchsess Sr. Heiligkeit, aber dessentwegen liess Michel Angelo
nicht ab von seinem Entschlusse. Nachdem er diesen Auftrag
angenommen hatte, machte er ein neues Modell,[2] sowohl weil
gewisse Theile des alten ihm in mehrfacher Beziehung nicht
gefielen, als weil das ein solches Unternehmen war, dass man
eher hätte hoffen können, das Ende der Welt zu sehen, als
die Beendigung von Sanct Peter, welches Modell, vom Papste
gelobt und genehmigt, gegenwärtig ausgeführt wird zur grossen
Befriedigung der Leute von Urtheil, wenngleich es Andere gibt,
die es nicht billigen.

LXII. Michel Angelo widmete sich also, da er jung war, nicht
bloss der Sculptur und Malerei, sondern auch allen jenen Beschäf-
tigungen, welche zu diesen gehören oder mit ihnen zusammen-
hängen, und dies that er mit solchem Eifer, dass er für eine Zeit

---

[1] Der Bischof von Forli ist Piero Giovanni Aliotti. Dieselbe Thatsache,
mit Bezeichnung derselben Persönlichkeiten, erzählt Vasari (XII, pag. 228).
[2] Ueber das Modell zur Peterskirche siehe Vasari X, pag. 17, XII,
pag. 227, 252. Michel Angelo machte zuerst ein Modell aus Thon und dann
liess er es durch einen Maestro Giovanni Franzese in Holz ausführen. Ueber
Letzteres verbreitet sich Vasari ausführlich.

sich von dem Verkehre mit den Menschen fast ganz abwendete und nur ausnahmsweise mit einigen Wenigen umging. Deshalb wurde er von den Einen für stolz gehalten, und von den Andern für absonderlich phantastisch, während er weder den einen noch den andern Fehler hatte, sondern (wie dies vielen vortrefflichen Männern gegangen ist) die Liebe zur Arbeit und die beständige Ausübung der Kunst machten ihn einsam, und er fand in ihnen so sehr seine Freude und seine Befriedigung, dass die Gesellschaft ihm nicht nur kein Vergnügen machte, sondern ihm Verdruss bereitete, weil sie ihn von seinen Gedanken abwendete und er (wie man es von dem grossen Scipio zu erzählen pflegt) niemals weniger allein war, als wenn er allein war.

LXIII. Jedoch hat er gerne Freundschaft gehalten mit Jenen, aus deren tugendhaftem und gelehrten Gespräche er einigen Gewinn ziehen konnte, und in denen ein Strahl der Vortrefflichkeit aufleuchtete, wie mit dem hochwürdigsten und erlauchten Monsignor Polo, wegen seiner seltenen Tugenden und seiner unvergleichlichen Güte, gleicherweise mit dem Cardinal Crispo, meinem hochwürdigsten Patron, weil er in ihm, ausser vielen guten Eigenschaften, einen seltenen und ausgezeichneten Verstand gefunden; auch war er noch dem hochwürdigsten Cardinal Santa Croce sehr zugethan, einem höchst würdigen und klugen Mann, von dem ich oftmals auf das Ehrenvollste habe sprechen hören, und vom hochwürdigen Maffei, dessen Güte und Einsicht er immer gepriesen hat, und überhaupt liebt und verehrt er alle Anhänger des Hauses Farnese wegen des lebhaften Andenkens, in welchem er den Papst Paul hält, dessen er mit grösster Ehrfurcht gedenkt und ihn stets einen guten und heiligen Alten nennt; so auch mit dem hochwürdigsten Patriarchen von Jerusalem, dem früheren Bischof von Cesena, mit welchem er längere Zeit in grosser Vertraulichkeit verkehrt hat, als Einer, der an einer so reinen und freien Seele grosses Gefallen fand. Ueberdies war er sehr genau befreundet mit meinem hochwürdigsten Patron, dem Cardinal Ridolfi guten Angedenkens, dem Schutzhafen aller Tugendhaften. Es gäbe da noch einige Andere, die ich übergehe, um nicht weitläufig zu werden, wie Monsignor Claudius Tolomei, Herr Lorenzo Ridolfi, Herr Donato Gianotti, Herr Leonardo Malespini, der Lottino, Herr Thomas del Cavaliere und andere gelehrte Edelleute, über die ich mich nicht weiter auslasse.[1] Endlich hat er auch den Hannibal Caro sehr lieb gewonnen, von dem er mir gesagt hat, es sei ihm leid, dass er nicht schon früher mit ihm umgegangen sei, da er ihn sehr nach seinem Geschmacke gefunden habe. Insbesondere liebte er die Markgräfin von Pescara[2] gar sehr, von deren göttlichem Geist er entflammt war und von der er auch über die Massen geliebt wurde. Von ihr besitzt er noch viele Briefe, die erfüllt sind von der reinsten und süssesten Liebe, wie sie aus diesem Herzen hervor-

---

[1] Die hier genannten Persönlichkeiten gehören theilweise auch dem Kreise an, der sich um Vittoria Colonna versammelte — so Monsignor *Polo*, von Paul III. zum Cardinal erwählt, so der gelehrte Cardinal *Querini*, Bischof von Brescia (die Briefe beider Cardinale erschienen 1744 und 1745 in Brescia), so *Claudio Tolomei*, geb. zu Siena 1492, gest. zu Rom den 23. März 1555, ein gelehrter Schriftsteller, welcher den Vitruv commentirte und seit 1516 sich in Rom aufhielt. — Der hier erwähnte Maffei ist *Raf. Maffei*, geb. zu Volterra (daher auch Raphael Volterranus genannt), gest. ebendaselbst am 25. Jänner 1522, 70 Jahre alt, ein Antiquar und Philolog, dessen Werke seinerzeit viel gelesen wurden (1722 gaben Falconini seine Biographie heraus), — *Ridolfi Lorenzo*, ein florentinischer Edelmann, der in der politischen Geschichte seiner Vaterstadt eine Rolle spielte. — Msgr. Tommaso del *Cavaliere* und Lionardo *Malespini*, Römer, die damals mit gelehrten Kreisen verkehrten, deren Lebensverhältnisse nicht bekannt sind.

[2] Das Verhältniss Michel Angelo's zu *Vittoria Colonna* wird hier von Condivi ausführlicher berührt als von Vasari. Die neueren Biographen Michel Angelo's beschäftigen sich sämmtlich eingehend mit demselben, H. *Grimm, Hartford, Ch. Clement* u. A. m.; auch *Burkhardt, Dusmenil, Razinski* gedenken desselben mehr oder minder eingehend. Ihre Lebensverhältnisse können als bekannt vorausgesetzt werden; ihre Gedichte hat Frau *Arndts* in das Deutsche übertragen. Geb. 1480 zu Marino, Tochter des Fabrizio Colonna, verlor sie in jungen Jahren (525) ihren Gemahl Ferrante d'Avalos, Marchese von Pescara. Ihre Beziehungen zu Michel Angelo datiren aus der Zeit 1536—1538. In diesem Jahre wurden ihre Gedichte zum ersten Male gedruckt. Nach 1541 zog sie sich nach Viterbo in das Kloster der heil. Katharina zurück. In dem letzten Jahre ihres Lebens hielt sie sich wieder in Rom auf. Sie starb 1547 in den letzten Tagen des Februar, im 57. Jahre ihres Alters, im Palaste des Giuliano Cesarini, des Gemahles der Giulia Colonna. Die Gedichte Michel Angelo's (s. die Bearbeitung von *Grasberger* und die Originalausgabe von *Giusti)*, welche sich auf die Vittoria Colonna beziehen, sind das schönste Denkmal, das Michel Angelo seiner Freundin, der geistvollsten Dichterin Italiens in ihrem Jahrhunderte und einer der bedeutendsten Frauen überhaupt, gesetzt hat. S. *H. Grimm*, a. a. O. III. S. 139—176.

zugehen pflegten, wogegen er an sie viele und viele Sonetten
geschrieben hat, voll von Geist und süsser Sehnsucht. Sie
verliess des Oefteren Viterbo und andere Orte, wohin sie
zum Vergnügen und um den Sommer zu verbringen, gegangen
war, und kam nach Rom, durch keine andere Ursache dazu
bewogen, als um Michel Angelo zu sehen, und er seinerseits hegte
eine solche Liebe zu ihr, dass ich ihn habe sagen hören, es
thäte ihm nichts so leid, als dass, wie er sie beim Scheiden
von diesem Leben zu sehen ging, er ihr nicht auch die Stirne
oder Gesicht geküsst habe, gleichwie er ihr die Hand geküsst.
Ueber ihren Tod war er oftmals genug in sich verloren und
wie von Sinnen. Er machte auf Begehr dieser Dame einen nackten
Christus,[1] der eben vom Kreuze ist abgenommen worden, welcher
wie ein sich selbst überlassener todter Körper zu den Füssen
der allerheiligsten Mutter hinfallen würde, wenn er nicht von zwei
Engelein mit den Armen würde unterstützt werden. Sie aber, die
unter dem Kreuze sitzt mit einem thränenvollen und schmerzlichen Gesicht, hebt beide Hände mit offenen Armen zum Himmel
empor, und mit einem Spruche, der auf dem Stamme des Kreuzes
geschrieben steht:

„Nicht denkt man daran, was für ein Blut es kostet!"

Das Kreuz ist jenem der Bianchi ähnlich, das in der Zeit der
grossen Seuche im Jahre 1348 in der Procession getragen und
dann in die heilige Kreuz-Kirche zu Florenz gestellt wurde.
Er machte auch noch aus Liebe zu ihr eine Zeichnung zu einem

---

[1] Die Zeichnungen, die Michel Angelo für die Vittoria Colonna machte,
sind verschollen, wohl aber werden Gemälde und Stiche angeführt, deren
Compositionen auf die Zeichnungen zurückgeführt werden; insbesondere ein
Stich von Marcello Venusti und eine Madonna mit dem Leichname Christi,
gemalt von Seb. del Piombo, im Besitze der Sammlung von Blaise Castle
(Waagen Treasures, III, pag. 188). — Der Vers: „non vi si pensa, quanto
sangue costa" ist aus dem 29. Ges. aus Dante's Div. Com. Paradies. In einem
im brittischen Museum aufbewahrten Briefe der Vittoria Colonna an Michel
Angelo (s. Grimm l. c. III. 340) spricht sie von der Zeichnung des Cruci-
fixes, deren Condivi gedenkt. Sie schreibt an Michel Angelo: „Unico maestro
e mio singolarissimo amico" mit Begeisterung darüber, nie habe sie gesehen, und kann man sehen, ein besseres, lebendiger und vollendeter ge-
machtes Bild — sie habe es bei Licht, mit dem Glas und mit dem Spiegel
angesehen, „e non viddi mai la più finita cosa".

Jesus Christ am Kreuze, nicht mit dem Aussehen eines Todten, wie es gewöhnlich geschieht, sondern in göttlicher Haltung, das Gesicht zum Vater erhoben, und es scheint, dass er sagt „Eli, Eli!" und man sieht daselbst diesen Körper, nicht wie einen sich selbst überlassenen Leichnam hinsinken, sondern einem Lebendigen gleich, ob der grausamen Schmerzen erschaudern und sich krümmen.

LXIV. Und gleich wie er sich ergötzt hat an dem Gespräche gelehrter Männer, so hat ihm auch die Lectüre Freude gemacht, sowohl der Schriftsteller in Prosa als derer in Versen, unter denen er insbesonders den Dante [1] bewundert hat, ergötzt von dem wunderbaren Geiste jenes Mannes, den er fast ganz auswendig weiss, obwohl er den Petrarca vielleicht nicht weniger inne hat, und er hat sich nicht bloss damit ergötzt, ihn zu lesen, sondern manchmal auch selber zu dichten, wie man es auch aus einigen seiner Sonetten ersieht, die eine sehr gute Probe abgeben von seinem grossen Verstand und seiner Erfindungsgabe; über einige derselben sind etliche Reden und Betrachtungen des Varchi [2] erschienen. Aber damit hat er sich mehr zu seinem

---

[1] Dante gehört zu jenen Dichtern, die auf Michel Angelo einen bestimmenden Einfluss gehabt haben. Petrarca ahmte Michel Angelo in seinen Sonetten nach, wie alle seine Zeitgenossen es gethan haben. Gori führt in seinen Noten zu Condivi (pag. 112—114) das lateinische Document an, welches die florentinische Akademie wegen Ueberführung der Gebeine Dante's von Ravenna nach Florenz an Leo X. richtete. Michel Angelo, Mitglied dieser Akademie, unterzeichnete diese Supplik mit den Worten: „Jo Michelagniolo schultore il medesimo a Vostra Santità supplicho, offerendomi al divin poeta fare la sepultura sua chondecente e in loco onerevole in questa citta." Der Bildhauer Ant. Montanti besass ein Exemplar von Dante's Divina Commedia, das Michel Angelo mit Randverzierungen schmückte. Das Exemplar ging leider bei einem Schiffbruche verloren. (Vasari XII, pag. 217, A. 3.)

[2] *Benedetto Varchi*, geb. zu Florenz 1502, gest. am 18. December 1565, einer der vorzüglichsten Historiker und Humanisten Italiens. Er stand in nahen Beziehungen zu Michel Angelo. Im Jahre 1549 erschienen bei Lorenzo Torrentino in Florenz seine „Due lezioni", nella prima delle quali si dichiara un sonetto del Michel Angelo — die erste der beiden Reden, welche das Sonett „Non ha l' ottimo artista alcun concetto" behandelt, ist oft wieder abgedruckt worden. Sie wurde 1546 in der Florentiner Akademie gehalten. Die zweite Rede wurde an demselben Orte und in demselben Jahre gehalten. Sie behandelt das damals beliebte Thema „della maggioranza dell' arti, et

Vergnügen beschäftigt, als weil er davon Profession machte, indem er sich dabei stets herabsetzte und seine Unwissenheit in diesen Dingen anklagte.

LXV. Er hat in ähnlicher Weise mit grossem Eifer und Aufmerksamkeit die heiligen Schriften gelesen, sowohl die des alten als des neuen Testamentes,[1] nebst den Arbeiten Jener, die sich um selbe bemüht haben, wie die Schriften des Savonarola, gegen den er immer eine grosse Zuneigung gehabt, und von dem ihm im Geiste das Andenken seiner lebendigen Rede geblieben war. Auch die Schönheit des Körpers hat er geliebt, als Einer, der sie auf das Beste kennt, und dermassen hat er sie geliebt, dass dies gewissen fleischlich gesinnten Menschen, die keine andere Liebe zur Schönheit begreifen, als eine lüsterne und schandbare, Ursache gegeben hat, von ihm Uebles zu denken und zu sprechen, als ob Alkibiades, ein sehr schöner Jüngling, nicht

---

qual sia più nobile la Scultura o la Pittura". — Dass auch Michel Angelo sich mit dieser Frage beschäftigt hat, wissen wir aus den Unterredungen, welche nach einer Aufzeichnung des Francesco d'Hollanda Graf Razinski veröffentlicht hat.

Seine Leichenrede auf den Tod Michel Angelo's erhielt gleiche Anerkennung. Sie wurde in der Kirche San Lorenzo abgehalten und erschien zum ersten Male bei Giunti in Florenz 1564.

Ausser *B. Varchi* hat noch ein Giovanni Maria Tarsia eine Leichenrede gehalten, und ein Bildhauer, *Benvenuto Cennini*, cittadino Fiorentino — beide mit Sonetten und Gedichten aus ähnlicher Veranlassung, gedruckt in Florenz bei B. Sermartelli (1564), beide aber, ohne etwas zum Leben und zur Charakteristik Michel Angelo's beizutragen.

[1] Michel Angelo's Vorliebe für das alte und neue Testament und für die Schriften Savonarola's bestätigt auch Vasari (l. c. p. 276) mit bezeichnenden Worten: „Dilettossi molto della Scrittura sacra, come ottimo cristiano che egli era; ed ebbe in gran venerazione l'opere scritte da Fra Girolamo Savonarola, per avere udito la voce di quel frate in pergamo". — Ueber die christliche Weltanschauung Michel Angelo's und seine Stellung zur Kirche weiss H. *Grimm* vom Standpunkte des modernen Protestantismus Vieles zu erzählen, das auf heftigen Widerspruch *Giusti's* in seiner Ausgabe der Gedichte Michel Angelo's stösst. Ueber Savonarola von specifisch katholischem Gesichtspunkte spricht *Rio* in seiner „l'Art chrétien", Paris, 1861, B. II, p. 405—551, von historischem am Besten, ausser Rudelbach und Meier, *Villari* in seiner „Storia di G. Savonarola", Firenze 1859, 2 Bde. Dass Savonarola auf die politischen Anschauungen Michel Angelo's von grossem Einflusse gewesen ist, geht am deutlichsten aus der Haltung Michel Angelo's in den Kämpfen der Florentiner gegen die Suprematie des Hauses Medici hervor.

wäre vom Sokrates auf das Keuscheste geliebt worden, so dass
er zu sagen pflegte, er erhebe sich von seiner Seite, wenn er
sich neben ihn gelegt hatte, nicht anders, als von der Seite seines
Vaters. Ich habe den Michel Angelo zu öftern Malen selber
über die Liebe sprechen und sich unterreden hören, und habe
dann auch von Jenen gehört, die anwesend waren, dass er von
der Liebe nicht anders gesprochen, als davon im Platon[1] geschrieben
steht. Ich meinestheils weiss nicht, was Platon darüber sagt,
aber ich weiss wohl, dass, nachdem ich so lange und innig mit
ihm verkehrt habe, ich aus seinem Munde nichts als die ehrbarsten
Reden habe hervorgehen gehört, welche wohl die Kraft hatten,
in der Jugend jede wüste und zügellose Begierde auszulöschen,
die in derselben entstehen mochte. Und dass in ihm keine häss-
lichen Gedanken auftauchten, kann man auch daraus erkennen,
dass er nicht allein die menschliche Schönheit geliebt hat,
sondern überhaupt jedes schöne Ding, ein schönes Pferd, einen
schönen Hund, eine schöne Gegend, eine schöne Pflanze, einen
schönen Berg, einen schönen Wald und jegliches Ding, das
in seiner Art schön und ausgezeichnet war, was er dann mit
wunderbarer Erregung bewunderte, wobei er das Schöne der
Natur gleichermassen auswählte, wie die Bienen die Süssigkeit
der Blumen einsammeln, um sich ihrer dann zu ihrem Werke
zu bedienen, was auch stets alle Jene gethan haben, die in
der Malerei einigen Ruf gehabt. Jener alte Meister, als er eine
Venus machen wollte, begnügte er sich nicht damit, eine einzige
Jungfrau zu sehen, sondern wollte viele derselben betrachten,
und sie zu seiner Venus benützen, indem er von jeder den
schönsten und vollendetsten Theil nahm. Und in der That, wer
da glaubt, er könne ausserhalb dieses Weges (auf dem man

---

[1] Diese Stelle, bezeichnend für die geringe gelehrte Bildung Ascanio
Condivi's, beweist, wie einflussreich Plato und die neuplatonische Schule
Marsilio Ficino's auf die Künstler des XVI. Jahrhunderts gewesen ist. So
fern ihnen Aristoteles stand, so befreundet waren sie mit Plato. Die Schriften
fast aller über Kunst philosophirenden Schriftsteller klingen an die Ausdrucks-
weisen Plato's an. — Condivi vertheidigt hier Michel Angelo lebhaft
gegen Vorwürfe, die Anhängern Plato's in der Zeit Michel Angelo's gemacht
wurden. Ob diese Vertheidigung auch auf das Sonett an Gandolfo Porsino,
und die Grabschrift auf die Mancina, „an der ein anständiger Mensch nichts
als ihre Schönheit zu loben fand", sich bezieht, bleibt dahingestellt.

allein zu der wahren Theorie gelangen kann) in dieser Kunst
es zu irgend etwas bringen, der irrt sich gar sehr.

LXVI. Er ist in seiner Lebensweise immer sehr mässig
gewesen, indem er die Speisen mehr der Nothwendigkeit wegen
nahm, als wegen der Annehmlichkeit, besonders wenn er mit
einer Arbeit beschäftigt war, zu welcher Zeit er sich meistens
mit einem Stück Brod begnügte, das er sogar während der
Arbeit verzehrte. Jedoch lebt er seit einiger Zeit mit grösserer
Sorgfalt, da sein mehr als reifes Alter dies verlangt. Oftmals
habe ich ihn sagen hören: „Ascanio, wie reich ich auch gewesen
sein mag, so habe ich doch immer gelebt wie ein Armer". Und
gleichwie er wenig Speise brauchte, so auch wenig Schlaf, der
ihm nach dem, was er sagt, selten gut gethan hat, weil er,
wenn er schläft, fast immer an Kopfweh leidet, überdies macht
ihm das zu viele Schlafen einen schlechten Magen. Währenddem dass er am kräftigsten gewesen, hat er zu öfteren Malen
angekleidet geschlafen und mit den Stiefeln an den Füssen, die
er stets getragen hat, sowohl aus Ursache der Krämpfe, woran er
immerfort gelitten, als auch aus anderen Gründen, und manchmal unterliess er es so lange sie auszuziehen, dass dann mit
den Stiefeln zugleich die Haut mitging, wie bei den Schlangen.
Er schaute niemals auf den Groschen, noch trachtete er Geld
aufzuhäufen, zufrieden mit dem, was zum anständigen Leben
hinreichte, daher er, obwohl von vielen Herren und reichen
Leuten unter grossen Versprechungen um etwas von seiner
Hand angegangen, nur in seltenen Fällen etwas gemacht hat,
und dann mehr aus Freundschaft und Wohlwollen als aus
Hoffnung auf Gewinn.

LXVII. Er hat viele von seinen Sachen verschenkt, aus
denen er, wenn er sie hätte verkaufen wollen, ein unendliches
Geld hätte herausschlagen können, wie es, als ob es weiter
nichts wäre, mit den zwei Statuen ging, die er dem Herrn
Robert Strozzi,[1] seinem grossen Freunde, schenkte. Nicht allein

---

[1] Die beiden sogenannten „Sklaven" — prigioni nennt sie Condivi —,
die zum ursprünglichen Grab-Monumente für Julius II. gehörten und von
Michel Angelo schon in sehr früher Zeit ausgeführt wurden, kamen durch
Robert Strozzi in den Besitz des Königs Franz I., der sie in dem Schlosse
Escoven (Ecuan) aufstellen liess. Dieses nahe bei Paris gelegene Schloss

mit seinen Werken ist er freigebig gewesen, sondern auch mit
seiner Börse hat er oft die Bedürftigkeit manches armen, der
Wissenschaft oder der Malerei Beflissenen unterstützt, wovon
ich Zeuge sein kann, da ich ihn gegen mich selbst so habe verfahren gesehen. Niemals war er eifersüchtig auf die Bemühungen
Anderer, selbst nicht in seiner Kunst, mehr aus natürlicher Güte,
als wegen der Meinung, die er von sich hatte. Im Gegentheil
hat er überhaupt Alle gelobt, auch den Rafael von Urbino,
zwischen welchem und ihm es einst in der Malerei einen Zu-
sammenstoss gab, wie ich erzählt habe, nur habe ich ihn sagen
hören, dass Rafael diese Kunst nicht von Natur aus inne hätte,
sondern durch langes Studium. Es ist nicht wahr, was Viele
ihm anhängen, dass er nicht unterrichten wollte, im Gegentheil,
er hat dies gerne gethan, und ich habe es an mir selber erfahren, als welchem er sein jegliches Geheimniss eröffnet hat,
das zu dieser Kunst gehört, jedoch das Unglück hat gewollt,
dass er auf Subjecte stiess, die entweder wenig befähigt waren,
oder wenn sie es gewesen, nicht angedauert haben, sondern,
sobald sie einige Monate in seiner Lehre gestanden, sich für
Meister hielten. Und wenngleich er dies gerne gethan, so war es
ihm doch nicht angenehm, dass man es wisse, weil er lieber gut
handeln, als gut zu handeln scheinen wollte. Auch muss man
wissen, dass er immer diese Kunst auf adelige Personen übertragen
wollte, wie es die Alten pflegten, und nicht auf plebejische.

LXVIII. Er hat das dauerhafteste Gedächtniss gehabt, so dass,
obwohl er so viele Tausende von Gestalten gemalt hat, wie man
sie sieht, er doch nie eine gemacht hat, die der andern ähnlich
wäre, oder dieselbe Geberde machte; im Gegentheile habe ich
ihn sagen hören, er ziehe nie eine Linie, ohne dass er sich erinnerte, wenn er sie jemals gezogen hat, wo er sie dann aus-
löscht, falls es öffentlich gesehen werden soll. Er ist auch von
der mächtigsten Einbildungskraft, woher es erstlich gekommen

---

gehörte den Montmorency's, denen Franz I. diese beiden Figuren zum Geschenke
machte. (Vasari l. c. pag. 277) — Gegenwärtig befinden sie sich im Louvre.

Gori führt in seinen Anmerkungen zu Condivi an, dass die Stelle am
Schlusse dieses Capitels: „volendo più tosto fare, che parer di far bene"
einer Stelle des Sallust (Bell. Cat. B. LIV. 5) entnommen, in welcher bei
der Charakteristik Cato's das Wort „esse, quam videri, bonus valebat".

ist, dass er von seinen Sachen wenig befriedigt war, und dass
er sie stets herabgesetzt hat, weil es ihm nicht schien, dass die
Hand jene Idee erreicht habe, die er sich innerlich ausgebildet.
Dann ist daher gekommen (wie es dem grössten Theile Jener
geht, die sich dem thatenlosen und beschaulichen Leben hin-
geben), dass er furchtsam war, ausser in gerechter Entrüstung,
wenn entweder ihm oder Anderen ein Unrecht und Schimpf
angethan wurde wider die Gebühr, in welchem Falle er mehr
Muth bezeigt als Jene, die für muthig gelten, bei anderen Vor-
fällen ist er höchst geduldig. Von seiner Bescheidenheit könnte
man nicht so viel sagen, als er verdiente, sowie von seinen
vielen anderen Gaben und Gewohnheiten, die auch mit scherz-
haften Einfällen und witzigen Reden ausgeschmückt waren, der-
gleichen jene gewesen sind, die er in Bologna gegen einen Edelmann führte, der, als er die Grösse und den Umfang der Bronze-
Statue sah, die Michel Angelo gemacht hatte, sich verwunderte
und sagte: „Was glaubt ihr, dass grösser sei, diese Statue oder
ein Paar Ochsen?" Worauf Michel Angelo: „Je nach den Ochsen,
die ihr meint; meint ihr die hiesigen von Bologna, oh, die sind
ohne Zweifel grösser; meint ihr aber die unserigen von Florenz,
die sind viel kleiner." So auch, als der Francia, der dazumal in
Bologna für einen Apelles gehalten wurde, dieselbe Statue sah
und sagte: „Das ist eine schön Materie," worauf Michel Angelo,
dem es vorkam, dass er das Metall gelobt hatte und nicht die
Form, ihm lachend erwiderte: „Wenn das eine schöne Materie
ist, so habe ich dem Papste Julius dafür zu danken, der sie mir
gegeben hat, und ihr den Krämern, die euch die Farben geben."
Und als er ein anderesmal einen Sohn desselben Francia sah,
der sehr schön war, sagte er ihm: „Mein Sohn, dein Vater
macht die lebenden Figuren schöner als die gemalten."

LXIX. Michel Angelo ist von guter Leibesbeschaffenheit,
der Körper eher sehnig und knochig als fleischig und fett, vor
Allem gesund, sowohl von Natur aus, als durch die körperlichen
Uebungen und durch seine Enthaltsamkeit im Beischlaf und in
der Nahrung, obwohl er als Kind kränklich und Zufällen unterworfen und als Mann zweimal krank gewesen war. Jedoch
leidet er seit einigen Jahren sehr beim Harnlassen, aus welchem
Uebel sich der Stein entwickelt hätte, wenn er nicht durch

die Mühe und den Eifer des schon genannten Herrn Realdo
davon befreit worden wäre. Er ist immer gut gefärbt gewesen
im Gesichte, und sein Wuchs ist von der Art: er ist von mässiger
Leibesgrösse, breit in den Schultern, im Rest des Körpers, im
Verhältniss zu diesen, eher schwach als stark. Die Gestalt jenes
Theiles des Kopfes, der sich von vorn zeigt, ist von runder Form,
in der Art, dass er über den Ohren mehr als den sechsten Theil
einer Halbkugel bildet. So kommt es, dass die Schläfen etwas
mehr hervorragen als die Ohren und die Ohren mehr als die
Wangen, und diese mehr als das Uebrige, dermassen, dass man
den Kopf im Verhältniss zum Gesicht gross nennen muss. Die
Fronte ist von da aus gesehen viereckig, die Nase ein wenig
gequetscht, nicht von Natur aus, sondern weil, als er ein Knabe
war, ein gewisser Torrigiano de' Torrigiani,[1] ein bestialischer und
hochmüthiger Mensch, ihm mit einem Faustschlag den Knorpel
der Nase beinahe losmachte, so dass er für todt nach Hause
getragen wurde, welcher Torrigiani jedoch, dafür aus Florenz
verbannt, zu schlechtem Ende kam; übrigens steht diese Nase,
so wie sie ist, im richtigen Verhältniss zur Stirne und zum
Rest des Gesichtes. Die Lippen sind schmal, die untere aber
etwas dicker, so dass sie, wenn man ihn von der Seite sieht,
ein wenig hervorsteht, das Kinn stimmt gut zu den genannten
Theilen. Die Stirne geht im Profil weiter vor als die Nase, und
diese erschiene fast ganz eingedrückt, wenn sie nicht in der
Mitte einen kleinen Buckel hätte. Die Augenbrauen haben
wenig Haare, die Augen könnte man eher klein nennen als
gross, von Hornfarbe, aber veränderlich und mit gelblichen
und himmelblauen Flecken gesprenkelt, die Ohren richtig, die
Haare schwarz und so auch der Bart, ausser dass in diesem seinem
Alter von neunundsiebenzig Jahren die Haare reichlich mit grauen
durchsetzt sind, und der Bart ist gegabelt, vier bis fünf Zoll
lang, nicht sehr dicht, wie man zum Theil in seinem Bildniss
sehen kann. Noch viele andere Dinge bleiben mir zu sagen
übrig, die ich in der Hast, das herauszugeben, was nieder-

---

[1] Piero di Torrigiano d' Antonio, detto il *Torrigiano*, geb. 1472, den
24. November, gest. 1522 (Vasari VII pag. 202), Michel Angelo's Jugend-
genosse. Die Veranlassung zu diesem Gewaltacte Torrigiano's erzählt *B.
Cellini* ausführlich in seinem Leben.

geschrieben ist, übergangen habe, da ich erfuhr, dass Einige sich Ehre einlegen wollten mit meinen Arbeiten, die ich ihren Händen anvertraut hatte, so dass, wenn es jemals geschieht, dass irgend ein Anderer sich an ein solches Unternehmen machen oder dasselbe Leben schreiben wollte, ich mich antrage, ihm dieselben alle auf das Liebevollste mitzutheilen oder im Manuscript zu übergeben. Ich hoffe in kurzer Zeit einige seiner Sonetten und Madrigale herauszugeben,[1] die ich seit langer Zeit sowohl von ihm als von Anderen eingesammelt habe, und zwar deshalb, um der Welt eine Vorstellung zu geben davon, was er in der Erfindung vermag, und wie viel schöne Gedanken diesem göttlichen Geiste entspringen. Und hiemit mache ich ein Ende.

---

[1] Condivi hat weiter nichts herausgegeben als das Leben Michel Angelo's, so viel wir wissen — wie manches Andere, so ist auch Dieses bei Condivi Project geblieben, was hier erwähnt wird.

SUPPLEMENT

zu dem

LEBEN DES MICHEL ANGELO BUONARROTI,

zusammengestellt von

GIROLAMO TICCIATI,[1]

florentinischer Bildhauer und Architekt.

Uebersetzt von A. Ilg.

In jener Zeit, als er sich an dem Baue von St. Peter
betheiligte, vollendete er auf Befehl Paul's III. die Ausschmückung
des Capitols,[2] ein Werk von solcher Vollkommenheit, dass es
bei gerechter Betrachtung als eine der vortrefflichsten Schöpfungen
Michel Angelo's erscheint.

---

[1] Ueber Girolamo *Ticciati* wissen wir sehr wenig. Er schrieb ausser
dem Nachtrage zu Condivi roch ein „Compendio delle cose più notabile tratte
della vita di Michel Angelo Buonarroti da Vasari". Firenze 1746, Fol. — Er
arbeitete an dem Grabdenkmale Galilei's in Santa Croce in Florenz die Figur
der Geometrie. Er modellirte auch für Porträt-Medaillons und Medaillen,
die mit „M. T. F." gezeichnet sind.

[2] Ueber den Antheil Michel Angelo's an den Bauten am Capitol (s. Vasari
l. c. pag. 230 und Burkhardt „Cicerone", pag. 331). Die Anlage der beiden Frei-
treppen fällt in das Jahr 1536; die Aufstellung der Reiterstatue Marc Aurel's in
der Mitte des Platzes am Capitol in das Jahr 1538. S. Vasari l. c. pag. 230 und 231
und Le Tarouilly's vortreffliches Werk: „Edifices de Rome moderne", Paris 1860,
Text, pag. 718—732, Taf. 352—354. Eine in diesem Werk reproducirte Abbildung des Capitols gibt ein Bild des Zustandes des Capitols vor dem Jahre 1555.
Pag. 721 gibt Le Tarouilly die Abbildung des Capitols nach einem Kupfer-
stiche von 1600, die ausserordentlich lehrreich ist. Bekanntlich ist der Platz
am Capitole von drei Gebäuden eingeschlossen, dem Palaste der Senatoren,
dem der Conservatoren und dem Museum; nach der vierten Seite liegen die
Balustrade und die Stiegen. Bloss der Palast der Conservatoren war während
der Lebzeiten Michel Angelo's schon im Baue. Vasari spricht in seiner
zweiten Ausgabe 1568 wie von einem noch nicht ganz vollendeten Baue.
Auch bezeichnet Vasari den Zustand des Baues der Treppen und der

Derselbe Papst liess auch durch San Gallo den Palast des
Hauses Farnese[1] errichten, und als die Gesimskrönung der
Façade vollendet werden sollte, wollte er, dass Michel Angelo
dazu das Modell mache, welches dann auch zur Billigung Aller
ausgeführt wurde, in einer Weise, dass man es für das Schönste
erachtete, welches unter den Antiken und Modernen bis in jene
Zeit zu sehen gewesen. Und nach dem Tode des San Gallo wurde
ihm die ganze Leitung jenes Baues übertragen und er vollendete
in der Façade das grosse Fenster, welches über der Thüre sich
befindet, sowie das Wappen des Hauses Farnese. Desgleichen
vollendete er den inneren Hof des ersten Geschosses, in einer
Art, dass er für den schönsten gehalten wurde, den man in
Europa sehen könne. Dem Saale verlieh er eine grössere Form
und besorgte die übrigen Bequemlichkeiten und Zierden des
Palastes, welche alle seines Verstandes würdig ausgefallen sind.

In keinem geringeren Grade, als er sich mit Paul III.
gestanden hatte, begegnete ihm Achtung und Zuneigung von
Seite Julius' III. Nachdem dieser die Errichtung zweier Grab-
mäler aus Marmor in San Pietro a Montorio nach der Zeichnung

Balustrade. Theilweise war die sogenannte Gradinata und das Museum damals
noch Project. Die beiden Löwen an der Stiege, gefunden bei der Kirche
San Stefano del Cacco, wurden unter Pius IV. (1559—1565) an die Stelle
gesetzt, wo sie sich jetzt befinden. Das Museum wurde unter Innocenz X.
(1644—1655) gebaut.

[1] Was hier über den Antheil Michel Angelo's an dem Baue des
Palazzo Farnese gesagt wird, ist ziemlich oberflächlich. Eingehender spricht
über diesen Gegenstand Vasari l. c. 231 und im 1. Capitel der Einleitung.
Burckhardt (l. c. pag. 330) bemerkt mit Recht, dass Michel Angelo sich
nirgends mehr so völlig an das Alterthum angeschlossen habe, als in den
dem Marcellus-Theater nachgebildeten Palasthallen. Bewunderungswürdig gross
ist das grosse Hauptgesims des Palastes. Eingehend behandelt den Palazzo
Farnese *Le Tarouilly* a. a. O. Text, pag. 259—310, Tafel 116—139.

Cardinal Alessandro Farnese (später Papst Paul III.) begann um 1530
den Bau auf dem Campo di Fiore unter Leitung des Architekten Antonio
da San Gallo. 1534 war der Bau schon zu einer gewissen Höhe gekommen.
Für das grosse Hauptgesimse eröffnete Paul III. eine Art Concurs, an dem
Perino del Vaga, Fra Sebastiano del Piombo, Michel Angelo und Giorgio
Vasari Antheil nahmen. Im Jahre 1547 erhielt Michel Angelo den Auftrag,
das Gesimse nach seinem Entwurfe auszuführen. Um dieselbe Zeit nahm
auch Vignola, der ein bescheidenes und fast kümmerliches Leben führte, an
diesem Baue Antheil.

des Giorgio Vasari[1] angeordnet hatte, wünschte er, dass Alles nach seiner (des Michel Angelo) Billigung und nach seinem Rathe ausgeführt würde.

Es wurde ihm die Oberaufsicht über den grossen Bau von St. Peter zugesichert, obgleich seine Nebenbuhler und vorzugsweise die Freunde des San Gallo darob gegen ihn viele Verfolgungen in's Werk setzten. Er machte auch für denselben Papst viele Dinge in der Vigna Giulia, und nach seiner Zeichnung wurde die Stiege des Belvederes[2] erneuert. Die Beweise der Zuneigung, welche Papst Giulio dem Buonarroti fortwährend gab, waren sehr hervorragend, so dass er ihn endlich in Gegenwart vieler Cardinäle und grosser Herren neben sich sitzen liess, was ihm bei seinen Gegnern viele Bitterkeiten verursachte, aber es gebrach ihm nicht an Klugheit und Verstand, dass er sich davon nicht mit allem Anstande zu befreien gewusst hätte. Auch liess er (der Papst) ihn ebenfalls ein Modell von einem Palaste entwerfen, welchen er neben San Rocco zu errichten gedachte. Von diesem schreibt Vasari, der es gesehen hatte, dass man keine schönere Sache ersinnen könne; dieses Modell wurde später von Pius IV. dem Grossherzog Cosimo I. geschenkt.[3]

Michel Angelo hatte auf Befehl Papst Paul's III. den Anfang zu dem Umbaue und zur Ausbesserung der Brücke Santa Maria[4]

---

[1] Die Grabdenkmäler in S. Pietro in Montorio, entworfen von Giorgio Vasari, werden von Vasari (l. c. pag. 234) erwähnt. Eines davon war für den Onkel des Papstes Paul III., den Cardinal Antonio de' Monti, das andere für Messer Fabbiano bestimmt, von dem der Ruhm des Hauses Farnese datirt.

[2] Ueber die Stiege im Belvedere spricht Vasari (l. c. pag. 235), über den Antheil Michel Angelo's an der Vigna di Papa Giulio ausführlich *Le Tarouilly* a. a. O., Text, pag. 439—470, Tafel 203 - 221.

[3] Cosimo I. de' Medici, geb. den 11. Juli 1519, gest. 1574, seit 9. Jänner 1537 Herr von Florenz, durch Pius V. am 27. August 1569 zum Grossherzog von Toskana erklärt, gründete die Akademie in Florenz. — Was mit dem hier erwähnten Modelle geschehen, ist unbekannt.

[4] Ticciati folgt in diesem Berichte ganz Vasari (l. c. pag. 240) und gibt auch die unrichtige Jahreszahl des Einsturzes der Brücke 1557 statt 1551 an. Diese Brücke, heute Ponte rotto, von Julius III. neu gebaut, wurde 1564 zerstört, von Gregor XIII. 1575 wieder gebaut, 1598 theilweise durch eine Ueberschwemmung zerstört.

Der Architekt Nanni di Baccio Bigio, ein Schüler des Raffaello da Montelupo und des Lorenzetto, lebte mit Michel Angelo vielfach in Hader.

gemacht, er schaffte zu diesem Zwecke eine grosse Menge Ma-
terial herbei, was aber Denjenigen, welche zur Aufsicht über
diesen Bau beordert waren, überflüssige Auslagen zu verursachen
schien. Michel Angelo wurde daher übergangen und der Auftrag
einem gewissen Nanni di Baccio Bigio übergeben, welcher entweder aus Unwissenheit oder aus Habsucht und Gewinnsucht
die Brücke viel zu schwach machte, Michel Angelo sah aber
rasch ihren Einsturz voraus, welcher auch wirklich einige Jahre
darauf in der Mitte des Jahres 1557 erfolgte.

Da in Florenz die Bibliothek von San Lorenzo nicht
vollendet dastand, gab der Grossherzog Cosimo I. in Rom dem
Niccolo del Tribolo[1] den Auftrag, er möge Michel Angelo
überreden, zu kommen und sie auszuführen, oder wenigstens,
dass ihn dieser über seine Ansicht in Betreff der Stiege daselbst
unterrichte. Aber er entschuldigte sich, dass er nicht kommen
könne, sowohl aus Ursache seines Alters, als wegen der schwierigen
und fortwährenden Beschäftigung, die ihm aus dem Baue von
St. Peter erwachse, und was seine Ansicht über die Stiege an-
belange, sagte er nichts Anderes, als dass er sich nicht mehr
errinnere. Weil nun der Grossherzog die Vollendung jenes Gebäudes zu sehen wünschte, beauftragte er den Vasari, ihm
(Michel Angelo) zu schreiben,[2] indem er hoffte, dass dieser wegen
der Freundschaft, die zwischen ihnen herrschte, seine Absicht
einleiten und vermitteln könne, und Michel Angelo antwortete
dem Vasari Dasjenige, wovon er glaubte, dass er einstmals so
über diese Stiege gedacht habe, ohne aber zu versichern, dass
dieses seine ursprüngliche Idee gewesen sei.

Nach dem Tode Julius III. und nachdem Marcello Cervini
zum Papste gewählt wurde, erregten die Gegner des Michel
Angelo neue Anfeindungen wider ihn. Als hievon der Grossherzog Cosimo unterrichtet worden war und höchlich wünschte,

---

[1] Niccolo di Raffaello Tribolo, geb. 1485, gest. den 5. September 1550
(s. Vasari X, pag. 243), ein Florentiner Bildhauer und Architekt, der aus der
Schule des Nanni Unghero und des Jacopo Sansovino hervorgegangen ist.
Er war Michel Angelo sowohl beim Zeichnen von Cartons, als auch bei den
Statuen von San Lorenzo behilflich.
[2] Der Brief Michel Angelo's an Vasari über diese Stiege ist aus Rom,
28. September 1555, datirt.

ihn bei sich zu haben wegen der Leitung seiner Bauunternehmungen, so ergriff er die Gelegenheit, um ihm dringliche Einladungen sammt vortheilhaften Anerbieten zur Rückkehr nach Florenz zu machen. Und diese wäre vielleicht auch noch erfolgt, wenn nicht in jener Zeit Marcellus gestorben wäre und sein Nachfolger Paul IV.,[1] welchem die Weiterführung des Baues von St. Peter am Herzen lag, ihn verbunden hätte, in Rom zu verbleiben.

Als nichtdestoweniger die Belästigungen, die er zu erfahren pflegte, nicht aufhörten, wäre er gegen Ende seines Lebens gerne zurückgekehrt, um sich in seiner Vaterstadt niederzulassen, aber die angelegentliche Liebe, welche er für die Kirche von St. Peter hegte, hielt ihn von dem Entschlusse ab, denn er hatte bemerkt, dass ohne seine fortwährende Mitwirkung grosse Irrungen erfolgten. Und da er wohl fühlte, dass sein Leben nicht mehr so beschaffen sei, um bis zur Vollendung der Kuppel anzudauern, so entschloss er sich auf Rath seiner klugen Freunde, ein hölzernes Modell davon zu machen, welches von Vasari in seinem Leben ausführlich beschrieben ist.[2] Obwohl der Grossherzog Cosimo I. grosse Achtung vor Giorgio Vasari hatte und sich dessen bei all' seinen Bauten bediente, und obwohl zu dieser Zeit viele bedeutende Meister in Florenz waren, so führte er doch nichtsdestoweniger keine grossen Werke aus, bei denen er nicht die Gutheissung Michel Angelo's nachgesucht hätte, und zu seiner Zeit, als er sich in Rom aufhielt, liess er ihn unter anderen Bezeigungen seiner Achtung neben sich sitzen.

Nach seinen Zeichnungen wurde die Porta Pia[3] errichtet, auch gab er noch die Gedanken zur Ausschmückung der übrigen

---

[1] Julius III. starb am 23. März 1555. Sein Nachfolger Marcellus II. (Marcello Cervini da Montepulciano) bestieg den päpstlichen Thron am 9. April 1555, starb aber nach wenigen Tagen. Am 23. Mai 1555 wurde Gian Pietro Caraffa de' Maddaloni als Paul IV. zum Papste erwählt.

[2] Die Beschreibung dieses Holzmodelles der Kuppel nimmt in Vasari mehrere Seiten ein (XII, pag. 253—259). Auch in den Beschreibungen der Peters-Kirche von Fontana, P. Bonnani und am besten bei Giovanni Poleni „Memorie istoriche della gran cupola", Padova 1748, wird dieses Modelles gedacht.

[3] Der Entwurf zur Porta Pia fällt in das Jahr 1559. Der Oberbau ist erst neuerlich und „nicht ganz nach Michel Angelo's Absicht vollendet worden". Burkhardt l. c pag. 331.

Thore Roms an. Die Kirche der heil. Maria degli Angeli in
den Thermen des Diocletian wurde unter seiner Leitung zu
bauen begonnen, in Concurrenz mit den bedeutendsten Architekten
Roms. Er dachte zu derselben Zeit an die Verzierung von San
Giovanni de' Fiorentini,[1] für welche Kirche er eine Zeichnung
entwarf, von der Vasari sagt, dass es keinen Bau ähnlicher
Art von grösserer Vollkommenheit gegeben hätte, wenn dieses
Werk ausgeführt worden wäre.

Bis zu seinem Tode,[2] welcher am 17. Februar 1563 erfolgte,
setzte er seine Bemühungen für den Bau von St. Peter fort, und
es konnte sein Eifer und seine Liebe für denselben durch die
fortwährenden Verfolgungen seiner Gegner nicht beeinträchtigt
werden.

Die Päpste Paul IV. und Pius IV.[3] erwiesen ihm daher so viel
Achtung für seine Leitung und Umsicht bei der Fortsetzung
jenes Baues, dass sie wollten, es solle alles Dasjenige ausgeführt
werden, was er zu machen gedachte, was dann auch Jacopo
Barozzi da Vignola in pietätvolle Beachtung nahm, obwohl er selbst
einer der gründlichsten und intelligentesten Baumeister war, die
es je gegeben hat.

Michel Angelo wurde in der Kirche der heil. Apostel zu
Rom begraben; zu seinem Begräbnisse strömten die ganze

---

[1] Die Kirche S. Maria degli Angeli (ehemals die Thermen Diocletian's),
wie sie heutigen Tages existirt, ist nicht mehr das Werk Michel Angelo's,
sondern grösstentheils ein Bau aus dem vorigen Jahrhundert. Nur der
hundertsäulige Gartenhof, in dessen Mitte die sogenannten Cypressen des
Michel Angelo stehen, ist noch ein Werk Michel Angelo's.

Die Entwürfe zu der Kirche San Giovanni de' Fiorentini (Vasari l. c.
pag. 263 und 264) hat Michel Angelo über besondere Wünsche seiner Lands-
leute, insbesondere des Grossherzogs Cosimo I. gearbeitet. Le Tarouilly bildet
einen der Entwürfe (l. c. pag. 541), der Aehnlichkeit mit dem Pantheon hat, ab.

[2] Ticciati gibt den Todestag nach der Florentiner Zeitrechnung an
ganz in derselben Weise wie Vasari (l. c. pag. 269), welcher die Stunde
dreiundzwanzig anführt. Die präcisen Zeitangaben erfahren wir aus Gaye
(Carteggio III, pag. 126, 127), und zwar aus den Berichten des florentinischen
Gesandten Averardo Serristori und des beim Absterben assistirenden Arztes
Averardo Fidelissimi. Nach diesem starb Michel Angelo am 18. Februar um
drei Viertel auf fünf Uhr Nachmittags.

[3] Pius IV. (Gian Angelo de' Medici di Milano) bestieg den päpstlichen
Thron am 25. December 1559.

florentinische Nation und alle Meister zusammen. Der Papst
hatte befohlen, für ihn eine Stätte in St. Peter zu bereiten.

Da der Grossherzog Cosimo ihn im Leben nicht hatte haben
können, so sorgte er dafür, dass wenigstens seine Gebeine in
Florenz verblieben, deshalb wurde sein Leichnam heimlich in
einen Ballen, wie ihn die Kaufleute gebrauchen, gepackt und
von Rom weggeführt, und dieses deshalb, damit der Transport
nicht hintertrieben würde.

Die Accademia del Disegno in Florenz hatte ihn mit allen
Stimmen nicht nur unter die Zahl ihrer Akademiker gewählt,
sondern auch noch als Haupt und Meister aller Andern erklärt.
Als sie nun erfahren hatte, dass sein Körper nach Florenz geschafft werden sollte, erliess sie ein Decret, dass alle ihre
Untergebenen ihn geleiten sollten, bei Strafe sechsmonatlicher
Ausschliessung. Als nun der Körper am 11. März 1563 in
Florenz angekommen war, stellte man die Kiste in die Compagnia dell' Assunta, hinter der Kirche von San Pier Maggiore.
Den folgenden Tag versammelten sich die Meister um Mitter-
nacht in jener Compagnia, und er wurde mit vielen Fackeln von
denselben in die Kirche von Sta. Croce übertragen. Und obwohl
es die Absicht der Accademia gewesen, dass diese Function mit
grösster Heimlichkeit vor sich gehe — nicht bloss um den Tumult
des Volkes zu vermeiden, sondern auch um einen grösseren Pomp
für die Begräbnissfeierlichkeit vorbereiten zu können, die man
ihm zu halten beschlossen hatte —, so war nichtsdestoweniger das
Gerücht von dieser Uebertragung durch die Stadt verbreitet und
der Zulauf des Volkes so stark, dass man ihn mit grosser Mühe
in die Kirche bringen und in der Kirche selbst die üblichen
heiligen Gebräuche feiern konnte. Als diese beendet waren,
wurde der Leichnam in die Sacristei gestellt, wo sich der Ver-
treter der Accademia befand, um ihn zu übernehmen. Dieser liess,
um die Meister zu befriedigen, die Kiste öffnen, damit jene,
welche ihn bei Lebzeiten nicht gesehen, den Trost hätten, ihn
wenigstens im Tode zu erblicken, und wurde er zur Verwunderung
Aller unversehrt und frisch gefunden, obwohl seit seinem Tode
fünfundzwanzig Tage verflossen waren. Hierauf wurde er an
einer Stätte in der Kirche neben dem Altare der Cavalcanti
beigesetzt, woselbst in den folgenden Tagen fortwährend viele

Gedichte angeheftet wurden, welche die ersten Genies der
Stadt verfasst hatten.

Die Accademia hatte bereits daran gedacht, das Andenken
dieses grossen Mannes durch öffentliche Exequien zu ehren,
versammelte sich deshalb am 16. März 1563 im Hause ihres
Vertreters Vincenzio Borghini und beschloss, dieselben mit dem
grösstmöglichsten Pompe zu veranstalten. Zu diesem Behufe
wurden zwei Maler, nämlich Angelo Bronzino und Giorgio Vasari,
sowie zwei Bildhauer, Bartolommeo Ammanati und Benvenuto
Cellini,[1] gewählt und ihnen alle jene Vollmacht ertheilt, welcher
es zu solchem Zwecke bedurfte. Der Grossherzog Cosimo wurde
um seine Zustimmung, dass diese Exequien in der Kirche von
San Lorenzo abgehalten würden, gebeten, in welcher der grösste
Theil der Werke von Michel Angelo sich befindet, die in Florenz
sind, und dem berühmten Benedetto Varchi zu befehlen, dass
er die Rede halte. Der Grossherzog sicherte der Akademie nicht
nur Alles zu, was sie verlangte, sondern versprach ihr auch alle
jene Unterstützung, welche zu dem Werke nothwendig wäre,
indem er erklärte, er thue dadurch jener Achtung Genüge,
welche er für die seltene Trefflichkeit Michel Angelo's hege.

Um bei diesen Exequien mitzuwirken, wurden die grössten
Männer, welche damals in Florenz lebten, auserwählt. Dieselben
betheiligten sich daran mit einem so löblichen Eifer, dass man
sah, wie edel ihre Begeisterung für die Kunst war. Dies hat
Vasari ausführlich beschrieben.

Lionardo Buonarroti, sein Neffe,[2] liess ihm später ein
prachtvolles Grabmal in der Kirche von Santa Croce errichten,

---

[1] Agnolo di Cosimo, genannt il Bronzino, geb. 1502, gest. 1572, am
23. November (Vasari XIII, pag. 159). Giorgio Vasari, geb. den 30. Juli 1511,
gest. am 27. Juni 1574. Bartolommeo Ammanati, geb. am 18. Juni 1511, gest.
am 14. April 1592. Benv. Cellini, geb. am 3. Nov. 1500, gest. am 13. Febr. 1571.
Ueber die Leichenfeierlichkeiten verbreitet sich ausführlich Vasari im
„Leben Michel Angelo's" und ein eigenes Werk: „Esequie del divino Michel
Angelo Buonarroti" etc., Firenze, per i Giunti 1564. Octav.

[2] Der hier genannte Neffe des Michel Angelo, Lionardo, war der Sohn
des Buonarroto di Lodovico di Lionardo Buonarroti Simoni (des Bruders
des Michel Angelo) und der Bartolomea di Ghezzo di Tedaldo della Casa.
Das Denkmal existirt noch in der Kirche Santa Croce in Florenz,
rechts vom Eingange an der Hauptwand des Seitenschiffes.

für welches der Grossherzog den Marmor herschenkte und Vasari die Zeichnung entwarf. Man sieht auf demselben drei Statuen, nämlich die Sculptur, ausgeführt von Valerio Cioli, die Malerei von Batista Lorenzi,[1] und die Architektur von Giovanni dell' Opera, alle ausgezeichnete Bildhauer, sowie die folgende Grabschrift:

Michaeli Angelo Bonarotio
e vetusta Simoniorvm familia
scvlptori pictori et architecto
fama omnibus notissimo.
Leonardus patrvo amantiss. et de se optime merito
translatis Roma eivs ossibvs atqve in hoc templo maior.
svor. sepvlcro conditis cohortante sereniss. Cosmo. Med.
Magno Hetruria dvce. p. c.
ann. sal. CIƆ · IƆ · LXX·
vixit ann. LXXXVIII. m. XI. d. XV.

---

[1] Cioli Valerio aus Florenz, geb. 1529, gest. am 25. December 1599 (Vasari XIII, pag. 199). Batista Lorenzi (di Domenico detto Batista del Cavaliere), geb. 1517, gest. 1594 (Vasari XIII, 197).

DAS LEBEN MICHEL ANGELO BUONARROTI'S

nach der Leichenrede

des

BENEDETTO VARCHI.

Von Albert Ilg.

Benedetto Varchi's Leichenrede[1] auf Michel Angelo erschien im Jahre 1564 bei den Giunti in Florenz unter dem Titel: Orazione funebrale di M. Benedetto Varchi, Fatta e recitata da Lui pubblicamente nell' essequie di Michelagnolo Bvonarroti in Firenze nella Chiesa di San Lorenzo. Indiritta al molto Mag. & Reuerendo Monsignore M. Vincenzio Borghini, Priore degli Innocenti, C. Pr. in Quart, dreiundsechszig Seiten. Nach den einleitenden Worten wird von den drei Hauptkünsten: Architektur, Sculptur und Malerei, eine kurze Charakteristik gegeben. Von der letzteren heisst es unter Anderm (pag. 7): „Sie zaubert nicht bloss durch die Mischung und Verbindung der Farben, sondern selbst mit einfachem Haematit (siehe Quellenschriften I, cap. 135—138, IV. Note zu III. XII.) oder mit einer kleinen Kohle und öfter noch mit feinen Pinselstrichen, vielmehr Strichen, die mit der Tinte gezogen sind, alle Gegenstände der Welt in schöner Weise vor

---

[1] Die Leichenrede Benedetto Varchi's enthält so viel des Interessanten aus dem Leben Michel Angelo's, dass es angemessen schien, dieselbe insoweit zu geben, als darin Historisches enthalten ist. Varchi hat vorzugsweise Vasari und Condivi benützt; aber es kommen, insbesonders mit Rücksicht auf die Angabe der Besitzer von Werken Michel Angelo's, Daten vor, die werthvoll sind. Auch darf nicht aus den Augen gelassen werden, dass Benedetto Varchi mit Michel Angelo in näheren Beziehungen stand. Die einfache, klare und übersichtliche Art in der Schilderung des Lebens und der Werke Michel Angelo's lässt die erfahrene Feder des Geschichtsschreibers der Florentiner Geschichten erkennen.

die Augen." Hierauf wird das Programm des Sermons entwickelt und vorgelegt. Auf pag. 11 beginnen die biographischen Nachrichten in folgender Weise:

„Seinem Vater Lodovico, welcher von der sehr alten und edelsten Familie der Grafen von Canossa abstammte, wurde von seiner ehrenwerthen und würdigen Gemahlin unter dem glücklichsten Sterne in Casentino, wo er eben Podestà war, dieser gesegnete Sohn in der Sonntagsnacht am 6. Tag des Märzes, des Jahres unseres Heiles 1474. um die achte Stunde geboren. Da er mit mehrerer Sorge auf den Adel seiner Vorfahren als auf seine gegenwärtigen beschränkten Verhältnisse blickte, entschloss er sich, denselben den Wissenschaften zu widmen, weil er seit den ersten und zartesten Jahren die Grösse seines alle Dinge umfassenden Genius erkannte. Wenngleich dieser nun unter dem Meister Francesco da Urbino, seinem Lehrer, nicht wenig in den Anfangsgründen des Studiums profitirte, so wurde er doch vom natürlichen Instincte geleitet, und gebrauchte, seinem glücklichen Genius folgend, die Feder mehr zum Zeichnen als zum Schreiben, wobei er nicht Fratzengesichter entwarf, wie die Kinder zu thun pflegen, sondern Figuren. Jene, die es wissen, sagen, dass er seit frühester Kindheit, wenn er das ABC lesen lernte, sich auf seiner Tafel des Stäbchens bediente, um die Buchstaben nachzubilden, nicht um daraufzuzeigen. Der Vater, ein guter Mann, welcher (wie die meisten guten Leute zu sein pflegen) in den Dingen der Welt geringe Gewandtheit besass, hatte, indem er keinerlei Beruf ausübte, ein kleines Einkommen und grosse Familie. Er erkannte, dass gegen den Willen des Himmels von Seite der Menschen nichts geschehen kann und kein Widerstand geleistet werden dürfe, und fasste daher bei sich selber einen Entschluss. Er hatte aus vieler Erfahrung bemerkt, dass der Knabe viel lieber in die Kirchen ging, um die Malereien nachzuzeichnen, als in die Schulen, um Grammatik zu lernen, ebenso, dass er häufig aus der Schule lief, um dahin zu gehen, wo er Malen zusah, dass er viel lieber sich mit Jenen übte, welche zeichneten, als mit Denen, welche studirten. Er sammt seinen Oheimen, welche sich ob einer solchen Kunst entsetzen, gleichsam als wenn das Malen nichts Anderes wäre denn Mauerbeklecksen, schalten und schlugen ihn oftmals vergebens; endlich brachte er

ihn durch Vermittlung des Francesco Granacci, der dem Michel
Angelo sehr befreundet war, um Lohn zu Domenico di Tommaso
Ghirlandajo, welcher, abgesehen davon, dass er in jener Zeit
den Namen des ausgezeichnetsten Malers in Florenz hatte, ein
höchst wohlerzogener und in gutem Rufe stehender Mann war,
sammt David und Benedetto, seinen sehr würdigen Brüdern . . . . .
Die erste Sache, welche er (Michel Angelo) noch als ein Knabe
zeichnete und malte, war ein Bildchen auf Holz, darauf er
mit der Feder ein Kupferstichblatt aufzeichnete, die Einen sagen
von der Hand des Albrecht Dürer, die Anderen nach Martino
d' Ollandia, die Geschichte des heil. Antonius, wie er von unseren
Widersachern geschlagen wird. Und er führte es mit so vielem
Fleisse und so beschaffener Meisterschaft aus, indem er von der
Natur verschiedener Fischkörper die mannigfachen Gestalten und die
ungewöhnlichen Bizzarerien der Dämonen entlehnte, so zwar, dass
nicht bloss die andern Maler, sondern sein Meister Domenico selbst
in Erstaunen geriethen. Und ferner, wie das Einige geschrieben
haben, hätte diesen darüber der Neid erfasst. Sei es, um das Werk zu
loben oder um sich damit zu ehren oder aus irgend einem Grunde,
pflegte er zu sagen, diese Tafel sei aus seiner Bottegha hervorgegangen, aus welcher in der That die schönsten und belobtesten
Gemälde herstammten, die zu jener Zeit gesehen wurden. Eine gewisse Sache ist es, dass Michel Angelo in Folge eines grillenhaften
Einfalles, da er genug eigensinnig war und es verschmähte, von
Anderen ausser von der Natur zu lernen, das hölzerne Gerüste,[1]
auf welchem Domenico damals auf Verlangen des Giovanni
Tornabuoni in der grossen Capelle in Santa Maria Novella
arbeitete, mit mehreren Tischen und der gesammten Einrichtung
und den Werkzeugen, welcher sich die Maler zu ihrer Kunst
bedienen, mit einem Theile seiner Mitschüler in deren wirklichen
Kleidern und den ihnen eigenen Geberden, die sie beim Arbeiten
zu machen pflegten, nach der Natur abmalte. Da ergriff Jenen
solches Verwundern, dass er mit dem offenherzigen Geständnisse,
er sei von ihm besiegt, laut sagte, dass Jeder es hörte: Dieser
versteht mehr als der Meister! . . . . Aber es war keine

---

[1] Die berühmten Gemälde des Ghirlandajo im Chore der Kirche Santa
Maria Novella, gemalt für die Familie der Tornabuoni und Tornaquinci, wurden
im December 1490 vollendet. (S. Vasari l. c. V, pag. 72 und XII, pag. 159).

geringere und in diesem Alter weniger merkwürdigere Sache,
dass er, als ihm ein auf einer Tafel gemalter Kopf gegeben
ward, um ihn nachzumachen, ihn so ähnlich darstellte, dass Keiner
war, und selbst der Lehrherr nicht, der gemerkt hätte, welcher
der Kopf wäre, der ihm zuerst vorgelegt worden war, und Jener,
welcher die Nachbildung von seiner Hand sei. Und als er bald
darauf diesen hübschen und geistreichen Scherz einigen seiner
Freunde aufgedeckt hatte, wurde es nicht geglaubt, selbst Maler,
die herbeigerufen wurden, um dieses Wunder zu schauen, wussten
bei allem Fleiss, den sie daranwandten, nicht zu unterscheiden,
welches das Original und welches das Abbild sei."

„Michel Angelo nahm an Alter und Tüchtigkeit, und in
Folge dessen auch an Ruf zu, indem er jetzt malte, jetzt meisselte,
jetzt sich mit Baukunst beschäftigte. Er gebrauchte in gleicher
Weise den Pinsel, den Bildhauerhammer, die Bleiwage. Alle
jene Zeit, welche er erübrigte oder sich abstehlen konnte, insbesondere jene Stunden, welche die Mehrzahl der Anderen in
tadelnswerther Weise oder thöricht zu verlieren pflegen, und beim
Spiel oder Belustigung übel anwenden, gebrauchte er löblich,
indem er sich auf den Schlaf verliess, und mit Essen oder
Trinken, ausser was zur Erhaltung des Lebens erforderlich ist,
nicht viel Sorge machte, und auf nützliche Weise, indem er
die Prosaisten, aber vielmehr noch die toscanischen Dichter
las, vor Allen insbesondere jedoch die wundervolle Komödie
des einzigen Poeten, des einzigen Astrologen, des einzigen
Philosophen und (um Alles in zwei Worten auszusprechen) des
einzigen heidnischen Metaphysikers und einzigen christlichen
Theologen, Dante Alighieri. Auch gebrauchte er der Zeit mit
dem Aussinnen neuer Erfindungen und der göttlichsten Sentenzen
oder Sonetten oder Madrigale über verschiedene Gegenstände,
hauptsächlich aber über die keuscheste und ehrbarste Liebe, als
Einer, der von edelster Beschaffenheit des Herzens, während er
lebte, immerdar in den ehrbarsten und keuschesten Flammen
brannte. Gar viele Male, und schier immer an den Feiertagen,
ging er ganz allein, jetzt die geheimsten Mysterien der Kunst,
jetzt die mystischen Geheimnisse der Natur betrachtend. Täglich
übte er sich in der ausgesuchtesten Anatomie, sei es des Menschen
oder aller andern Thiere, der Luft, des Meeres oder des Landes,

auch studirte er sehr viel in der Perspective. Dieser Mann war
so fleissig und so genau in allen Dingen, dass er mit eigener
Hand nicht bloss die Eisenbohrer, die Feilen und die Gradireisen,
sondern auch die Federungen und Spitzmeissel und alle anderen
Eisen und Instrumente anfertigte, welche er in der Bildhauerei
bedurfte. Und in der Malerei bereitete er nicht allein die Grundir-
farben und alle übrigen Vorbereitungen und nöthigen Zurüstungen,
sondern machte sich auch die Farben selbst, da er sich weder auf
die Fabricanten noch auf die Jungen verliess. Diese Dinge wären
vorzubringen und ein Jegliches insbesondere zu empfehlen, was
wir aber aus drei Hauptursachen nicht thun zu müssen glaubten.
Die erste, weil sie so bedeutend und so geartet sind, dass Derjenige, der sie bloss loben und aufzählen wollte, in der Hauptsache davon doch nichts ersehen würde, weder rasch noch so
geschwind. Zweitens, weil zwei schöne und sehr kluge und
ausserdem, was von vielem Gewicht ist, in allen diesen Künsten
sehr verständige Geister und Hausgenossen des Michel Angelo
hievon in ihren „Leben" ausführlich geschrieben haben. Schliesslich, weil in zwei von mir verfassten und öffentlich gelesenen
Lectionen [1] ich davon schon vor achtzehn Jahren in unserer
Akademie, wenn nicht zum guten Theile, so doch wenigstens so
weit ich es wusste, gesprochen habe. Was ich hier nicht zu
wiederholen gedenke."

„Ich beginne also mit der Malerei und lasse dahinter eine
Tafel, welche er a tempera nach der alten Manier malte, darauf
ein sehr demüthiger heil. Franciscus zu sehen, wie er Gott bittet,
der Stigmen gewürdigt zu werden. Diese Tafel befindet sich in
Rom in der ersten Capelle zur linken Hand, wenn man in die
Kirche S. Piero à Montorio [2] eintritt. Man kann sie würdig

[1] Das sind die früher erwähnten Reden. S. Anmerkung 2, pag. 87.

[2] Das Gemälde befindet sich nicht mehr in der Kirche San Pietro in
Montorio, an seiner Stelle befindet sich ein Fresco des Giovanni de' Vecchi,
welches denselben Gegenstand darstellt. Nach Vasari soll das Gemälde nicht
von Michel Angelo, sondern nach einer Zeichnung Michel Angelo's von dem
Barbier des Cardinal Riario, der auch die Malerkunst ausübte, gemalt worden
sein. — In dieser Kirche befinden sich auch die auf die Mauer in Oelfarben
gemalten Bilder des Sebastiano del Piombo (Vasari X. im Leben des Sebastiano del Piombo) nach Zeichnungen des Michel Angelo.

nicht anders preisen als mit dem Wort, dass sie von Michel
Angelo gemacht ist."

Auch lasse ich das Rundbild, worauf er für Agnolo Doni,[1]
der sich an derlei Kleinoden ergötzte, eine Jungfrau Maria
malte, die auf den Knieen liegt und ihren Sohn Jesus Christus,
unseren Erlöser, dem Joseph darreicht, der ihn mit Liebe und
unendlicher Heiterkeit empfängt. Im Hintergrunde dieses Rund-
bildes befinden sich zu grösserer Zier viele Nackte in verschiedenen
Stellungen, theils lehnend, theils aufrecht stehend, theils sitzend,
von so vieler Grazie und Lebendigkeit, dass unter seinen Tafel-
gemälden dieses für das schönste und vollendetste geachtet wird,
wie man es sehen kann in dem nicht minder zierreichen als
schönen Hause des Giambattista, seines Sohnes. Ich übergehe
das Gemälde in dem Saale, wo er mit vielem Leben die Zu-
sammenkunft Jupiters in Gestalt eines Schwanes mit der Leda
darstellte, sowie die Geburt der beiden Eier, daraus (wie die
Poeten fabeln) Castor und Pollux hervorgingen. Dies Bild
wurde für eine göttliche Sache angesehen. Ich übergehe auch
Alles, was auf Verlangen des Don Alfonso d'Este, dritten Herzogs
von Ferrara, geschehen, wie es nichtsdestoweniger entweder aus
grosser Unwissenheit oder geringer Achtsamkeit eines seiner
Beauftragten, der den Gescheidten spielen wollte, verloren ging
und dann durch den grössten und wahrhaft mächtigsten Francesco
Valesio (Valois), allerchristlichsten König von Frankreich zu hohem
Preise von Antonio Mini, Zögling des Michel Angelo, gekauft
wurde, dem es dieser zugleich mit zahllosen anderen verschiedenen
Zeichnungen und mancherlei Modellen aller Arten, welche eine
Welt werth waren, auf's Freigebigste zum Geschenk machte.
Unter diesen war eine sehr schöne liegende Venus mit feinster
Kohle für Bartolommeo Bettini, seinen Freund gemacht, und
ein wahrhaft göttlicher Christus,[2] wie er zu Magdalena, die ihn

---

[1] Dieses Gemälde befindet sich in der Sammlung des Herrn Henry
Labouchère zu Stocke bei Windsor. S. Waagen „Art treasures in Great
Britain, London 1854, B. II, pag. 417, 418. Waagen war der Erste, welcher
dieses Gemälde als ein Werk des Michel Angelo bezeichnete, — früher galt
es als Dom. Ghirlandajo.

[2] Die hier erwähnten Zeichnungen Michel Angelo's erwähnt auch
Vasari, sowohl im Leben Michel Angelo's, als auch in dem Jac. da Pontormo's

umfassen und ihm die Füsse küssen will, spricht: „Berühre mich
nicht!" Sie wurde auf Verlangen jenes mächtigsten und tapfersten
Helden Don Alfonso, Marchese von Vasto, entworfen, — später
dann, sowohl die eine als die andere, von der Hand des Jacopo
da Puntormo auf's Lieblichste in Farben ausgeführt. Ferner
eine sehr gefühlvolle Kreuzabnahme, welche er der sehr frommen,
ja heiligsten und nicht weniger gelehrten und beredten Donna
Vittoria Colonna, Marchese von Pescara, geschenkt hatte. Von
dieser wurde er so sehr geliebt und geehrt, wie er sie liebte
und sie schätzte. Ich übergehe zahllose andere Modelle und
Zeichnungen, welche er den edelsten Jünglingen, seinen liebsten
und ehrenhaftesten Freunden schenkte, wie dies Gherardo Perini
war, und mehr als alle Anderen M. Tommaso Cavalieri, ein
sehr hofmännischer und hochgeachteter römischer Edelmann.
Darunter war ein Bacchanal (Baccanario), ein Titius und ein
Ganymed,[1] wie er von dem Adler geraubt wird. Diesen mangelte
keine andere Sache, um lebend zu sein, als nur der Athem allein."

„Indessen unterlasse ich nicht, Einiges über den grossen
Carton zu reden, der von ihm in einem Saale des Spitales der
Färber aus folgendem Anlass gezeichnet wurde: Piero Soderini,
auf Lebenszeit Gonfaloniere der Stadt Florenz, ein Mann von
vielem Verstande und vieler Güte, übergab in dem grossen
Saal des Palastes der Signorie, darin sich zu jener Zeit der
grosse Rath versammelte, die eine Wand, damit er sie bemale.
dem Lionardo da Vinci, einem Manne, der in jeder Hinsicht
(wie wir sogleich sagen werden) vollkommen war. Schon hatte
dieser den Anfang gemacht und stellte eine Gruppe von Pferden
so schrecklich anzuschauen dar, und so neu in der Manier, dass
man bis dahin eine schönere Sache nicht gesehen hatte, noch
eine, die dieser an grossem Werth gleichkäme. Als nun Michel
Angelo soeben mit unglaublichem Ruhme seiner Tüchtigkeit von
Rom zurückgekehrt war, wurde er von demselben Gonfaloniere

(XI, pag. 56, 57; insbesonders der Commentario alla vita di J. da Pontormo, pag. 68—73). Wiederholungen der gemalten Copie des Pontormo
sind in mehreren Galerien.

   [1] Vasari beschreibt im Leben Michel Angelo's (l. c. pag. 272) etwas
ausführlicher die von Varchi angeführten Zeichnungen für Tommaso Cavalieri,
dessen Porträt Michel Angelo in Lebensgrösse gezeichnet hat.

in Arbeit genommen, der ihm zur Concurrenz mit Lionardo
jene andere Wand übertrug. Michel Angelo nun, um Denjenigen
zu besiegen, welcher weitaus alle Anderen übertraf, und um zu
zeigen, was ihm der Aufenthalt in Rom genützt habe, begann
ein Ereigniss oder vielmehr was geschehen sein soll im Felde, als
die Florentiner mit dem Feinde sich um Pisa aufhielten und
hier herumstreiften. Es war das nämlich, dass: während die
Krieger des Marzoccho, um der Hitze, welche sehr gross war,
zu begegnen, im Arno badeten, sie plötzlich vernahmen, wie
die Trommeln zu den Waffen riefen. Indem man das Ueber-
fallen und unverhoffte Anstürmen der Feinde sieht, steigt ein
Theil allein oder mit Hilfe der Anderen heraus, ein Theil ist
schon aus dem Wasser herausgekommen, mit grossem Muthe,
Schreien und Tumult; Dieser strengte sich an, die Stiefel auf
die Beine zu ziehen, Dieser warf die Kleider über, ohne einen
Sattel zu haben, Der rannte davon, indem er sie am Haupte
oder unter den Armen trug, in der Richtung, wo er den Lärm
hörte, Der suchte eifrig, um sich zu waffnen oder zog sich die
Beinschienen an oder heftete den Kürass an oder knüpfte die
Sturmhaube fest, Dieser hastete sich, um irgend ein Schwert,
eine Lanze, eine Balestra oder welche andere Waffe immer, die
erste beste, die ihm zu Handen käme, zu erfassen, auf dass er
den Genossen zu Hilfe eilen könnte. Währenddem kämpften
einige Reihen Reiter, in mehr Gewänder gehüllt, um den Angriff aushalten zu können, indem sie sich in's Handgemenge
einlassen, auf's Muthigste. Es erschienen die Figuren auf diesem
grossen Carton in verschiedenen, aussergewöhnlichen und selt-
samen Stellungen, Der lebend, Der todt, Der auf den Boden
gestreckt, Der kniend, Der aufrecht in mannigfacher Weise. Viele
schlugen sich, der Eine den Andern, Viele standen in Gruppen
zusammen, Viele waren ausgeführt, Viele bloss skizzirt, Einige
sah man in Conturen mit der Kohle, Andere mit Strichen entworfen, Einige in sfumato und mit Bleiweiss aufgehöht. Und
an Allen sah man sämmtliche Muskeln und Nerven bis zu den
Knochen sammt den Verkürzungen, wie sie früher niemals gedacht
worden, noch gesehen, und Jeglicher von ihnen, en face oder
im Profil, nackt oder bekleidet, war mit grosser Feinheit und
Sorgfalt, Zierlichkeit und Meisterschaft ausgeführt, dass damals,

als er es im Saale del Papa zeigte, dahin alle Leute, soviel in
Florenz waren, mit unglaublichem Gedränge zusammenströmten.
Alle waren von der Kunst betroffen, ergriffen, erstaunt, und Alle
von Verwunderung erfüllt etc."

„Dies war jener Carton, welcher allen Denen, die ihn
studirten — jetzt dies, jetzt ein Anderes nachahmend —, das
Zeichnen und Malen durch viele Jahre hindurch lehrte. Deren
waren Unzählige, und zwar unter den Anderen (und von den
Ausländern nicht zu reden, die aus verschiedenen Theilen der
Welt kamen) Aristotele da San Gallo, Giuliano Bugiardini, Francesco Granacci, Francia Bigio, l' Indaco vecchio, Agnolo da
Damiano, Lorenzo del Campanajo, Jacopo di Sandro, Ridolfo
di Domenico Ghirlandajo, il Rosso, Maturino, Andrea del Sarto,
Perino del Vaga, Jacopo da Puntormo, Niccolo, gen. il Tribolo,
und Jacopo Sansovino, welcher allein unter so vielen und so
grossen Meistern nicht minder jetzt als Architekt wie als vollendeter Bildhauer durch Gottes Gnade noch heute lebt. Der
Ruf von diesem wunderbarsten und auch wundervollsten Carton,
der durch verschiedene und sehr bedeutende Zufälle nicht zur
Ausführung kam, verbreitete sich rasch über ganz Italien, wie
auch noch nach vielen Jahren, als er in vielen Stücken war
und ihn die Maler im Hause der Medici, wohin sie gebracht
worden waren, abzeichneten. Es wurden viele Fragmente daraus
gemacht und weggeschleppt, welche Dinge man in Florenz und
an anderen Orten aufbewahrt und werth hält, wie die Heilig-
thümer und des Aufhebens würdige Sachen werth geschätzt zu
werden pflegen und es auch sollen."

„Dieser so oft belobte und nach Gebühr so oft empfohlene
Carton war Ursache, dass Papst Julius II., welcher das Andenken
Papst Sixtus IV., seines Oheims, ehren wollte, so gut er es vermochte, und erhalten, so lange er könnte, wünschte, dass Michel
Angelo, den er mit Hilfe des Giuliano da San Gallo aus Bologna
hatte rufen lassen, unter allen Bedingungen das Gewölbe seiner
Capelle im päpstlichen Palaste im Vatican malen solle. Obwohl
nun Michel Angelo noch nie a fresco gemalt hatte und gar
wohl wusste, wie gross und gefährlich die Schwierigkeit sei,
ein Gewölbe in solcher Manier auszumalen, welche schier eine
Arbeit aufs Gerathewohl ist, oder doch voll Unvorgesehenem, so

nahm er den Vertrag an, nach vielen Entschuldigungen seines Ungenügens, — da er sehr bescheiden war und wohl einsah, dass ihm Solches mehr aus Missgunst bereitet sei, als aus einem anderen Grunde, und weil er dachte, dass es dem Rafael von Urbino nicht gelingen und nach seinem Willen gehen solle. Und er allein, ohne die geringste anderweitige Unterstüzung, entwarf dort die Geschichte der Weltschöpfung vor Allem, und dann ausser verschiedenen und vielen andern göttlichen Zierden fast das ganze alte Testament und hatte es im Zeitraume von zwanzig Monaten fertig gebracht." (Folgen Lobeserhebungen.) . . . .

„Nach vielen, vielen Jahren, als Papst Julius, Papst Leo und Papst Hadrian gestorben waren, kam dem Papste Clemens, da er höchst kundig war und sehr viel an allen und jeden edlen Künsten Freude fand, der Wunsch, durch Michel Angelo noch die Wände derselben Capelle malen zu lassen; und er gab ihm als Aufgabe, damit er den weitesten Spielraum, seine Tüchtigkeit zu zeigen, habe, den grossen und schreckenvollen Tag des letzten allgemeinen Gerichtes. Michel Angelo hatte einen Verschlag von Brettern machen lassen, die Zeichnung des Cartons begonnen und machte sich an das Studium, welches er aus guten Gründen, die ich nicht aufzuzählen brauche, nach Nothwendigkeit verlängerte. Inzwischen war Papst Clemens gestorben, und zum obersten Pontifex wurde Alexander, der Cardinal Farnese, gewählt, welcher sich Papst Paul III. nannte. Er war eines hohen Sinnes und von seltener Weisheit, wollte dann, dass Michel Angelo das begonnene Werk verfolge und fertig bringe. Und Michel Angelo, von Seiner Heiligkeit geschmeichelt, begünstigt und mit Wohlthaten überhäuft, that dem also." (Folgen wieder belobende Phrasen.) . . . .

„Noch spreche ich von einer andern Capelle, nach dem Namen Papst Paul's III. die Paulinische genannt, welche die letzte Sache war, die er gemalt hat. Er hatte damals schon fünfundsiebenzig Jahre. Aus diesen Dingen geht es deutlich hervor, dass Michel Angelo wahrhaftig der vollkommenste Maler gewesen."

„Was die Sculptur betrifft, so ist zu wissen, dass Lorenzo de' Medici, der Alte (dem nach Verdienst der Name Magnifico gegeben worden), sowie er auf's Wunderbarste jegliche Art von Tüchtigkeit verstand und sich daran ergötzte, auf's Wundersamste

alle Gattungen Künstler begünstigte und unterstützte, insbesondere
die Architekten, Bildhauer und Maler. Ihm lag es im Sinne (was
später auch ausgegangen ist), dass die florentinischen Talente
Diejenigen sein sollten, welche alle jene Künste nicht allein ver-
herrlichten, sondern deren höchste Vollendung wären. Damit sie
nun grössere Bequemlichkeit zu ihren Uebungen hätten und um
einen Nutzen zu erzielen, öffnete er ihnen seinen Garten auf dem
Platze von S. Marco, gleichwie eine Schule und Akademie, wo
sie unter der Aufsicht des Bildhauers Bertoldo, welcher des
Donatello Schüler gewesen war, mit grosser Gemächlichkeit nach
den vielen und sehr schönen Antikaglien, mit denen der Garten
gefüllt war, die Einen zeichnen, die Andern meisseln konnten, je
nachdem es Jeglichem passender wäre. In diesem so beschaffenen
Garten wurde Michel Angelo, der noch Knabe war, von Francesco
Granacci eingeführt. Obwohl er nun erst im Jünglingsalter war,
nicht mehr als sechzehn Jahre zählend, und niemals weder
Spitzeisen noch Meissel angerührt hatte, entwarf er nichtsdestoweniger aus einem Stück Marmor, welches ihm die Arbeiter
überlassen hatten, um zu sehen, was dieser Junge zu machen
verstünde, den Kopf eines antiken Fauns, welcher mit offenem
Munde zu lachen schien. Und er entwarf ihn nicht bloss, sondern
verbesserte ihn so sehr in einigen Stücken, dass der Magnifico,
welcher gleichsam wie ihr Meister oftmals hinging, um ihre
Arbeiten nachzusehen, wobei er sie zur Tüchtigkeit ermunterte
und anspornte, sich höchlich verwunderte. Und als Einer, der
viel Urtheil besass und von einziger Klugheit war, erkannte er
auf der Stelle die Grösse des Genius in jenem Knaben. Er liess
ihn von dem Vater erbitten und wollte, dass er von jenem Tage
an sich in seinem Hause aufhalten sollte, und zog ihn, so lange
er lebte, stets an seine Tafel. Er hatte angeordnet, dass ihm
zu seinem Unterhalte monatlich fünf Goldgulden ausgezahlt
wurden. Indem er allen mit königlicher Freigebigkeit Lohn
spendete, weniger oder mehr, so weiss ich nicht, soll ich ihn
einen bürgerlichen König oder einen königlichen Bürger heissen.
Einem so trefflichen und erhabenen Beginne entsprach auch
eine noch bessere Mitte und ein vollkommener Ausgang. Indem
sich Michel Angelo von dem grössten und weisesten Manne, der
damals gewesen, und vielleicht nie wieder war, ich sage nicht

bloss in Italien, sondern in Europa, so schmeicheln und wohl-
thun sah, so fasste er Muth und machte von Tag zu Tag Fortschritte, jeden Tag grössere. Vorzüglich auch, weil der Vater,
dem der Magnifico gleichfalls Wohlthaten erwiesen hatte, als
er sah, dass sein Sohn so wohl angesehen und behandelt sei, ihn
nicht mehr, wie er vorher, um ihn herabzusetzen, gethan hatte,
Steinmetz rief, sondern Bildhauer. Die ersten Figuren, welche
dieser Angioletto, der vom Himmel zur Erde geschickt worden
war, aus Marmor gearbeitet hatte, waren der Kampf der Centauren,
wie sie nicht minder vom Weine erhitzt, als glühend von Liebe
im besten Verlaufe des Gastmahles die weinende und nutzlos um
Hilfe schreiende Dejanira raubten. [1] Diese Materie wurde ihm
von M. Angelo da Monte Pulciano, einem in der griechischen,
wie lateinischen und toskanischen Literatur sehr kundigen Manne,
gegeben und erklärt, und Michel Angelo, ein Knabe noch, führte
sie im Halbrelief, ringsum drei Palmen hoch, aus, so fein, dass
er, der niemals die Mühen Anderer tadelte, noch die eigenen
lobte, sich später öfters zu beklagen hatte und gestehen musste,
dass er in mehrfacher Weise seinem Genius dadurch Unrecht
zugefügt habe, weil er (freilich durch fremde Schuld, nicht
durch seinen Fehl) nicht beständig mit dem Meisseln fortgefahren
habe, was er zufolge seiner natürlichen Güte sagte und aus
Bescheidenheit und vielleicht mit einer Anspielung auf den Namen,
womit ihn sein Vater nannte, so ausdrückte und nicht (mit dem
Worte) „Bildhauerei treiben". Diesen Raub kann man noch zu
staunender Verwunderung in Florenz in seinem Hause der
Strasse Mozza sehen."

„Zur selben Zeit schuf er, um den herrlichen Palast des
Strozzi zu verschönern, einen vier Ellen hohen Hercules, welcher
später dann, wie eine seltene und wundervolle Sache, nach
Frankreich von Batista di Marco, Speziale della Palla, an den
König gesendet wurde. Dieser plünderte (um jenes Reich aus-
zustatten) in Florenz so viele schöne Malereien oder Sculpturen
oder andere ähnliche Zierden, als er konnte. Doch war ein Cupido

---

[1] Dejanira ist offenbar ein Irrthum für Hippodamia oder Deidamia. Es
ist seltsam, dass dem gelehrten Autor ein solcher Lapsus selbst noch im
Abdrucke der Rede passiren konnte!

8 *

noch schöner und wunderbarer, den er in Florenz gemacht
hatte; er liegt und schlummert. Er wurde am passenden Orte
vergraben und dann wieder herausgehoben, und zwar, wie
durch Zufall, auf einer Vigne in Rom. Die vollendetsten Künstler
hielten ihn für antik. Für antik wurde er von dem Cardinal
di San Giorgio um zweihundert Goldgulden gekauft, und heute
bewahrt ihn der ausgezeichnetste Herzog von Mantua unter den
seltensten und theuersten Kleinoden, welche das erlauchteste Haus
Gonzaga in seiner Garderobe besitzt."

„Das Seltenste und Wunderbarste dann war ein Bacchus,
welchen er (dem zufolge, was die allen Dichter von ihm berichten),
beiläufig achtzehn Jahre alt, darstellte, aber weit über Lebensgrösse, und zwar für Jacopo Galli, einen sehr edlen und geist-
vollen Edelmann in Rom. Dieser Bacchus hält in der Hand eine
Schale, in der Luft erhoben, welche er aufmerksam und voll
Verlangen mit schmachtenden Blicken ansieht, und schier voll
Thränen, um sie ganz auszutrinken. In der linken Hand hält
er ein geflecktes Fell von einem Tiger und mit den Fingerspitzen
und jener des Daumens hält er schwebend eine reife Weintraube.
Indessen sieht diese ein kleiner Satyr von heiterstem Anblicke,
der ihm zu Füssen steht, wobei er allmälig, und schier als
fürchtete er, von jenem gesehen zu werden, vorsichtig davon
nascht. Man findet diese Statue, die sehr schön ist, sammt
einem Liebesgott, den Michel Angelo für denselben M. Jacopo
gemacht hat, zu Rom, im Hause des M. Giuliano und des
M. Paolo Galli, sehr wohlanständiger Edelleute, die auch sehr gute
Freunde des Michel Angelo gewesen. Diese Figuren kann
Niemand so hoch preisen, dass es trotzdem nicht nur sehr
wenig heissen wollte. Und als er sie aufdeckte, da hielten die
meisten Sachverständigen dafür, dass Michel Angelo ohne
Widerrede alle modernen Bildhauer hinter sich gelassen habe,
und so sagten sie auch. Es dauerte nicht lange, dass M. Gu-
glielmo Brissonetto, Cardinal von Rouen, bewogen durch
Michel Angelo's grossen Ruf, vor Begierde irgend eine Sculptur
von dessen Hand zum Andenken zu besitzen, und zugleich für
den christlichsten König, für den er mehr wie ein Bruder als wie
ein Agent oder Gesandter in Rom verhandelte, es errang, dass
Jener ihm aus einem einzigen Stück Marmor jene Pietà fertigte,

die man heute in der Capelle der Madonna delle Febbre bewundert. Es sind dies zwei Bilder, das eine lebend (obwohl
voll Trauer), das andere todt, und hat das eine in sich das
Leben, das andere den Tod, wie Jeglicher sehen kann. Man
glaubt die wahrhafte Jungfrau Maria und den wirklichen Christus
in Fleisch und Bein zu schauen, oder wenigstens ihre Bildnisse, nicht aus Marmor von sterblicher Hand gemacht, sondern
auf göttliche Weise vom Paradiese herabgestiegen. Dennoch hat
man nach allgemeiner Ansicht des Urtheil gefällt, dass Michel
Angelo mit diesem Werke allein allen Bildhauern, sowohl antiken
als modernen, vorausgeschritten sei, ebenso den Lateinern wie
den Griechen, und vor Allen die höchste Palme davongetragen
habe. Darum hat Alessandro Allori,[1] der jung an Jahren aber
alt ist an Klugheit, und noch mehr, ein sehr würdiger Schüler
seines mehr als grössten Meisters, nicht minder mehr als geist-
reich auf diese Leinwand, welche sich über meinem Haupte befindet, darauf er in vorzüglicher Weise (wie ihr seht), alle
Bildhauer und Maler der alten und neuen Zeit gemalt hat, jenen
Vers des Dante hingeschrieben:

„Alle bewunderten ihn, Alle zollten ihm Ehre".

„Nachdem er ruhmbeladen und kaum in minderer Weise
als im Triumph nach Florenz zurückgekehrt war, meisselte er
aus einem neun Ellen hohen Marmor, der wahrhaftig mehr
geschändet als bloss übel skizzirt worden war, und, man kann
so sagen, indem er einen Todten zum Leben erweckte, jenen
David (gemeinhin der Gigante von der Piazza genannt), den
wir stündlich beim Aufgang der Rednertribüne sehen, vor dem
Hauptportale des Palastes der grossmächtigen und erhabenen
Signori, und heute des erlauchtesten und ausgezeichnetsten
Herrn Herzogs Cosimo Medici. Wenn nun auch der häufige
Anblick verursacht, dass wir daraus kein so grosses Wunder
machen, so ist das doch nicht darum, als wäre er nicht das
schönste und erstaunliche Werk, das gemacht worden ist, ich
sage nicht bisher, sondern, das überhaupt in der Bildhauerei

---

[1] Alessandro Allori, gen. il Bronzino, geb. am 31. Mai 1535, gest. am
22. September 1607. Bronzino malte auch für die Leichenfeier des Michel
Angelo ein Gemälde.

geschaffen werden kann. Es habe Rom seinen Marforio, es behalte Rom seinen Tiber, es rühme sich Rom oder Griechenland seines Apoll, seines Laokoon, seines Nil's vom Belvedere, es feiere sich wegen seiner Giganten am Monte Cavallo, es achte sich für schön und nenne sich reich, es halte sich für glücklich und preise sich selig ob seiner Bogen, seiner Trajans-Säulen, seiner Statuen und seiner Kolosse, es nehme endlich alle seine Sculpturen und lasse uns unsern David, und Rom wird grössere Ursache haben, Florenz zu beneiden, als Florenz gegen Rom Neid zu hegen; der Arno wird gegen den Tiber, seinen Bruder, im Hinblick auf den Ruhm dieser Künste um so grösser sein, als er kleiner ist im Hinblick auf seine Fluten." (In diesem Tone folgt noch eine lange Stelle, die sich hier anschliesst und mehr als eine Seite einnimmt.)

„Er vollendete den Moses und andere Figuren, welche er für das Grabdenkmal des Papstes Julius entworfen hatte, dessentwegen er so oft und so unwürdig beunruhigt und bestürmt wurde, nicht aber in vernünftiger Weise und auch zu grossem Unrechte von Seite Jener, die ihn auf eine andere Art und Weise nicht verleumden konnten· sie haben ihn gebissen, gequält, zerfleischt. Es könnte vielleicht irgend Jemand glauben, dass Michel Angelo keine anderen Figuren gemacht habe, ausser denjenigen, die ich erwähnt habe, oder, dass er mit seinem Ruhme zufrieden gewesen sei, der nicht der erste war, sondern über alle ersten Marmorwerke hinaufgegangen ist. Jedoch, wer Solches glaubte, würde einen Irrthum festhalten und sich weit und breit und arg in der einen und anderen Sache täuschen."

„Zunächst von den Marmorwerken zu reden, so finden sich viele verschiedene Statuen in Menge von ihm, an verschiedenen Orten. So (um von einem heil. Petronius mit einem Engel zu geschweigen, von ihm für M. Giovan Francesco Aldrovandi, einem Edelmann in jener edelsten Stadt gemacht, mit dem er zur Zeit seines Missgeschickes lange Frist Umgang hatte; sie sind noch zu Bologna in der Kirche von San Domenico) hier in Florenz einen heil. Matthäus, den Apostel, welcher sich an dem Baue von Santa Maria del' Fiore befindet. Wenn schon er nun nicht fertig geworden ist, so skizzirte ihn Michel Angelo doch in der Malerei, seine Bozzirungen aber in Sculptur haben gezeigt

und zeigen die Tiefe und Vorzüglichkeit seiner Einsicht und
seines Genies, so dass man vor ihnen oft höhere Achtung hat,
als vor den Werken Anderer, die gleichwohl ausgeführt sind.
Desgleichen zwei skizzirte Rundbilder, eines für Taddeo
Taddei gemacht, welches im Hause seiner Erben und Nachfolger bewahrt wird, und eines für Bartolomeo Pitti (da Don
Miniato aus jener Familie, ein guter und tugendhafter Mönch von
Monte Uliveto, es dem Don Luigi schenkte), jetzt im Hause des
M. Pietro Guiccardini, seines Neffen. Einen Apollo schenkte Michel
Angelo selber dem Baccio Valori, als er nach der Belagerung
beinahe Herr von Florenz geworden war. Zu Rom in der Minerva
ist ein nackter Christus, einen anderen ganz nackten Christus,
aber in einer von dem andern abweichenden Manier, schenkte
er der göttlichen Marchesa von Pescara, und zwei Statuen
machte er dem M. Roberto di Filippo Strozzi zum Geschenk, da
er gegen ihn und M. Lorenzo Ridolfi, seinen Verwandten, sehr
wohlgesinnt war. Vier Figuren von mehr als Lebensgrösse in
einer Gruppe, nämlich eine Abnahme vom Kreuze, wurde in
seinem hohen Alter zu seiner Ergötzung vollendet, denn von
solcher Art waren die Freuden dieses edlen und ruhmreichen
Mannes. Auf dem Gebiete der Bildnerei schnitzte er nicht allein
in Holz, wie das Crucifix beweist, welches man über dem Halb-
rund des Hauptaltares in der Kirche S. Spirito erblickt, sondern
arbeitete auch in Erde, Gyps, Stuck und Wachs. In Bronze goss
er zahllose Figuren und unter anderen eine grosse, lebensgrosse
Statue für den grossmächtigen Piero Soderini, welche er dem
christlichen Könige in Frankreich schickte. Einen David, welcher
den Goliath unter seinen Füssen hat, weniger eine Nachahmung
als eine Wettarbeit gegen jenen, der im Palast der Signorie
steht, von der Hand des Donatello, der viel bewundert und
empfohlen wurde von ihm. Eine Statue, welche dem Papste
Julius II. glich, mehr als dreimal die Lebensgrösse erreichend.
Sie stand in einer Nische des Frontispice an der Kirche des
heil. Petronius, wurde zerstört und von den Bentivogli umge-
gossen, als sie nach Bologna zurückkehrten. Eine höchst
wundervolle Jungfrau Maria mit dem Kinde am Halse, von
einigen Handelsleuten der Moscheroni nach Flandern gesendet."
(Schliesst mit einer Vorweisung auf die Werke Jener, welche

über die einzelnen Schöpfungen des Künstlers eingehender geschrieben haben).

Ueber die Werke der dritten Kunst, Michel Angelo's
Bauten, geht Varchi absichtlich flüchtig hinweg, er sagt, die
Zeit erlaube es ihm nicht, ebenso ausführlich zu sein, wie in
den vorhergehenden Theilen, er nennt ihn den Erfinder einer
neuen Lieblichkeit in der Architektur, über deren Verdienste
Vitruv, wenn er neu zum Leben erstünde, neuerdings Bücher
schreiben würde. Kurz erwähnt werden die Fabbrica von St. Peter
und die Arbeiten an der Sacristei und die Stiege in Florenz,
sowie das Modell der Façade von S. Lorenzo. Im Folgenden
macht sich der Redner mit einem ziemlich schwulstigen Ueber-
gange, zu dem er die alten Philosophen zu Hilfe nimmt, an
die Schilderung des Charakters und hervorstechender Züge aus
Michel Angelo's Lebensgeschichte. Hiebei wird die Gewaltthätig-
keit des Torrigiano erzählt, die Cabalen des Bramante, die
Belagerung von Florenz sammt dem Antheil, den der Künstler
daran hatte, die Nachstellungen seiner Feinde, die Verleumdungen
aus Anlass seines Entweichens aus dieser Stadt.

Der Verfasser entwickelt seine Gründe wider die fälschliche
Beschuldigung der Habsucht und bringt zahlreiche Beispiele,
welche Michel Angelo's Wohlthätigkeitssinn beweisen. Er gab
oft bis fünfzig Scudi im Tage den Armen, stattete achtund-
zwanzig heirathsfähige arme Mädchen aus etc. Darauf folgt die
Vertheidigung seiner Vorliebe für die Einsamkeit.

Michel Angelo verspricht den Mönchen von Santa Croce
in Florenz, ihr Gotteshaus auf's Prächtigste zu schmücken, wogegen sie ihm eine Grabstelle daselbst gestatten sollen, ein Plan,
der später dann an der Böswilligkeit Anderer scheiterte. Der
Meister setzte von nun an keinen Fuss mehr in jene Kirche.
Sein Urtheil über die Thüren des Baptisteriums — desgleichen
über den Marcus des Donatello in Or San Michele — desgleichen über den Kuppelbau des Brunelleschi bei Gelegenheit
der Errichtung der Kuppellaterne in San Lorenzo. Sein Ausspruch
bei Gelegenheit der Anfertigung eines Laokoon, dessen Urheber
die Antike übertroffen zu haben behauptete. Beachtenswerth
dürfte Varchi's Bemerkung sein: ,,Raphael von Urbino, welcher
in der Malerei (wenn Buonarroti nicht gewesen wäre)

der Erste sein würde, hat bei alldem, was er selber anstrebte,
dennoch unsterbliche Verpflichtung gegen Buonarroti und dankte
Gott, dass er geboren sei und gelebt habe zur Zeit, „als ein
so grosser Mann gewesen war". Hierauf der Bericht, dass Raphael,
angeregt durch die Malereien in San Sisto „die Manier seines
Vaters und des Perugino" verlassen habe. Michel Angelo als
Dichter, „Philosoph, Physiker und Metaphysiker". Briefstelle
des Daniclo Ricciarelli da Volterra an Giovan Francesco Lottini
von Volterra über Michel Angelo's gottseliges Hinscheiden.
Geistreiche Personen waren Freunde des Künstlers: so Claudio
Tolommei, Annibale Caro, Donato Giannotti, Giovan Francesco
Gatucci, Capelan von Santa Maria del Fiore. Seine Verhältnisse
zu fünf Päpsten, zu Franz I., Carl V., dem Sultan. Michel
Angelo und Venedig, Andrea Gritti,[1] Doge. Cosimo Medici und
seine Bezüge zu dem Meister. Lässt den Leichnam nach Florenz
kommen und veranstaltet die Pompe des Begängnisses.

Rückblick auf die Geschichte der schönen Künste, wo-
bei die Gothen, die Architettura Tedesca und in der Malerei
und Sculptur di maniera Greca nicht zum Besten wegkommen.
Ihre Wiedergeburt in Florenz, Cimabuoi, Giotto da Bindone (sic).
Letzterer folgt in der Baukunst noch der bruttissima e ridicola
maniera de' Tedeschi, wie an dem Campanile wahrzunehmen.
Andrea Pisano, Andrea di Cione, gen. Orcagna, Brunnellesco[2]
Lapi, Donatello, Ghiberti, Uccello, Masaccio. Pippo ist der
Erste, der die antiken Ordnungen in der Architektur wieder
einführt. Bau der Kuppel in Florenz. Luca della Robbia. Leon-
battista Alberti, Lionardo da Vinci. Andere Bildhauer und Maler
bis Puntormo und Salviati. Das Ganze, ein ziemlich eingehender
Abriss der florentinischen Kunstgeschichte, zum Zwecke, um
schliesslich Michel Angelo's alles überrragende Bedeutung auf
Grundlage des Vorausgegangenen in's klare Licht zu stellen.
Zum Beschluss ein oratorischer Trost über das Hinscheiden
des grossen Mannes.

---

[1] Die Zeichnung für den Ponte Rialto in Venedig machte Michel Angelo
nach Vasari (l. c. pag. 210 und 211) im Auftrage des Dogen Gritti.

[2] Die Namen sind hier in Varchi's Orthographie angeführt.

VERGLEICHUNG

DER ERSTEN UND ZWEITEN AUSGABE DER VITE DES VASARI

MIT RÜCKSICHT AUF CONDIVI.

VON

ALBERT ILG.

Erste Ausgabe des Vasari. Firenze 155o. (Torrentina.) Parte III. pag. 947—991

Zweite Ausgabe des Vasari. Firenze, Giunti, 1568. Nach Edit. Le Monier, 12. Band, pag. 157—409.

Pag. 947, 948. Mentre — cittadino.

Pag. 948. Avendo — del fine.

Pag. 948. Nacque — sopradetto.

Pag. 157, 158. Mentre — cittadino. Beibehalten.

Pag. 158. Fehlt.

Pag. 158—161 Nacque — sopradetto. Mit Ausnahme der ersten vier Worte die Geschichte der Abstammung und Lernzeit bedeutend weitläufiger erzählt, worin nicht nur Detailangaben, z. B. aus der Familien-Historie, sondern auch specielle Züge (Geschichte von der Amme) aus Condivi entlehnt. Hier erst wird Michel Angelo's Freundschaft mit Granacci erwähnt, was Vasari ebenfalls aus Condivi hat. Wenn Vasari jedoch (pag. 159) in einer Anspielung auf Condivi's, in dessen Einleitung an die Leser ausgesprochenen Tadel, meint, dass derselbe auf seine Stelle über das Verhältniss Michel

Angelo's zu Ghirlandajo in der ersten Auflage gemünzt sei, so sehe ich nicht, was dazu zwingen könnte. Jene Bemerkung ist ganz allgemein gehalten und bezieht sich wohl auf die ganze Biographie bei Vasari. Aus Condivi auch die Notiz über Francesco da Urbino.

Pag. 949. Cresceva — maestro. Fehlt Avvenga — vecchio.

Pag. 161. Cresceva — maestro. Beibehalten. Dazu kommt Avvenga — vecchio, eine Nachricht, welche Vasari wirklich aus seinem Verkehre mit Michel Angelo als Vermehrung hinzubringt, während er jene Anekdote von der Amme aus Condivi entnimmt und dabei einfach behauptet, der Meister hätte sie i h m erzählt, obwohl sie in der ersten Ausgabe fehlt.

Pag. 950. Ora — nome.

Pag. 161. Ora — nome. Beibehalten. Den Künstler der Versuchung des h. Antonius (Martin Schön) nennt Vasari hier Martino Tedesco, also richtiger als Condivi, bei dem er Martino d' Olanda heisst. In der ersten Auflage führt Vasari aber als Autor Alberto Durero an. Varchi in der Leichenrede auf Michel Angelo sagt, Dürer o d e r Martin von Holland sei es gewesen.

Fehlt Contrafece — nome.

Pag. 162. Ist eine Verunstaltung von Cond. VI., welcher bloss Michel Angelo's Vortrefflichkeit im Nachahmen alter Originale rühmt, während Vasari unge-

schickt hinzufügt, er hätte dies
gethan, um die Originale zu be-
halten. Es gemahnt an Lessing's
Wort, dass sich ein Abschreiber
nicht scheue, Ungereimtheiten
zu sagen, damit es nur scheine,
er sage etwas Neues.

Pag. 950. Teneva — testa.

Pag. 162. Teneva — testa.
Unverändert beibehalten.

Pag. 951. Antica, che v' era
— era il giardino.

Pag. 163. Antica, che v' era
— era il giardino. Dieser Stelle
von neun Zeilen in der ersten
Ausgabe entsprechen in der
zweiten mehr als eine und eine
halbe Seite bei Le M. Alles
ist erweitert und nur die Stelle
vom violeten Mantel und von
der dogana wörtlich beibehalten;
die Quelle davon ist Condivi
VII—X.

Pag. 951. Era il giardino —
per sempre.

Pag. 165. Era il giardino —
per sempre. Mit Ausnahme
geringer stylistischer Veränderungen beibehalten.

Pag. 952. Lavoro — Le quali
cose (954). Hierin wird erzählt
von der Marmorfigur, welche
durch Eingraben in die Erde
antikes Aussehen gewonnen,
vom Crucifix in San Spirito,
vom Herkules im Palast Strozzi,
dem Gemälde des heiligen Franciscus, der Madonna für Agnolo
Doni, dem Bacchus in der Casa
dei Galli.

Pag. 165. Onde fu — paragone
delle sue (170). Dies ist nun
in der neuen Ausgabe gänzlich
umgearbeitet. Zuerst kommt die·
Geschichte vom Hercules, wobei
die Angabe von der Höhe der
Statue aus Condivi entnommen
ist, doch berührt Condivi X. die
weitere Geschichte der Statue
weniger genau; weiter folgt in der
zweiten Ausgabe die Herstellung
der Schneefigur (Condivi XI.) für
Piero von Medici. Vom Ankauf
der Cameen weiss dagegen Con-

divi nichts. Es folgt das Crucifix
von S. Spirito. Die Angabe seines
Standortes sowie die Notiz über
Michel Angelo's anatomische
Studien bei dem Prior sind aus
Condivi XIII genau aufgenom-
men, sie fehlen in der ersten Ver-
sion. Aus Condivi XV—XVII
ist nun sehr eingehend die
Erzählung von der Geldbusse
übergegangen, die Bentivoglio in
Bologna ihm als Fremden ohne
Siegelzeichen am Daumen ab-
nehmen wollte, desgleichen die
Vollendung des Leuchterengels
für Bologna, der Aufenthalt bei
Aldrovandi. Wie in den Cap.
XVIII—XX folgt nun, nach der
Heimkehr nach Florenz, die
Vollendung des schlafenden
Cupido, der als Antike dem
Cardinal S. Giorgio verkauft
wurde, dann aber auch der bei
Condivi fehlende h. Franciscus
und der Bacchus für dei Galli,
bis zur Erwähnung der Pietà, wo
die beiden Ausgaben wieder wörtlich zusammenpassen. Die h. Familie für Doni aber hat in der
jüngeren Ausgabe einen späteren
Platz angewiesen erhalten (176).
Was nun das Einzelne betrifft,
weicht Vasari freilich hie und
da von seinem nicht genannten
Gewährsmanne ab. Er benützt
ihn auch nicht immer ganz,
wenn schon an den Stellen, wo
dies geschieht, mit denselben

Wendungen der Gedanken und
fast wörtlich. Hieher gehört
die Bemerkung, dass Lodo-
vico, der Vater, Michel Angelo
höher zu schätzen begann, als
er dessen Verkehr am Hofe
wahrnahm, aus Condivi XII.
Ausgelassen hat Vasari die Erzählung von der Vision des
Cardiere (Condivi XIV), hinzu-
gesetzt, wie erwähnt, die Verwendung Battista's della Palla
um den Hercules (Le M. 165),
in der Schilderung des Verkehres
zwischen Aldrovandi und dem
Künstler ist Condivi geradezu
ausgeschrieben. Vasari gibt hier
bei Erwähnung der Arca des
heiligen Dominik von dem Seinigen hinzu, aber nur einen Irrthum und Widerspruch gegen
sich selbst, nämlich, dass das
Grabmal von Pisano herrühre.
Nach Vasari reist Michel Angelo
aus Sorge, dass er zuviel Zeit
verliere, nach Hause, wogegen
Condivi seinen Conflict mit dem
Bildhauer in Bologna als Ursache angibt. Es ist dies bei
Vasari wohl nicht, wie Schorn
anmerkt, die Angabe eines anderen Grundes, sondern bloss
eine leichtfertige Abkürzung aus
dem Bericht des Nachschreibers.
Auch alles Folgende ist ebenfalls
bis auf's Wort Eigenthum Condivi's. Bei der Geschichte vom Cupido führt Condivi richtig Loren-

zo di Gianfrancesco von Medici als Besitzer des kleinen Johannes an, Vasari irrthümlich den Vater ; dafür macht Condivi keine Erwähnung von Baldassare del Milanese. In Betreff des Bacchus hat Vasari zwar ebenfalls unseren Autor benützt, jedoch hinsichtlich des Charakters der Figur mehrere ästhetisirende Bemerkungen hinzugefügt, in welchen er augenscheinlich die allerdings etwas naive Ansicht Condivi's über die Bedeutung des Tigerfells per contrastum in Schatten stellen will. Die Mittheilung über den S. Franciscus in San Piero in Montorio ist in der zweiten Ausgabe zwar ausführlicher als in der ersten, jedoch, wie gesagt, nicht aus Condivi entnommen.

Pag. 954. Le quali cose — ignudo tanto.

Pag. 170. Le quali cose — ignudo tanto. An mehreren Stellen der zweiten Auflage Abweichungen vom Wortlaute der ersten, jedoch fast nur stylistischer Natur. Nämlich nach destaron, tonda statt ronda und nach ignudo eine Bemerkung über das Körperliche an der Christus-Figur.

Pag. 954. Quivi è — soccigne.

Pag. 170. Quivi è — soccigne. Appicature e congiunture statt mascoli. Nach soccigne schaltet die zweite Ausgabe ein nascendo — nome ein, die Veranlassung der Aufschreibung des Künstler-

Pag. 954. Ed è — Lionardo da Vinci ed era.

Fehlt.

Pag. 955. Ed era dinove — misero in opera. (956)

Fehlt.

namens auf die Statue — nicht aus Condivi.

Pag. 171. Ed è — Lionardo da Vinci ed era. An dieser Stelle hat umgekehrt die erste Ausgabe des Vasari dem Condivi Anknüpfungen geboten. Auch schon etwas früher, wo dieser sagt, die Statue sei „nach Einigen" im Tempel des Mars gestanden. Hier ferner hat Vasari's Bemerkung von der jugendlichen Auffassung der Maria dem Condivi zur Mittheilung jenes frommen und poetischen Ausspruches des Meisters über seine Figur in XX Anlass gegeben. Nach der Erwähnung da Vinci's schiebt die zweite Ausgabe die Stelle allora — nel quale ein, worin gesagt wird, dass der Block dem Bildhauer Andrea Contucci da Monte Sansavino gegeben werden sollte, was mit Hinzugabe des Namens Contucci aus Condivi XXI herrührt.

Pag. 172. Per mala sorte -- misero in opera. Die Differenzen zwischen Condivi's Bericht und der ersten Ausgabe, welche aber Vasari in der zweiten nicht berücksichtigt hat, bespricht Schorn pag. 278. n. 34. im fünften Bande. Nach in opera fügt die zweite Ausgabe noch zwei Notizen hinzu: Fece — edegli quando. Nämlich von der Zeichnung des Aufzuges, welche Vasari besass, und die Geschichte von dem Kunsturtheil des Soderini.

Pag. 957. Ed egli quando — del Fiore.	Pag. 174. Ed egli quando — del Fiore. Bis auf Nebensachen übereinstimmend. Die Angabe des Honorars für den David (vierhundert Ducaten) ist nach Condivi XXI richtig gestellt.
Fehlt.	Ueber den heiligen Matthäus fügt die zweite Ausgabe (176) hinzu: la quale statua — avvenne. Diese Erweiterung umfasst aber auch die Erwähnung der Bronzemedaille für die Moscheroni, und der heiligen Familie für Agnolo Doni, welch' letztere die erste Auflage schon früher (952) anführte. — Indess ist der Wortlaut von dort hier beibehalten. Beide Arbeiten bespricht auch Condivi XXII, jedoch nur kurz, und nennt bloss siebzig Ducaten als Preis der Madonna für Doni.
Pag. 957. Avvenne — cartone nota (959).	Pag. 177. Avvenne — cartone nota (180). Bis auf Kleinigkeiten beibehalten, doch ist (178 oben) das in der ersten Ausgabe zwischen Michel Angelo und affrettava Stehende in der zweiten weggelassen, dagegen unter den Künstlern (179) Raphael hinzugesetzt.
Pag. 959. Cartone nota — fini il Moise (960).	Pag. 180. Cartone nota — il Moise (182). Der Eingang des Absatzes unwesentlich verändert.

Eingeschoben ist hier, dass
der Papst beabsichtigte, durch
Michel Angelo die Peterskirche
erneuern zu lassen. Die nächste
wichtige Vermehrung in der
zweiten Ausgabe ist die Notiz
von der Auszahlung der tausend
Ducaten für die Arbeiten in
Carrara durch Salviati in Florenz,
aus Condivi XXIV. Die erste
Ausgabe erwähnt kurz die von
allen Seiten isolirte Aufstellung
des Grabmales Julius' II., die
Victorien, die Gefangenen und
die gefesselten Provinzen und
kommt dann sogleich auf den
Moses zu sprechen. Der Bericht
der zweiten Ausgabe ist bei-
weitem ausführlicher, spricht
aber trotzdem von den vierzig
Statuen und von dem Sarg des
Papstes mit den Engeln der
Trauer und Freude, welche
Condivi XXVI erwähnt, nicht;
dagegen weiss dieser nichts von
der Figur des Paulus und den
Provinzen, worüber vergleiche
Schorn n. 55. Vasari scheint
den Sarg und die Engel mit
seinen Figuren des Himmels und
der Erde (Cybele) zu meinen,
von denen der erste lächelnd
eine Bahre trug, die andere
trauert, um den Verlust des
Papstes. Aehnliche Worte zur
Motivirung des freudigen und
traurigen Ausdruckes der Figuren
am Sarge gebraucht auch Con-

divi. Mag nun diese Verschiedenheit sich aus dem Grunde erklären, weil Michel Angelo bekanntlich den Plan des Werkes oftmals geändert hat und die beiden Autoren eben solchen verschiedenen Entwürfen in ihren Beschreibungen folgen mochten, oder wie immer, soviel ist gewiss, dass Vasari, wie man sieht, zuweilen dem Condivi, wenn er den Text der ersten Ausgabe änderte, auch nicht folgte, dessen Arbeit also nur theilweise und mit Bedacht zur zweiten Ausgabe benützt wurde.

Pag. 960. Di cinque — adorerano.

Pag. 182. Di cinque — adorerano. Beibehalten. Mit dieser Erwähnung der Verehrung der Juden vor Michel Angelo's Moses schliesst in der ersten Ausgabe die Geschichte des Grabmales Julius' II. Es folgt dann sogleich jene von seiner Statue in Bologna. In der zweiten jedoch enthält der umfangreiche Zusatz: Dove finalmente (183) bis in die Mitte von 186, die ausführliche Erzählung von den Misslichkeiten, welche dem Michel Angelo aus der Bezahlung der Marmorblöcke in Carrara erwuchsen, seiner brutalen Abweisung durch den Thürsteher des Papstes und seinem Entweichen nach Florenz, endlich seiner Zurückberufung durch den Papst — was alles Con-

9*

divi XXVIII—XXXII berichtet.
Diese weit eingehendere Darstellung bei Condivi hat den
Vasari offenbar veranlasst, die
zweite Ausgabe in solcher Weise
zu erweitern, wobei seine Angaben nur eine Stelle (aus der
ersten Ausgabe) bringen, die bei
diesem vermisst wird. Der Vorfall mit dem Thürsteher zuerst
ist entschieden dem Condivi,
zum Theil mit Beibehaltung
von dessen Ausdrücken nach-
erzählt. Das Folgende von der
Absendung der Couriere, den
drei Breven, welche der Papst
nach Florenz schickte, Soderini's
Verwendung um den Künstler
und dessen Rückkehr in der
Qualität eines Gesandten der
Republik, ist ebenfalls genau
dem Condivi entnommen, aber
beinahe nur wie in einem Aus-
zuge, indem Condivi z. B. die
Worte Soderini's und Anderes
ausführlich angibt. Dagegen
bringt uns Vasari noch eine zweite
Version als Erklärung der Flucht
Michel Angelo's, die Condivi
nicht kennt (963), die übrigens
kaum die wahrscheinliche ist.
Schorn (pag. 296) hat schon
mit Recht auf die Oberflächlich-
keit hingewiesen, mit welcher
Vasari hier an ungehöriger Stelle
seine Nachricht aus der ersten
Ausgabe einflickt und sich dabei
einer Rückbeziehung auf eine

vorausgegangene Notiz bedient, die in der ersten Ausgabe richtig ist, hier irrthümlich, nichtsdestoweniger aber mit herübergenommen wurde. Die Ereignisse bei der Ankunft des Papstes in Bologna sammt der verunglückten Intervention des Bischofes folgen nun in getreuem Anschluss an Condivi, abgesehen davon, dass dieser den Papst nicht nach dem Bischofe schlagen lässt; umgekehrt erzählt bloss Vasari von Geschenken und Segnungen des Papstes, die Michel Angelo zu Theil geworden seien, um ihn von Neuem zu fesseln.

Pag. 961. Die erste Auflage hat an der Stelle von alledem nur die Notiz, dass das Grabmal Julius' II. erst durch den Herzog Urbino vollendet worden sei. Bei den Worten: una statua di bronzo (961 und Le M. 186) kommen beide Ausgaben wieder wörtlich zusammen.

Pag. 961. A similitudine — bellissimo getto.

Die erste Ausgabe intese — fu poi ruinata (962) hingegen bringt nur die Eine Erwiderung Michel Angelo's wider Francia, welche viel härter und derber ist, als die dafür in der späteren angeführte, und die Geschichte von der Frage, ob die Geberde

Pag. 186. A similitudine — bellissimo getto. Von hier aus entzweien sich wieder beide Ausgaben, und zwar auf ein beträchtliches Stück; von ed una bella materia (186 unten) bis Questa statua fu rovinata (187 unten) ist in der zweiten Ausgabe neu hinzugegeben. Diese Vermehrung enthält die beiden maliciösen Antworten

der Figur Segen oder Fluch spende, welche unter anderen Umständen erzählt wird. (Es frägt die Obrigkeit von Bologna den Künstler, nicht der Papst.) Michel Angelo erhielt über dreihundert Scudi, in der zweiten Ausgabe heisst es tausend, inclusive der Herstellungskosten. P. Soderini gibt dreitausend als Gesammtsumme an. (Gaye, II, LII.)

Michel Angelo's gegen Francia, die Bemerkung des Papstes über den Sinn der Geberde, die seine Figur zeige und wegen des Attributes derselben (Buch oder Schwert). Ausserdem über den Aufstellungsort des Monumentes, den Preis desselben und die Arbeitsdauer. Schorn (pag. 298, n. 68) glaubt diese Abweichungen daher erklären zu müssen, weil Vasari zur zweiten Edition „vielleicht genauere Erkundigungen eingezogen hatte". Man braucht aber nur unseren Autor aufzuschlagen, um die alleinige Quelle dieser Aenderungen zu entdecken, nämlich XXXII und LXVIII. Hier haben wir einen Fall, wo Vasari den Condivi nicht nur zur Vervollständigung seiner in der ersten Ausgabe befindlichen Nachrichten benützt, sondern dessen Berichte sogar an Stelle der eigenen, früher gebrachten, setzte.

Pag. 962. da' Bentivogli — guardaroba.

Pag. 962. Era gia — ducati. Der Papst ordnet die Ausmalung des Gewölbes in der Sixtuscapelle an. Michel Angelo erhält in Bologna den Auftrag. Rafael und Bramante hofften, dass er übergangen würde. Der Preis wird bestimmt. Das Ganze nicht mehr als eilf Zeilen.

Pag. 187. da' Bentivogli — guardaroba. Beibehalten.

Pag. 188. Mentre — da San Gallo (189). Dies schildert die zweite Ausgabe bedeutend weitläufiger. Zuerst Bramante's Versuch, den Papst zur Verschiebung der Arbeiten am Grabmale zu bewegen, weil es ein übles Vorbedeuten sei, um Michel Angelo, der das Fresco nicht verstünde, beim Papste um den Credit zu bringen. Alles aus Condivi XXXIII. Während dieser aber hieran gleich die Beschreibung des Deckengemäldes anreiht, schiebt Vasari vorerst die Geschichte vom ungenügenden Gerüstbau des Bramante ein, jedoch wieder aus Condivi, der die Sache in den Schlusscapiteln nachträglich bringt LXI. Selbst die Details (Tochter des Zimmermannes) fehlen nicht.

Pag. 962. Per il che — Per la qual cosa (963). An dieser Stelle fügt der Verfasser, wie wir schon oben mitgetheilt haben, die Beleidigung des Papstes durch Michel Angelo ein, der ihn mit Würfen aus der Capelle trieb, und knüpft daran die Geschichte seiner Flucht nach Florenz, was er Alles, wie gesagt, in der zweiten Ausgabe nach Condivi corrigirte. (Il Papa — La quale (965).

Pag. 189. Per il che — Per la qual cosa (190) Unverändert bis auf einzelne Ausdrücke.

Fehlt.

Auch hier, Nacque — Questa (193), nennt Vasari als Ursache der schon erzählten Flucht den Umstand, dass Michel Angelo sein unvollendetes Werk nicht zeigen wollte. Widerspricht sich aber wieder darin, weil er selbst die Flucht in eine frühere Zeit versetzte und als Anlass die verweigerte Audienz nennt. Condivi erzählt die Geschichte anders, XXXIX, was Vasari nichtsdestoweniger später gleichfalls benützt hat. So ist denn auch hier Alles aus unserem Schriftsteller entlehnt; vom Verschimmeln der Malerei auf dem feuchten Grunde (191), aus

XXXVI; von der Eröffnung der Capelle und dem Zuströmen des Volkes und der Ungeduld des Papstes; den Studien Raphael's an dem Werke; Michel Angelo's Beschwerde über Bramante; der Arbeitsdauer; dem Abbrechen des Gerüstes; Michel Angelo's Weigerung, Gold anzuwenden, und seinem Augenleiden — stammt sämmtlich genau in derselben Anordnung und fast wörtlich aus XXXVII—XXXIX. Nun erst läst Vasari die Beschreibung des Werkes folgen (193): E il partimento, wozu jedoch nach einem kleinen neu verfassten Eingange der Wortlaut der ersten Ausgabe beibehalten ist. Beide Versionen kommen wieder zusammen bei opera è stata (193).

Pag. 965. La lucerna -- molto Michel Angelo (972).

Pag. 193. La lucerna — molto Michel Angelo (200). Bis auf Hinzufügung eines unbedeutenden Satzes wiederholt.

Pag. 200. Il quale -- favori tanto — der abermalige Zwist zwischen dem Papste und Michel Angelo, als dieser zu Johannis nach Florenz gehen will, sowie die Uebertragung der Grabmalangelegenheit an die beiden Cardinäle, aus Condivi XXXIX eingeschaltet.

Fehlt.

Pag. 972. Di che egli — imperfetto per un tempo.

Pag. 200. Di che egli — imperfetto. Uebereinstimmung.

Fehlt.

Pag. 973. Onde vari — a
Jacopo (974).

Fehlt.

Pag 974. Per il palazzo —
predecessori chiamato Michel
Angelo è.

Fehlt.

Pag. 974. Ragionando — Antonio Metelli (975).

Fehlt.

Pag. 975. Seguitò — lo animo
suo (978).

Pag. 978. A fortificare —
provisione.

Pag. 978. Menandone — si
parti (979).

Pag. 201. E richiese — pian-
gendo. Ebenfalls aus Condivi
XXXIX entnommen.

Pag. 201. Onde vari a
Jacopo(202). Uebereinstimmend.

Pag. 202. Mentre — allora
fece (203). Die Geschichte von
den Marmorbrüchen von Piera-
santa eingeschaltet, genau aus
Condivi ibid.

Pag. 203. Per il palazzo —
predecessori (204). Uebereinstimmend.

Pag. 204. In questo tempo —
e ragionando. Ein Zusatz, in
dem Vasari von seiner eigenen
Jugendgeschichte spricht, daher
nicht aus Condivi.

Pag. 205. Ragionando — Antonio Metelli (206). Uebereinstimmend.

Pag. 206. Segui — imprese
enthält die Geschichte der Vertreibung der Medici aus Florenz
und die Befestigung San Miniatos
durch Michel Angelo, die Leda
für den Herzog von Ferrara,
aus Condivi XLIII, XLIV, und
XLVII — sehr abgekürzt.

Pag. 207. Ed in questo tempo
seguitò — lo animo suo (209).
Uebereinstimmend bis auf Ge-
ringes.

Pag. 209. A dar — seppe.
Dasselbe, nur umgearbeitet.

Pag. 209. Menandone — si
parti (211). Mit unwesentlichen
Aenderungen.

Pag. 979. Di Vinegia — povertà (980). Wohnt in der Giudecca, kehrt nach Florenz zurück, vollendet die Leda, Apollo für Baccio Valori.

Pag. 211. Di Giudecca — pedi. Entwurf einer Brücke am Rialto, aus Condivi LV, das Uebrige bloss Umschreibung der älteren Version, soweit es die Leda angeht, endlich die Befestigung des Thurmes von San Miniato aus Condivi XLIII.

Pag. 980. Dicono ancora — Baccio.

Pag. 211. Dicono ancora — Baccio (212). Unverändert.

Pag. 212. Fatto lo — Albizi. (213). Diese lange Interpolation handelt von der Gefahr des Kerkers, die Michel Angelo drohte, und der Versöhnlichkeit des Papstes Clemens, die Entstehung des Apoll mit dem Köcher, die Geschichte vom Edelmanne und dessen Gespräch mit Michel Angelo über die Leda, sowie von deren Schicksalen. Das vom Apollo setzt Vasari hier an eine spätere Stelle als in der ersten Ausgabe (s. 979), das Uebrige aus Condivi XLVII, der nur den A. Mini nicht mit Namen nennt.

Fehlt.

Pag. 980. Perchè a Michele Agnolo — Giulio II.

Pag. 214. Convenne — Giulio secondo suo nipote. Uebereinstimmend bis auf einzelne Ausdrücke.

Pag. 981. Et gia — fare, che non v'era prima. Mit kurzen Worten ist hier in fünfzehn Zeilen der Beginn der Arbeiten am jüngsten Gerichte mitgetheilt. Alles Uebrige, was die zweite Ausgabe enthält, fehlt.

Pag. 214. Nelle quali — fare, che non v' era prima (219). Diese umfangreiche Einschaltung meldet von den Vorbereitungen zum Gemälde des Gerichtes, von dem Maler und Farbenreiber Michel Angelo's aus Sicilien,

der in St. Trinità malte, die
Angelegenheit mit den Agenten
des Herzogs von Urbino wegen
der Vollendung des Juliusgrabes,
vom Vertrage wegen der Erledi-
gung dieser Arbeit, von der
Aufstellung des Monumentes,
dessen Beschreibung, die Mit-
arbeiter, die Wiederaufnahme
der Malereien in der Capelle.
Während von all' diesen wich-
tigen Dingen die erste Ausgabe
schweigt, handelt davon breit
und ausführlich — noch ausführlicher als sein Nachtreter
Vasari — Condivi in XLVIII
bis LII.

Pag. 981. Ne a essa — andava.

Pag. 219. Una scarpa —
Cesena (220). Jenen wenigen und
nichtssagenden Worten der älteren Ausgabe gegenüber, spricht
die zweite hier zuerst von den
Kupferstichen nach dem jüngsten
Gerichte und dann von des
Künstlers Absicht, in dem Werke
seine grosse Manier im Nackten
darzulegen; genau und in derselben Folge aus Condivi LIII.

Pag. 981. In questo — diavoli
(982).

Pag. 220. Maestro — si vede
(221). Etwas ausführlicher erzählt.

Pag. 982. Avvenne — archi-
tetture. (985).

Pag. 221. Avvenne — archi-
tetture, noch mit den Worten
fatte da lui (224). Uebereinstimmend.

Pag. 985. Contempli — Et
finita (987). Vasari erzählt hier
von Michel Angelo's poetischen

Pag. 224. Peno a — stupito.
Hier ist an Stelle dessen zunächst
die (unrichtige) Angabe der

Arbeiten, von der Marchese di
Pescara, von den Zeichnungen
und Cartons des Meisters und
deren Besitzern, endlich von
dem Hafen des Po in Piacenza,
dessen Einkünfte ihm der Papst
gegeben hätte.

Pag. 987. Questa — Paulo.
Kurze Notiz über die Gemälde
in der Paulscapelle.

Pag. 987. In questo — perfette.
Hier erst wird die Vollendung
des Juliusgrabes, jedoch ohne
Mittheilung jener verwickelten
Vorgänge, Contracte etc., sondern
bloss das endliche Resultat gemeldet.

Pag. 987. Nelle azzioni bis
zum Schlusse. Da Alles dies in
der zweiten Ausgabe weggelassen
ist, die bekanntlich viel umfang-
reicher geworden ist, so gebe
ich kurz die Hauptpunkte des
Nachfolgenden an: Michel Angelo
als Christ, Sohn und Mensch
im Allgemeinen. Sein Verhalten
zu den Werken anderer Künstler,
seine architektonischen Entwürfe,
Schüler, Charakterreinheit, Her-
zensgüte, Liebhaberei für schöne
Pferde. Uebernahme der Bau-
führung von Sanct Peter. Lange

Vollendungszeit des Werkes in
der Sixtina sammt einer per-
sönlichen Notiz des Vasari ge-
treten; die Stelle ist kürzer als
jene in der ersten Ausgabe und
natürlich nicht aus Condivi.

Pag. 224. Aveva — solleci-
targli (225). Erweiterung derselben mit Benützung der Angaben in Condivi LIV. Doch
hat Vasari hier die kurze Schilderung des Dargestellten und
die Bemerkung über Perino's
Arbeit an der Decke aus Eigenem.

Pag. 225. Aveva papa und
Folgendes. — Vasari war bei
Veranstaltung seiner zweiten
Ausgabe, wie wir gesehen haben,
der Anordnung der ersten der
Hauptsache nach ziemlich treu
gefolgt, wie das auch Condivi
gethan hatte. Hier angelangt,
wo die erste Ausgabe schliesst,
sah der Verfasser, dass seit 1550
Manches bekannt geworden sei.
Manches sich verändert habe,
was eine Vermehrung der Biographie erforderte. Condivi's
Werk hat er von hier an nur
wenig mehr zu Rathe ziehen
können, da es 1553 herauskam.

Die Pläne zur Befestigung des
Borgo (225 f.), nicht aus Condivi.

Die Kreuzabnahme von Mar-
mor (226) genau aus Con-
divi LIV.

Reihe von apte dictis des Meisters.
Beschluss.

Die Uebernahme der Arbeiten
von St. Peter (226), das Motuproprio des Papstes, das Modell
— wohl angeregt durch Condivi
LXI., doch weit eingehender
durchgeführt, denn Condivi hat
sich so treu an die erste Ausgabe des Vasari gefallen, dass
er gleichfalls nach dem Bericht
über die Arbeiten in der Paulscapelle nur wenig einzelne Werke
Michel Angelo's mehr anführt
und den Rest seiner Schrift zur
Schilderung des Allgemeinen, des
Charakters, der Lebensverhältnisse etc. verwendete. Er schrieb
ja auch bloss drei Jahre nach
dem Erscheinen der Torrentina, wogegen freilich Vasari
jetzt nach achtzehn Jahren ausführlicher sein konnte. So ist
denn Alles, was folgt, Vasari's Er-
innerung an den grossen Mann,
dem er selbst im Leben nahe-
gestanden und von hier an
kein Bezug auf die Arbeit
Condivi's mehr wahrzunehmen,
wenn er nicht vielleicht noch
die eine oder andere Anekdote
oder irgend einen Zug aus dem
Leben Michel Angelo's dieser
Quelle entnommen hat.

Von unserem modernen Gesichtspunkte, den Vasari einen
Abschreiber im übeln Sinne zu nennen, haben wir kein Recht.
Die alte Zeit dachte anders über das literarische Eigenthum, als
die gegenwärtige. Was Neues vorlag, zu benützen, auch ohne
Quellenangabe zu benützen, hat sich kein alter Autor gescheut,

sowenig als ein Maler Bedenken trug, Motive aus fremden Werken
zu verwerthen.   Hätte es das üble Wesen darum gehabt, wie
heutzutage, so wäre es dem gewandten Vasari wohl ein Leichtes
gewesen, das fremde Gut in einem neuen Vortrag, in geschickt
variirter Darstellung, als solches weniger kenntlich zu machen;
statt dessen aber bleibt er der Eintheilung, ja dem Wortlaute bei
Condivi meistens treu. Dabei erscheint es nun freilich sonderbar,
dass er trotzdem auf Condivi schmäht und behauptet, er wisse
Alles besser, Niemand sei so vertraut gewesen mit Michel Angelo
und seinen Schicksalen als er — er, der die Lücken seines ersten
Berichtes mit dem Materiale ausfüllt, das der ignorirte und hier
nicht einmal der Namensnennung werthgehaltene Condivi
darbietet!

STAMMTAFEL DER MEDICEER.

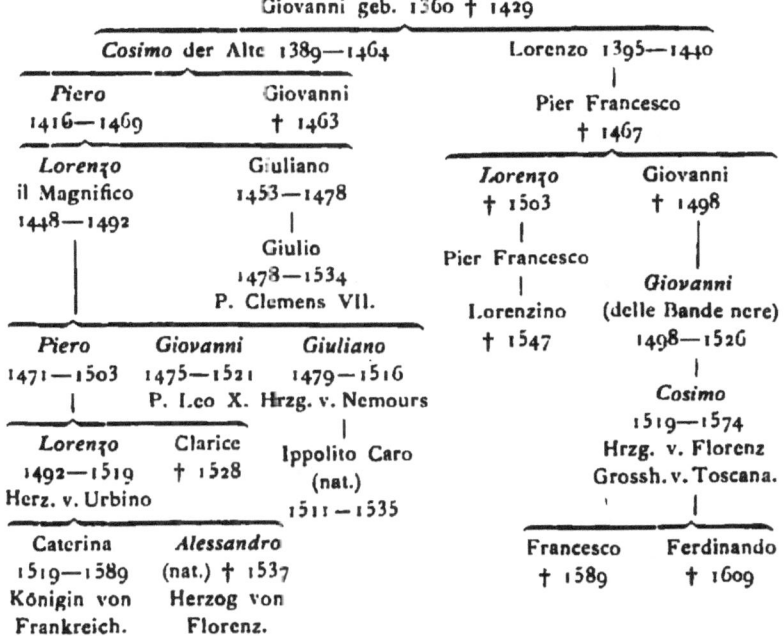

Giovanni geb. 1360 † 1429

Cosimo der Alte 1389—1464   Lorenzo 1395—1440

Piero
1416—1469

Giovanni
† 1463

Pier Francesco
† 1467

Lorenzo
il Magnifico
1448—1492

Giuliano
1453—1478

Lorenzo
† 1503

Giovanni
† 1498

Giulio
1478—1534
P. Clemens VII.

Pier Francesco

Piero
1471—1503

Giovanni
1475—1521
P. Leo X.

Giuliano
1479—1516
Hrzg. v. Nemours

Lorenzino
† 1547

Giovanni
(delle Bande nere)
1498—1526

Lorenzo
1492—1519
Herz. v. Urbino

Clarice
† 1528

Ippolito Caro
(nat.)
1511—1535

Cosimo
1519—1574
Hrzg. v. Florenz
Grossh. v. Toscana.

Caterina
1519—1589
Königin von
Frankreich.

Alessandro
(nat.) † 1537
Herzog von
Florenz.

Francesco
† 1589

Ferdinando
† 1609

CHRONOLOGISCHE UEBERSICHT

der wichtigsten Ereignisse aus dem Leben und der Zeit Michel Angelo Buonarroti's.

1452 21. September, Girol. Savanarolo, geb. zu Ferrara.

1475 (Florentin. Zeitrechnung 1474) 6. März, Geburt Michel Angelo's.

1475 Erbauung der sixtinischen Capelle durch Sixtus IV. aus dem Hause Rovere.

1475 G. Savanarolo tritt zu Bologna in den Dominikaner-Orden.

1477 18. April, Jac. Sansavino d'Antonio Tatti, geb.

1478 6. December, Bald. Castiglione, geb. zu Casatico bei Mantua.

1478 26. April, Ausbruch der Verschwörung der Pazzi in der Kathedrale von Florenz. Ermordung Giuliano Medici's.

1478 Verschwörung der Pazzi's gegen die Mediceer; der Papst nimmt daran Theil.

1478 Geburt des Benedetto da Rovezzano, stirbt nach 1552.

1481 7. März, Bald. Peruzzi, in Siena geboren.

1482 G. Savanarola kömmt zum ersten Male nach Florenz in den Convent S. Marco.

1483 28. Marz, Raffaello da Urbino di Giov. Santi, geb.

1484 Innocenz VIII. aus dem Hause Cibo, ein Genueser, Papst.

1485 Ant. da San Gallo di Bartolomeo d'Antonio, geb.

1485 Bastiano da San Gallo, gen. Aristotele, geb.

1485 Sebastiano Viniziano, frate del Piombo, geb.

1487 25. October, Giovanni da Udine geb.

1488 1. April, Eintritt Michel Angelo's in die Werkstätte des Domenico und David Ghirlandajo für drei Jahre.

1488 Geburt des Andrea del Sarto.

1489 M. A. besucht den Garten der Mediceer bei S. Marco.

1490 Vittoria Colonna, Tochter Fabrizio's, geb. in Marino.

1492 8. April, Tod des Lorenzo de' Medici.

1492 12. April, Pietro Aretino, geb. zu Arezzo.

1492 25. Juni, Tod Innocenz's VIII.

1492 11. August, Alexander VI. zum Papst gewählt.

1492 vor und um diese Zeit entsteht der Kopf des alten Faun und das Marmorbasrelief der Centaurenschlacht in der Sammlung Buonarroti in Florenz.

1492 Michel Angelo arbeitet den Herkules für den König von Frankreich.

1493 12. November, Baccio Bandinelli di Michel Angelo, geb.

1493 Grabmal Papst Sixtus' IV. in S. Pietro von Antonio Pollajuolo.

1493 Michel Angelo arbeitet um diese Zeit das Crucifix für San Spirito.

1494 11. Jänner, Dom. Ghirlandajo gest. (geb. 1449).

1494 1. März, Franc. da San Gallo di Giuliano Giamberti geb.

1494 Michel Angelo geht nach Bologna und dann nach Venedig.

1494 Vertreibung des Piero Medici aus Florenz.

1494 17. November, Carl VIII. von Frankreich hält seinen Einzug in Florenz.

1494 22. Jänner (1493 Florentinische Zeitrechnung) Figur aus Schnee.

1494 31. December, Carl VIII. zieht in Rom ein; — der Papst flüchtet sich auf die Engelsburg.

1495 Michel Angelo weilt in Bologna.

1495 Statue des Cupido.

1496 25. Juni, kömmt zum ersten Male in Rom an.

1496 2. Juli, Brief Michel Angelo's an Piero Francesco de' Medici wegen der Amorstatue.

1498 28. August, Datum des Contractes mit dem Abt von St. Denis wegen der Pietà.

1498 Feuertod Fra Girolamo Savonarola's in Florenz.

1499—1500 arbeitet die Pietà, d. z. in S. Pietro.

1500 3. November, Geburt des Benvenuto Cellini — stirbt 1571 13. Februar.

1501 5. Juni, Cardinal Franc. Piccolomini bestellt fünfzehn Statuen für die Libreria in Siena.

1501 16. August, die Bauleitung von S. Maria del Fiore in Florenz überträgt Michel Angelo die Vollendung des David in Marmor.

1502 12. August, die Signoria von Florenz beauftragt Michel Angelo mit der Ausführung eines David in Bronze.

1502 Erbauung des Tempietto von Bramante im Klosterhofe San Pietro in Montorio.

1502 Benedetto Varchi geb. zu Florenz.

1502 Bronzino, Angelo di Cosimo, geb.

1503 24. April, die Vorstandschaft der Webereizunft und die Bauleitung des Domes bestellen bei Michel Angelo zwölf Apostel aus Carrara-Marmor.

1503 18. August, Tod Alexander VI.

1503 22. September, Pius III. Piccolomini Papst.

1503 1. November, Julius II. aus dem Hause Rovere Papst.

1503 circa, Bald. Peruzzi kommt nach Rom.

1504 25. Jänner, Gutachten der Fachmänner über die Aufstellung des in Marmor ausgeführten David.

1504 8. September, die Aufstellung der Statue des David an der Stelle der Judith des Donatello vor dem Palazzo della Signoria ist vollendet. Die Uebertragung von der Bauhütte des Domes begann am 14. Mai selbigen Jahres.

1504 11. Juni, die Signoria ordnet an, dass Cronaca und Antonio da San Gallo die Zeichnung zur Basis des David machen sollen.

1504 15. September und 11. October, Vertrag der Erben des Piccolomini mit Michel Angelo, wegen Aufstellung der zwölf Statuen in Siena. Vier Figuren waren in dieser Zeit fertig.

1504 31. October und 31. December, Daten von Zahlungen an Michel Angelo für den Carton für die Signoria.

1505 28. Februar und 3o. August, Daten von Zahlungen an Michel Angelo für den Carton.

1505 August, der Carton, in Concurrenz mit Lionardo für die Signoria von Florenz gearbeitet, vorstellend eine Kampfscene aus dem Kriege der Florentiner mit Pisa, ist vollendet.

1505 12. November, Vertrag wegen Ueberführung von Marmor aus Carrara nach Rom. Erstes Document in Angelegenheiten des Marmors für das Grab Julius II. — Geht nach Carrara.

1505 18. December, die Bauleitung von S. Maria del fiore vermiethet das Haus, das zur Ausführung der Apostel für den Dom bestimmt war.

1505 Raphaello Sinibaldi da Montelupo geb.

1506 27. Jänner, Michel Angelo erwirbt ein Grundstück in Pozzolatico.

1506 18. April, feierliche Grundsteinlegung zum ersten Pfeiler der Kuppel (nach Bramante's Plan) von S. Pietro durch Julius II.

1506 20. Mai, geht nach Carrara zum zweiten Male.

1506 8. und 28. Juli und 31. August, 21. und 27. November, Daten dreier Breves von Julius II., die sich auf die Berufung Michel Angelo's nach Rom wegen der Ausführung des Grabmales für den Papst beziehen.

1506 die Farnesina (Palast des A. Chigi) von B. Peruzzi erbaut. Bau der Loggien im Cortile di S. Damaso, des Cortile des Belvedere und Anfang des Baues der Corridore durch Bramante.

1506 Laokoonsgruppe in den Thermen des Titus gefunden.

1507 10. Mai, Michel Angelo beginnt die Fresken an der Decke der Sixtina.

1507 10. Mai, P. Soderini beauftragt Michel Angelo mit der Anfertigung der Gruppe Herkules und Cacus.

1507 21. August, Michel Angelo zeigt die Vollendung der Bronzefigur Julius II. an.

1507 Geburt des Montorsoli Fra Giov. Angiolo.

508 21. Februar, Enthüllung der Bronzefigur Julius II. in Bologna.

508 18. März, Michel Angelo in Florenz, übernimmt für Ein Jahr ein Haus zur Ausführung der Apostel für den Dom von der Dombauleitung.

1508 5. September, Rafael schreibt aus Rom an Fr. Francia.

1508 14. October, der Guss des David in Bronze für den Marechal de Gils ist vollendet.

1508 October, Michel Angelo vollendet die Bronzestatue David's.

1508 December, die Bronzestatue des David wird über Livorno nach Frankreich gebracht.

1509 3. Jänner, Benedetto da Rovezzano erhält zehn Goldgulden für den Bronzeguss des David.

1509 1. November, Enthüllung eines Theiles der Decke der Sixtina.

1509 circa, Geburt des Dan. Ricciarelli da Volterra.

1509 Schlacht bei Ghiaradadda. — Heinrich VIII. König von England.

1510 Franc. del Salviati geb.

1511 3o. Juli, Giorgio Vasari geb.

1511 3o. December, die Anhänger Giovanni II. Bentivoglio zerstören die Bronzestatue Julius II. in Bologna.

1511 die Gemälde Raphael's in der Stanza della Segnatura vollendet.

1511 Bartol. Ammanati geb. — gest. 1586.

1511—12 Raphael malt die Galatea in der Farnesina.

1512 28. Mai, Michel Angelo kauft das Gut Loggia di San Stefano in Pane.

1512 20. Juni, kauft ein Grundstück, genannt Stradello, in San Stefano in Pane.

1512 15. October, Brief des Sebastiano del Piombo aus Rom an Michel Angelo in Florenz über eine Audienz beim Papst.

1512 Sebastiano Viniziano, gen. Frate del Piombo, geht im Frühjahre d. J. nach Rom.

1512 Schlacht von Ravenna — Rückkehr der Medici nach Florenz.

1513 24. Februar, Tod des Papst Julius II.; die Cardinäle Santi Quattro (Lorenzo Pucci) und Aginense (Lionardo Grossi della Rovere) übernehmen die Sorge für die Ausführung des päpstlichen Grabmonumentes. · Neuer Contract mit Michel Angelo wegen dieses Grabdenkmales.

1513 11. März, Leo X. — Giovanni de' Medici — Papst.

1513 Tod des Bernardino Pinturicchio.

1514 1. Jänner, Giuliano da San Gallo noch bei Lebzeiten Bramante's Baumeister von San Pietro.

1514 11. März, Tod des Bramante da Urbino (geb. 1444).

1515 gegen Ende; M.A. macht ein Modell für die Façade von S. Lorenzo im Auftrage Leo X. während seiner Anwesenheit in Florenz.

1515 kauft ein Grundstück von der Gemeinde S. Maria zu Settignano.

1515 Franz I. König von Frankreich, — Schlacht von Marignano.

1515 Raphael arbeitet an den vaticanischen Teppichen.

1516 27. August, Leo X. ernennt Raphael zum Super-Intendenten der Alterthümer und Ausgrabungen Roms.

1516 20. October, Giuliano da San Gallo gest. — geb. 1445.

1516 1. November, Michel Angelo geht zum dritten Male nach Carrara wegen des Marmors zum Grabe des Papstes Julius II.

1516 Giuliano de' Medici stirbt in Rom.

1517 7. März, M.A. geht abermals nach Carrara.

1517 16. Mai, 6. August, 16. August, 18. August, Daten vom Aufenthalte Michel Angelo's in Carrara.

1517 17. April, Michel Angelo in Carrara.

1517 3. August, Fra Bartolomeo di S. Marco gest. — geb. 1475.

1517 Anfang der Reformbewegung Luther's.

1518 27. März. Von 1514 bis zu diesem Datum Fra Giocondo beim Baue der Peterskirche. — Er verlässt in diesem Jahre Rom.

1518 14. Juli, Michel Angelo kauft einen Bauplatz in Via Mozza, Gemeinde San Lorenzo.

1518 28., 29., 30. October, Michel Angelo in Carrara wegen Marmor für die Façade S. Lorenzo.

1518 28. December, Michel Angelo scheint in Rom zu sein.

1518 Andrea Palladio geb. — gest. 1580.

1519 2. Mai, Lionardo da Vinci gest. — geb. 1452.

1519 27. Juni, Carl V. erwählter röm.-deutscher Kaiser.

1519 20. October, Michel Angelo in Florenz Mitglied der Accademia

10 *

Medicea, offerirt sich zum Entwurfe eines Denkmales für Dante.

1519 27. October, kauft das Grundstück Fitto von der Gemeinde San Michelagnolo zu Rovezzano.

1519 29. December, Sebastiano del Piombo schreibt an Michel Angelo über die „Auferweckung des Lazarus". — Die Kreuzabnahme Christi desselben Künstlers ist in dieser Zeit schon vollendet.

1519 27. October, Michel Angelo kauft eine Besitzung zu Rovezzano.

1519 Lorenzo de' Medici gest. Cardinal Bibbiena gest.

1520 Ende März, Beginn des Baues der Sacristei in San Lorenzo, um dort die Gräber der Mediceer herzustellen.

1520 6. April, Raphael Sanzio, gest.

1520 11. April, Michel Angelo erkrankt in Florenz.

1520 1. August, Bald. Peruzzi zum Baumeister von S. Pietro ernannt.

1520 kauft ein Grundstück von der Gemeinde S. Maria zu Settignano.

1520 circa, geb. Ascanio Condivi.

1521 10. April, 22. April, 28. April, Daten über Michel Angelo's Aufenthalt in Carrara wegen Marmor für die Gräber der Mediceer in S. Lorenzo. — 23. April, letztes Datum über den Aufenthalt Michel Angelo's in Carrara.

1521 April, in Florenz kömmt die erste Säule für die Façade von San Lorenzo an.

1521 September, Michel Angelo gewählt zu den Prioren, sein Bruder Buonarroto di Lodovico wird Gonfaloniere. Michel Angelo kann die Stelle eines Priors nicht annehmen.

1521 26. October, der Florentiner Bildhauer F. Frizzi erhält für die

Beendigung und Aufstellung der Christusfigur in S. Maria sopra Minerva vier Goldducaten.

1521 1. December, Tod Leo X.

1522 9. Jänner, Hadrian VI., Hadrian Dedel aus Utrecht, Papst.

1522 Piero di Torrigiano d' Antonio, gen. Torrigiano, zu Sevilla gest. — geb. 1472 24. November.

1522 Pest in Rom.

1522—23 Michel Angelo arbeitet an den Figuren für das Grabdenkmal Julius II.

1523 16. Juni, Baldassare da Castiglione bringt aus Rom nach Mantua die Zeichnung Michel Angelo's für ein Wohnhaus mit Garten für den Marchese von Mantua.

1523 14. November, Tod Hadrian's VI.

1523 19. November, Clemens VII. Papst (Giulio de' Medici).

1523 25. November, Brief Michel Angelo's aus Florenz an Domenico Topolino, Steinmetz in Carrara.

1523 Michel Angelo erhält eintausendeinhundertfünfzig Scudi als Provision für dreiundzwanzig Monate Arbeit bei der Libreria von San Lorenzo.

1524 19. October, Michel Angelo erhält vierhundert Goldducaten für die Gräber der Mediceer in S. Lorenzo.

1524 Der Gemal der Vittoria Colonna, Marchese di Pescara, fällt in dem Gefechte von Biagressa.

1525 24. Februar, Schlacht bei Pavia, Franz I. gefangen.

1525 Michel Angelo wird von Clemens dem VII. nach Rom gerufen wegen der Vollendung der Libreria und Sagrestia di S. Lorenzo.

1526 20. September, Plünderung der Leons-Stadt, Colonnensischer Ueberfall.

1526 24. April, Notiz von diesem Datum über die bis dahin aufgelaufenen Kosten für die Libreria S. Lorenzo (59.615 Lire).

1527 6. Mai, Erstürmung Roms und Plünderung durch die Soldaten Bourbon's und Frundsberg's; der Papst im Castell.

1527 dritte Vertreibung der Mediceer aus Florenz.

1527 Jacopo Sansovino verlässt Rom, geht nach Venedig.

1527 vor diesem Jahre arbeitet Montorsoli unter Michel Angelo bei der Kirche San Lorenzo in Florenz.

1528 17. Februar, die k. Truppen ziehen aus Rom ab.

1529 6. April, Michel Angelo wird Commissario generale der Befestigungen von Florenz.

1529 28., 29., 30. April, 3. und 6. Mai geht nach Pisa und Livorno in Angelegenheiten der Befestigungen.

1529 2. August, B. Bandinelli erhält von der Signoria in Florenz einen Marmorblock für Herkules und Cacus, ursprünglich bestimmt für Michel Angelo.

1529 8. Februar, Bald. Castiglione gest. in Toledo.

1529 5. bis 17. Juni, Michel Angelo in Pisa wegen der Befestigungen.

1529 18. Juli, Michel Angelo geht im Auftrage der Signoria nach Ferrara wegen Besichtigung der Munition, Artillerie und Befestigungen des Herzogs.

1529 2. August, Michel Angelo ist wieder in derselben Angelegenheit in Ferrara.

1529 arbeitet um diese Zeit heimlich an den Grabdenkmälern der Mediceer.

1529 Ende September, Michel Angelo flieht mit Rinaldo Corsini, Antonio Mini über Garfagnana nach Ferrara und Venedig.

1529 August, September, malt eine Leda für den Herzog von Ferrara a tempera.

1529 7. October, Clemens VII. in Bologna.

1529 October, Michel Angelo kommt mit Antonio Mini „suo creato" in Venedig an.

1529 20. October, Michel Angelo erhält einen Salvocondotto zur Rückkehr nach Florenz.

1529 5. November, Einzug Carl V. in Bologna.

1529 9. November, Michel Angelo verlässt Venedig, um über Ferrara nach Florenz zu gehen.

1529 23. November, für Michel Angelo und Agostino di Piero Del Nero die Strafe der Verbannung verwandelt in eine Ausschliessung von Consiglio Maggiore für drei Jahre.

1529 Ende, nach der Rückkehr in Florenz restaurirt er die Schäden am Campanile von San Miniato.

1529 der Herkules des Michel Angelo von Giovanni Batista della Palla nach Frankreich geschickt.

1530 24. Februar, Kaiserkrönung Carl des V.

1530 12. August, nach dem Fall der Republik in Florenz durch Alessandro de' Medici verbirgt sich Michel Angelo in dem Hause eines Freundes; vom Gerichtshofe des Barghello gesucht.

1530 Anfang October Ueberschwemmung der Tiber, Pest in Rom.

1530 11. November, 11. December, Papst Clemens VII. beauftragt den Prior von S. Lorenzo, dem

Michel Angelo die übliche Provision für die Arbeiten der Sacristei in S. Lorenzo auszuzahlen.

1530 in dieser Zeit beginnt der Cardinal Alessandro Farnese unter Mitwirkung des Architekten Antonio da San Gallo den Bau des Palazzo Farnese am Campo di Fiore.

1530 Andrea del Sarto stirbt in Florenz.

1531 26. Mai, 16. Juni, Michel Angelo vom Herzog von Mantua zum Baue eines Hauses eingeladen.

1531 29. Juli, Veröffentlichung des Decretes, betreffend Alessandro de' Medici, natürlicher Sohn Lorenzo's, als ersten erblichen Herzog in Florenz.

1531 29. September, Michel Angelo vollendet zwei weibliche Figuren für die Gräber der Mediceer und beginnt die beiden männlichen.

1531 21. Nov., ein Breve Clemens VII. empfiehlt Michel Angelo Ruhe und Pflege seiner Gesundheit.

1531 4. December, Abkommen mit dem Abgeordneten des Herzogs von Urbino über das Grabmal Julius II.

1531 Raf. de Montelupo arbeitet nach einer Zeichnung Michel Angelo's den heiligen Damian in der Capelle der Depositi in Florenz.

1531—34 Montorsoli arbeitet die Figur des heiligen Cosmas an den Gräbern der Mediceer und hilft Michel Angelo die Figuren des Giuliano und Lorenzo daselbst vollenden.

1532 29. April, Michel Angelo geht von Florenz nach Rom über Aufforderung Clemens VII.

1532 29. April, 30. April, 10. Mai, Daten von Contracten wegen des Grabmales für Julius II.

1532 22. September, Unterredung des Michel Angelo mit Clemens VII. zu San Miniato.

1532 19. November, Clemens VII. geht nach Bologna zu Verhandlungen mit Carl V. — Kehrt am 3. April 1533 zurück.

1533 12. September, notirt als per conto di suo salario für Urbino vierzig Grossoni.

1534 25. September, Tod Clemens VII. Michel Ang. suspendirt deswegen die Arbeiten für San Lorenzo.

1534 3. October, Paul III. aus dem Hause Farnese zum Papst gewählt, in seinem achtundsechszigsten Jahre.

1534 27. December, Antonio da San Gallo di Francesco gest. — geb. 1455.

1535 1. September, Paul III. ernennt Michel Angelo zum „supremo architetto scultore e pittore del palazzo apostolico".

1535 7. September, Vasari schenkt Pietro Aretino einen Wachskopf und eine Zeichnung der heiligen Catharina des Michel Angelo.

1536 5. April, Einzug Carl's V. in Rom.

1536 Michel Angelo legt die beiden zum Capitol führenden Flachtreppen an.

1537 6. Jänner, Bald. Peruzzi stirbt in Rom.

1537 4. Juli, ein Brief G. Staccoli's an den Herzog von Urbino berichtet über ein Salzfass aus Silber für den Herzog.

1537 15. September, Brief Pietro Aretino's über das jüngste Gericht: die Antwort Michel Angelo's ohne Datum.

1537 12. October, der Herzog von Urbino schreibt an Maria Della

..osta nach Rom wegen dem Wachsmodelle eines Pferdes von Michel Angelo.

1537 5. December, A. M. Piccolomini überträgt seine Ansprüche an Michel Angelo wegen des Vorschusses für die fünfzehn Statuen der Capelle Piccolomini in Siena an Paolo di Oliveriero de' Panciatichi.

1537 18. December, Breve Paul III. zu Gunsten Michel Angelo's, betreffend das jüngste Gericht und das Grabmal Julius II.

1537 Cosimo de' Medici Herzog von Florenz, nach Ermordung Alessandro's.

1538 die Reiterstatue Marc Aurel's erhält unter seiner Leitung ihren jetzigen Platz in der Mitte der ganzen Anlage.

1539 9. Mai, Guido Ascanio Sforza berichtet, dass das Breve Paul des III. über die Einnahme Michel Angelo's aus dem Zoll eines Po-Ueberganges einregistrirt worden sei.

1540 Ende November, Michel Angelo dankt Nicolò Martelli für ein aus Anlass des jüngsten Gerichtes verfasstes Sonett.

1541 23. November, Ascanio Parisani schreibt an den Herzog von Urbino, dass die Vollendung des Grabmales für Julius II. mit Benützung der Zeichnungen und Hilfe Michel Angolo's anderen Künstlern zu übergeben sei.

1541 25. December, Enthüllung des jüngsten Gerichtes.

1541 Rosso de' Rossi, gen. Rosso Fiorentino, stirbt in Frankreich.

1542 6. März, Brief des Herzogs von Urbino an Michel Angelo, betreffend das Grab Julius II.

1542 Juli, Michel Angelo, ersucht Paul III. wegen eines Contos für das Grabmal Julius II.

1542 20. August, letztes Uebereinkommen Michel Angelo's mit Girolamo Tiranno wegen des Grabmales Julius II. — Die Arbeiten der Aufstellung desselben in S. Pietro in Vinculis haben bereits begonnen.

1542 24. October, 11. November, zwei Documente, betreffend die Verhandlungen wegen des Grabmales Julius II., datiren von diesen Tagen.

1542—43 R. Montelupo vollendet die Rahel und Lea, einen Propheten und eine Sybille am Grabmale Julius II. in San Pietro in Vinculis.

1543 2. December, Francesco Granacci gest. — geb. 1469.

1543 Domenico Fontana geb. — gest. 1607.

1543 die Auffindung des farnesischen Stieres.

1544 Jänner, Michel Angelo macht eine Zeichnung eines onesto sepolcro aus Marmor für Cecchino Bracci, gest. in Rom am 8. Jänner 1544.

1544 Michel Angelo erkrankt in Rom, wohnt im Hause Luigi Del Riccio's.

1545 October, Tizian geht nach Rom.

1545 November, Brief Pietro Aretino's aus Venedig gegen den Entwurf von Michel Angelo zum jüngsten Gericht und das Grabmal Julius II.

1545 Beendigung des Grabmales für Julius II.

1546 8. Februar, Franz I. König von Frankreich verlangt von Michel Angelo in einem durch Primaticcio übergebenen Schreiben, datirt aus S. Germain en Laye, ein Werk seiner Hand.

1546 2. October, Schreiben des Bischofs Tornabuoni aus Florenz, betreffend den Wunsch Michel Angelo's, nach Florenz zurückzukehren.

1546 1. November, Tod des Giulio Romano, geb. 1499.

1546 Ant. da San Gallo di Bartolomeo d' Antonio gest.

1547 1. Jänner, nach dem Tode des Antonio da San Gallo wird Michel Angelo Architekt der Peterskirche; er macht ein neues Modell.

1547 Ende Februar stirbt Vittoria Colonna, verw. Marchese von Pescara.

1547 Juni, Sebastiano Viniziano, frate del Piombo, gest.

1547 10. September, Michel Angelo verliert das Einkommen des Pozolles.

1547 Auffindung der Capitolinischen Fasten — Tod des Card. Bembo und Sadolet's.

1547 Michel Angelo übernimmt die Ausführung des Hauptkranz-Gesimses am Palazzo Farnese. — Vignola betheiligt sich an diesem Baue.

1549 10. November, Tod Paul III.; sein Neffe Cardinal Farnese bestellt bei Michel Angelo sein Grabdenkmal.

1549 G. A. Bazzi, gen. Sodoma, gestorben.

1549 Michel Angelo schreibt an Luca Martini über Varchi's Commentar zum Sonette „Non ha l' ottimo artista".

1549—50 Michel Angelo vollendet zwei grosse Fresken in der Capella Paolina: die Kreuzigung Petri und die Bekehrung Pauli.

1550 7. Februar, Julius III. (Giov. M. Ciochi del Monte di Monte Sansavino) Papst.

1550 März, der Druck der Vite des Vasari bei Torrentino beendigt mit dem III. Band.

1550 März, Michel Angelo verfasst ein Sonett zum Lobe der Vite Vasari's.

550 1. August, Michel Angelo schreibt an Vasari über die Grabdenkmäler für Paul III. und Julius II.

1550 5. September starb der Florentiner Bildhauer Niccolò Tribolo, geb. 1485.

1550 13. October, Schreiben Michel Angelo's an Vasari über die Capelle und Grab der Del Monte in San Pietro in Montorio.

1550 Bau der Vigna (Villa) Papa Giulia in Rom.

1550 Beginn der Arbeit in Marmor für die Kreuzabnahme für den Dom in Florenz.

1551 Jänner, Versammlung der Dombauleitung von S. Pietro; Michel Angelo rechtfertigt sich.

1551 Einsturz der Brücke Santa Maria (Ponte rotto) in Rom.

1551 31. Mai, Bast. da San Gallo, gen. Aristotele, gest.

1552 23. Jänner, Breve des Papst Julius III. bestätigt Michel Angelo als Architekt von S. Pietro.

1553 16. Juli, Datum der ersten bei Ant. Blado in Rom gedruckten Lebensbeschreibung Michel Angelo's von Condivi.

1553 17. November, Annibal Caro rechfertigt Michel Angelo bei dem Herzoge von Urbino wegen der Anklagen, beteffend das Grab Julius II.

1553 Auffindung der Pompejus-Statue des Pal. Spada.

1554 circa stirbt G. F. Rustici, geb. 1474 13. November.

1554 1. Jänner, Michel Angelo gibt eine Aussteuer für eine Tochter des Michele, Krämer am Macello de' Corvi.

1554 April, Geburt seines Neffen Lionardo Buonarroto.

1554 20. August, Vasari fordert Michel Angelo zu der Rückkehr nach Florenz auf.

1555 23. März, starb Papst Julius III.

1555 9. April, Marcellus II. (Marc. Cervini von Monte Pulciano) Papst.

1555 23. Mai, Paul IV. (Gian Pietro Caraffa de' Maddaloni) Papst.

1555 19. Juli, Michel Angelo verkauft ein Grundstück in via San Gallo.

1555 28. September, Michel Angelo wird von Cosimo aufgefordert, zur Vollendung der Sacristei und Stiege der Libreria di San Gallo nach Florenz zu kommen.

1555 Brief und Sonett Michel Angelo's an Vasari, letzteres zum Beweise, er sei nicht rimbambito.

1555 Michel Angelo flicht in das Gebirge bei Spoleto bei Annäherung des spanischen Heeres.

1556 September, Tod des Urbino, Dieners des Michel Angelo.

1556 Brief Michel Angelo's über den Tod seines Dieners Urbino, eigentlich Francesco d' Amadore di Castel Durante.

1556 Carlo Maderno geb. — gest. 1629.

1556 Abdankung Carl V. — Ferdinand der I. erwählter röm. Kaiser — Philipp II. König von Spanien.

1557 28. März, schreibt einen Trostbrief an die Witwe Urbino's.

1557 8. und 31. Mai, Michel Angelo wiederholt von Cosimo und

Vasari zur Rückkehr nach Florenz aufgefordert.

1557 Juni, beschreibt Vasari den Fehler in der Wölbung der Capella del Re in San Pietro.

1557 1. Juli und August, entschuldigt sich Michel Angelo, nicht nach Florenz kommen zu können.

1558 6. Juni, Cosimo I. dringt neuerdings auf die Rückkehr des Michel Angelo nach Florenz.

1558 macht ein Modell für die Kuppel von S. Pietro.

1559 18. Februar, Michel Angelo's Votum über die Ausführung der Stiege bei San Lorenzo.

1559 19. October, Michel Angelo erhält die Aufforderung zur Anfertigung des Planes der Kirche S. Giovanni de'Fiorentini zu Rom.

1559 22. December, Cosimo dankt Michel Angelo für die Anfertigung des Planes der Kirche für die Florentiner in Rom.

1559 25. December, Pius IV. (Gian Angelo de'Medici di Milano) Papst.

1559 Michel Angelo macht den Entwurf zur Kirche S. Maria de' Fiorentini und im Auftrage Pius IV. die Zeichnung zur Porta Pia.

1560 7. Februar, Baccio Bandinelli gest.

1560 8. April, Michel Angelo schreibt an Herzog Cosimo, warum er nicht nach Florenz zurückkehren könne.

1560 13. September, Michel Angelo drückt seinen Wunsch aus, sich vom Baue der Peterskirche zurückziehen zu können.

1560 Michel Angelo macht für Pius IV. eine Zeichnung zu dem Grabe des Marchese di Marignano, das durch Leone Leoni in Marmor ausgeführt wird, um in dem Mailänder Dom aufgestellt zu werden.

1560 November, Duca Cosimo in Rom — Michel Angelo berichtet ihm, er habe eine Methode gefunden, in Porphyr zu arbeiten.

1560 baut einen Theil der Thermen des Diocletian in die Kirche Santa Maria degli Angeli um.

1560 Ann. Carracci geb. — gest. 1609.

1561 5. April, Bart. Ammanati sendet Michel Angelo die 1560 gedruckten Gedichte der Laura Battiferra, seiner Frau.

1562 Galileo Galilei geb. (gest. 1641).

1563 31. Jänner, Michel Angelo zum zweiten Vorstand der Accademia del disegno in Florenz gewählt; der erste Vorstand ist Duca Cosimo.

1563 17. März, Vasari berichtet Michel Angelo über die Statuten der Accademia del disegno.

1563 1. September, Tod des Montorsoli.

1563 11. November, Franc. del Salviati gest.

1564 18. Februar, Tod Michel Angelo's, Briefe des Gherardo Fidelissimi und des Averardo Serristori an Cosimo über den Todesfall.

1564 4. März, Cosimo billigt den Wunsch der Accademia nach einer Leichenfeier für Michel Angelo.

1564 9. März, Cosimo fordert Varchi auf, die Leichenrede zu halten.

1564 11. März, der Leichnam des Michel Angelo wird durch seinen Neffen Lionardo heimlich nach Florenz gebracht.

1564 12. März, der Leichnam des Michel Angelo wird in die Kirche Santa Croce gebracht.

1564 16. März, Leichenfeier der Akademie für Michel Angelo in Florenz.

1564 14. Juli, feierliche Exequien für Michel Angelo in der Kirche San Lorenzo.

1564 Maximilian II. erwählter römisch-deutscher Kaiser.

1564 der Palazzo San Marco in Rom geht an die Republik Venedig über.

1564 Giovanni da Udine gest.

1564—1568 Innerhalb dieser Zeit wird das Grabmal Michel Angelo's in der Kirche Santa Croce errichtet — nach der Zeichnung Vasari's; die Marmorarbeit ist von Batista Lorenzi und Valerio Cioli.

1565 Tod des Benedetto Varchi.

1566 Tod des Daniele Ricciarreli da Volterra.

1566 7. Jänner, Pius V. (Michele Ghislieri Bosco) Papst.

1569—70 R. da Montelupo stirbt in Orvieto.

1570 27. November, Jac. Sansavino d' Antonio Tatti gest.

1574 27. Juni, Giorgio Vasari gest.

1576 17. Februar, Franc. da San Gallo di Giul. Giamberti gest.

WERKE MICHEL ANGELO BUONARROTI'S
VON CONDIVI ERWAEHNT.

Versuchung des heil. Antonius nach Martin Schongauer. c. V.	--
Zeichnung eines Kopfes. c. VI.	—
Faunkopf in Marmor. c. VII.	Galerie der Uffizien in Florenz.
Der Kampf der Centauren in Marmor. c. X.	Galerie Buonarroti in Florenz.
Herkules in Marmor. Für Franz I. c. X.	Verschollen seit dem XVI. Jahrhundert.
Figur aus Schnee. c. XI.	—
Crucifix für San Spirito in Holz. c. XIII.	Verschollen seit Ende des vorigen Jahrhunderts.
Engel mit Candelaber in Marmor. c. XVII.	Bologna, Dominicuskirche.
Heil. Johannes für Lorenzo di Pier Francesco de' Medici. ibid.	Verschollen.
Cupido in Marmor. c. XVIII.	Einst in Mantua — verschollen.
Bacchus mit dem Satyr in Marmor. c. XIX.	Galerie der Uffizien.
Cupido kniecnd in Marmor. ibid.	S. Kensington-Museum, London.
Pietà in Marmor. c. XX.	Peterskirche, Rom.
David in Marmor. c. XXI.	Akademie der bildenden Künste in Florenz.
David mit Goliath in Bronze. c. XXII.	Kam nach Frankreich — verschollen.
Madonna mit dem Kinde für die Moscron, Bronze. ibid.	Wahrscheinlich die Madonna in der Notre-Dame-Kirche in Brügge.
Madonna, Gemälde für Herrn A. Doni. ibid.	Uffizien (Tribuna) in Florenz.
Sonette des Michel Angelo. c. XXIII.	—
Zeichnung für das Grab-Monument Julius II. c. XXIV.	Uffizien.
Ideen zu einem Entwurfe eines Colosses in Carrara. c. XXIV.	—
Die beiden Sklaven „prigioni". c. XXV.	Louvre.
Grabmal Julius II. c. XXVI.	—
Carton für die Sala del Consiglio. c. XXXI.	—

Monument für Julius II. in Bologna. c. XXXIII.	—
Fresco für die Decke der Sixtina. c. XXXIV.	Rom.
Die Sündfluth in der Sixtina. c. XXXVI.	—
Architektonische Entwürfe für die Libreria de' Medici und für die Sagrestia di S. Lorenzo in Florenz. c. XL.	—
Die Statuen für die Sagrestia. c. XLIV und XLV.	—
Leda für den Herzog von Ferrara „un quadrone da sala". c. XLVII.	Frankreich — verschollen.
Carton zum jüngsten Gerichte. c. LI.	—
Moses für das Grabmal Julius, la vita attiva und la vita contemplativa c. LI.	S. Pietro ad vincula.
Das jüngste Gericht. c. LIII.	Cap. Sixtina, Rom.
Fresken für die Capelle Paolina. c. LIV.	Vatican.
Kreuzabnahme Christi, Marmorgruppe. ibid.	Dom in Florenz.
Pietà für Vittoria Colonna, Marchesana di Pescara. ibid.	Verschollen.
Christus für S. Maria sopra Minerva. c. LV.	Rom.
San Matteo, Marmorfigur. ibid.	Florenz, Akademie.
Cartone und Entwürfe für öffentliche und Privatgebäude. ibid.	—
Entwurf einer Brücke über den Canal grande in Venedig. ibid.	—
Pietà für seine Grabstätte. ibid.	—
Zeichnung einer Façade zu einem Palaste für Papst Julius III. c. LIX.	—
Gerüst für die Sixtinische Capelle. c. LXI.	—
Modell der Peterskirche, gearbeitet unter Paul III. c. LXI.	—
Pietà für Vittoria Colonna und Zeichnung eines Christus am Kreuze für dieselbe. c. LXIII.	—

REGISTER.

(Die Ziffern entsprechen der Paginirung).

INHALTS-VERZEICHNISS.

Im Nachstehenden verzeichnen wir einige Verbesserungen und Ergänzungen zu Text und Noten des VI. Bandes der Quellenschriften.

Auf den Titelblättern lies: in's Deutsche, statt: in deutscher Sprache.

Pag. III, Zeile 5 von oben lies: nach dem Tode, statt: noch bei Lebzeiten.
„ VII, „ 6 „ unten „ Capuorro, statt: Capuono.
„ VII, „ 10 „ „ „ 1823, statt: 1832.
„ 7, „ 1 „ oben „ sonderliche, statt: unvergleichlichste.
„ 10, „ 11 „ „ „ indem er ihn bald mit Zeichnungen versah, bald ihn mit sich nahm, statt: und ihn entweder mit sich nahm.
„ 10, Zeile 13 von oben lies: Diese Aufmunterung, statt: Dieser Impuls.
„ 10, Note 1. Nach Crowe & Cavalcaselle's neuerer Angabe ist Dom. Ghirlandajo gest. am 11. Januar 1494.
„ 11, Zeile 22 von oben lies: ausmalte, statt: colorirte.
„ 11, „ 30 „ „ „ noch mehr, statt: umsomehr.
„ 14, „ 16 „ „ „ Greisen, statt: Alten; Alter, statt: Jahren.
„ 15, „ 7 „ unten „ Karneole, statt: Harnische.
„ 19, „ 7 „ oben „ was er auch zu treiben pflegt, statt: woraus er auch Profession machte.
„ 19, Zeile 8 von oben lies: nach der Mahlzeit sich darin übte, statt: nach dem Essen u. s. w.
„ 21, Zeile 2 von oben lies: weil er erfahren hatte, dass er ein, statt: weil er ein.
„ 21, „ 8 (des Textes) von unten lies: das Gemeinwesen von Florenz, statt: die Stadt Florenz.
„ 21, Note 1 zu ergänzen, dass Pietro Soderini erst am 1. October 1502 das Amt eines Gonfaloniere antrat. Dahin ist auch pag. 39, Note 1 zu berichtigen.
„ 23, Zeile 2 von oben lies: thätest, statt: würdest.
„ 23, „ 8 u. 9 „ „ „ Solchergestalt, statt: In dieser Gestalt.
„ 23, „ 14 „ „ „ welchergestalt der Knabe in Florenz gemacht worden, statt: welcher Streich in Florenz gespielt worden.
„ 27, Zeile 2 von oben lies: mitgewirkt, statt: bewirkt.
„ 27, „ 8 „ unten „ Rednerbühne, statt: Vorhalle.
„ 28, „ 12 „ „ „ ist dahin zu berichten, dass die Herstellung der später von dem Künstler vollendeten Statue vor hundert Jahren nicht begonnen, aber bereits in Aussicht genommen wurde. Die Figur des Donatello befand sich an dem genannten Orte von 1494 bis 1504, von da bis 1560 im Säulenhofe, von 1560 an in der Loggia dei Lanzi.
„ 29, Zeile 21 von oben lies: ripulir, statt: ripatir.
„ 29, Note 2. Nachdem der Herzog von Guise in Ungnade gefallen war, wurde die Broncestatue des David dem Römischen Schatzmeister Robertet geschenkt. (Siehe Clement).
„ 29, Zeile 5 von unten lies: Bargello, statt: Loggia dei Lanzi.
„ 30, „ 13 „ oben „ David, statt: Judith.
„ 30, Note 2. Vasari spricht von 70, 100 und dann 140 Ducaten.
„ 31, Note 2. lies: Julius II.
„ 33, Zeile 10 und 11 von oben lies: Nachdem nun soviel, statt: Sobald nun der.
„ 33, „ 13 von oben lies: gebracht und einen, statt: gebracht hatte und einen.
„ 35, „ 12 „ unten „ auf dessen Höhe, statt: in dessen Stockwerk.
„ 35, „ 20 „ oben „ Statuen waren, gefesselt gleichwie gefangen, statt: Statuen u. s. w.
„ 38, Zeile 8, 10 und 12 von oben lies: Diener, Dieners, Diener, statt: Reitknecht, Reitknechts, Reitknechte.
„ 40, Zeile 19 von oben lies: des goldenen Hornes, statt: der Dardanellen.
„ 41, „ 14 „ „ „ Diener, statt: Reitknecht.
„ 41, „ 21 „ „ „ liegt, statt: lag.
„ 41, letzte Zeile des Textes und Seite 42, Zeile 1 von oben lies: Heb Dich hinaus und geh' zum Henker, statt: geh' nur u. s. w.

Pag. 42, Zeile 7 von oben lies: hätte, statt: habe.

„ 43, „ 2 „ „ „ ihn nützen, statt: ihm nützen.

„ 43, Note 1 lies: 1508, statt: 1507.

„ 47, letzte Zeile des Textes und Seite 48, Zeile 1—3 von oben lies: die Rundbilder halten, die bronzenen Denkmünzen gleich sehen, auf welchen, wie das . . . in Beziehung auf die hauptsächlichste, statt: die Medaillons halten . . . . Geschichte des Papstes.

„ 47, Note 1 dahin zu berichtigen, dass die Darstellungen aus der Lebensgeschichte des Papstes nicht in den Medaillons, sondern unten an der Wand in Broncefarbe gemalt sind.

„ 48, Zeile 10 von oben lies: Vorstellung, statt: Ansicht.

„ 48, „ 5 (des Textes) von unten lies: und Michel Angelo ihm die Hand gab, statt: und ihm, Michel Angelo, die Hand gab.

„ 48, Note 2. Die Sündfluth ist das zweite Bild von der Thüre ab, wo Michel Angelo zu malen begann.

„ 49, Zeile 8 von oben lies: erlangen, wodurch, statt: erlernen, worüber.

„ 49, „ 13 „ „ „ deckte er viele von dessen Fehlern auf, statt: deckte er dessen viele Fehler auf.

„ 50, Zeile 14 von oben lies: Grunde, statt: Wege.

„ 53, „ 9 „ „ „ Gebiete, statt: Staate.

„ 56, letzte Zeile (des Textes) und Seite 57, Zeile 1 von oben lies: er werde weniger Schande davon haben, statt: dass er mit weniger Schande davon käme.

„ 57, Zeile 3 von oben lies: vernachlässige, verhindere, statt: vernachlässigte, verhinderte.

„ 57, Zeile 14 von oben lies: an dem er in, statt: da er nach.

„ 57, „ 5 „ unten „ zugleich, statt: indem er dabei.

„ 60, „ 7 „ oben „ nach Uebelwollen — und wegen der Gemüthsart des Fürsten.

„ 61, Zeile 8 von oben lies: Kunstkammer, statt: Garderobe.

„ 61, letzte Zeile. Clement (deutsche Ausg. p. 71, n.) behauptet, dass das Werk in London wiedergefunden sei.

„ 62, letzte Zeile (des Textes) lies: auf seiner Ehre heickel, statt: an seiner Ehre eitel.

„ 64, Note 2. Pietro Perugino hatte ca. 1481 an dieser Wand Gemälde entworfen, die später herabgeschlagen wurden.

„ 67, Zeile 8 von oben lies: auf, statt: über.

„ 67, „ 9 „ „ „ von, statt: über.

„ 69, letzte Zeile lies: Kartarus, statt: Karlarus.

„ 71, Zeile 15 von oben lies: seinem unerforschlichen Rathschlusse, statt: seines Geheimnisses.

„ 71, Zeile 17 von oben lies: vorzeigend, statt: vorweisend.

„ 75, „ 3 und 2 von unten lies: als dem Urbilde der Vollkommenheit, statt: der die Idee der Vollkommenheit vorstellt.

„ 77, Zeile 3 (des Textes) von unten lies: Künste, statt: Talente.

„ 80, Zeile 11 von unten lies: dass wann er, statt: dass er.

„ 81, „ 15 „ oben „ meiner, statt: mir.

„ 82, „ 3 „ „ „ Bühnen, statt: Decken.

„ 83, „ 3 „ „ „ Bestallung, statt: Bestellung.

„ 84, „ 16 „ unten „ ich ihn oftmals, statt: ich oftmals.

„ 85, Note 2 lies: Grimm II., statt: III.; und früher: Guarti, statt: Giusti.

„ 86, Zeile 11 von oben lies: ganz, statt: genug.

„ 87, „ 4 (des Textes) von unten lies: Sonette, statt: Sonetten.

„ 89, „ 3 von oben lies: neben ihm gelegen, statt: sich neben ihn gelegt.

„ 91, „ 10 und 9 (des Textes) von unten lies: gesucht hat diese Kunst . . . . zu übertragen, statt: diese Kunst . . . . übertragen wollte.

„ 93, Zeile 12 von oben lies: von vorn, statt: von da aus.

„ 93, „ 13 „ „ „ Stirn, statt: Fronte.

„ 103, in der Inschrift lies: Hetruriae, statt: Hetruria.

———————

Druck von Carl Fromme in Wien.

DAS K. K. ÖSTERREICHISCHE MUSEUM

und die

KUNSTGEWERBESCHULE.

Festschrift bei Gelegenheit der Weltausstellung in Wien.

Mai 1873.

gr. 4. 1873. Preis: 8 fl. — 5 Thlr. 10 Ngr.

Die Kunst im Handwerk.

Vademecum

für Besucher kunstgewerblicher Museen, Ausstellungen etc.

von

B. Bucher,

Custos am kais. kön. österreichischen Museum für Kunst und Industrie.

12.° 1872. Cart. Preis: 1 fl. 50 kr. — 1 Thlr.

Diese Schrift gibt in gedrängter Kürze Auskunft über die charakteristischen Merkmale der verschiedenen Style, über Geschichte und Technik der Künste in ihrer Anwendung auf die Industrie und bietet in dem umständlichen Register zugleich ein kunstarchäologisches und technologisches Wörterbuch für Laien und Schüler.

Ueber den kunsthistorischen Werth

der

Hypnerotomachia Poliphili.

Ein Beitrag zur Geschichte der Kunstliteratur in der Renaissance.

Von

Albert Ilg.

gr. 8. 1872. Preis: 1 fl. 50 kr. — 1 Thlr.

DIE DREI MEISTER DER GEMMOGLYPTIK

ANTONIO, GIOVANNI UND LUIGI PICHLER.

Eine biographisch-kunstgeschichtliche Darstellung

von

Dr. Hermann Rollett.

Mit dem Bildnisse Giovanni Pichler's nach einem Intaglio Luigi Pichler's.

(Unter der Presse.)

Die Trachten-Bilder Dürer's

in der Albertina.

Sechs Blätter in Chromo-Xylographie ausgeführt von F. W. Bader in Wien.

Gross-Folio. Preis: 6 fl. — 4 Thlr.